Månpocket

Anna Jansson

FRÄMMANDE FÅGEL

Månpocket

Denna Månpocket är utgiven enligt överenskommelse med
Prisma, Stockholm

Omslag av Norma
Omslagsbild © Getty Images och Sjöberg bildbyrå

© Anna Jansson 2006
Svensk utgåva enligt avtal med Bengt Nordin Agency

Tryckt i Danmark hos Nørhaven Paperback A/S 2007

ISBN 91-7001-451-5
978-91-7001-451-2

Men går jag över ängarna –

Men går jag över ängarna, där himmelen är vid,
då sägen mej – ty händerna är tomma,
då sägen mej, I skörderskor i skördeandens tid:
vem ger mej sitt hjärta som en blomma?

Vem ger mej sitt hjärta som en glädje
och en tröst,
som en doft som ville leka mej om kinden,
att jag på mina stigar mot förgängelse och höst
inte räds för den yttersta grinden.

UR NILS FERLINS DIKTSAMLING
Med många kulörta lyktor

KAPITEL I

Ruben Nilsson steg ut i sommarskymningen och knackade ur sin pipa mot verandans räcke. Om han vetat hur få timmar livet hade kvar att erbjuda honom skulle han kanske ha känt en annan brådska. Vinden hade mojnat och träden kastade långa skuggor över den välansade gräsmattan, och han blev stående med en känsla av vemod. Kanske var det doften som fick honom att tänka på Angela, den söta doften av smultronschersmin som kom i dunster med kvällsbrisen. Blommorna hängde i stora klasar över stenmuren mot gårdsplanen och lyste förunderligt vita i skymningen. När Ruben rörde vid grenen föll blombladen som snöflingor över marken. För sent. Nyss hade schersminen befunnit sig i full blomning. Den upplevelsen måste ha gått honom förbi. Nu var doften lite fadd, bladen redan rynkade av ålder och bruna i kanten. För sent, precis som det hade blivit på den tiden när han älskade Angela Stern men inte kunde finna de rätta orden. Det smärtade fortfarande att tänka på det.

På midsommarfesten hos Jakobssons i Eksta hade hon satt sig bredvid honom, rättat till hans skjortkrage och smugit in sin arm under hans när de gick från bordet. De hade promenerat i trädgården under en allt mer påträngande tystnad. Stunden var stor och allt han kunde komma på att säga, där han gick arm i arm under lindarna med den vackraste kvinnan på Gotland, var att priset på ullen såg ut att bli dåligt i år men att potatisen var fin. Hon hade lyssnat tålmodigt och sedan pekat mot bersån. Det ögonkast hon gav honom just då skulle han aldrig glömma. Gömda för de andra i den gröna bladgrottan hade han tagit henne i sin famn. Samförståndet hade funnits där hela kvällen, blickarna som inte gick att ta miste på och den lätta beröringen så fort hon kom åt. Smultrondoften från schersminbusken hade varit berusande. Det tunna tyget i hennes klänning spände över bysten och över höfternas mjuka rundning – det hade gjort honom förlägen och stum och mycket medveten om reaktionerna i sin egen kropp. Nyss var hon ett barn, en lekkamrat. Angela med änglahåret som spunnet guld i en sky över axlarna, de blågröna ögonen och den lätt utstående överläppen han bara måste få kyssa. I bladgrottan fattade han mod och gjorde det. Det hade blivit en lite misslyckad kyss, där tänderna skrapade mot varandra, och båda hade generat dragit sig undan. Han hade försökt ta det mera varsamt och märkte att hon mjuknade. Hennes händer hade smekt hans rygg och sakta glidit utmed musklerna och in under skjortan. Han hade känt en lätt rysning fortplanta sig i kroppen när hennes naglar försiktigt klöste hans hud och hennes andhämtning blev snabbare. Hans hand hade sökt sig innanför hennes trosor och hon hade fångat den i rörelsen och hållit den i sin. Hur mycket älskar du mej, Ruben? Hon hade sett honom rakt i ögonen utan att vika med blicken, väntat att han skulle säga det omöjliga lösenordet. Hur mycket vill du ha mej? Hur mycket älskar du mej? Och han hade svarat med att pressa sin bultande lem mot hennes mage. Hon hade ryggat tillbaka och han hade fört hennes hand dit han önskade, för att hon skulle känna hans styvnad och förstå hur mycket han ville, hur mycket han längtat efter och tänkt på henne. Sluta! Hon hade blivit stel i kroppen. Han försökte röra vid henne men hon böjde sig undan. Leendet i hennes ansikte hade slocknat. När han fortfarande inte sa något hade hon knuffat honom ifrån sig och sprungit bort till de andra. Han hade hunnit ifatt henne, försökt att omfamna henne bakifrån. Säg något din dumme fan, viska de ord hon vill höra. Men orden hade aldrig infunnit sig, inte då och knappast ens nu, femtio år senare, när han funderade på vad han skulle ha sagt för att ändra historiens gång. Hur mycket älskar du mej? Vad svarar man på det? Kärlek går väl inte att väga och mäta? Hon hade slitit sig lös ur hans grepp med en vrede han inte kunde förstå och därefter inte tittat åt honom under resten av den midsommaraftonen. Och sedan – var det för sent.

Ruben vände ansiktet med de blekblå ögonen mot kvällshimlen

och snörvlade till. Han blev ofta som slagrörd numera. Som barn gråter man för att man blir ledsen och slår sig, och när man är gammal gråter man för att man blir rörd när man hör *Den blomstertid nu kommer* eller minns en gammal kärlek. Han rättade till byxorna i grenen och log för sig själv. Kroppen minns också.

Högt ovanför duvslaget cirklade en flock duvor. Ruben stod alldeles stilla och såg på när de landade på plåttaket och kuttrande spatserade av och an innan de gick in för natten. Han kände dem till utseende och namn. General von Schneider, Mr Pomoroy, Sir Toby, Mr Winterbottom, Paniken, Kakao och Sven Dufva trängdes och gav varandra tjuvnyp när de skulle passera gluggen för att komma in till sina honor och ungar och sedan få kvällsmat. Alltid samma procedur.

Längst ut på taknocken satt en ny duva som måste ha följt med flocken hem. En kraftfull, lätt brunspräcklig fågel med vitt huvud. Troligtvis en hane. Den måste han titta närmare på. Ruben hukade under den låga dörren till uthuset och smög upp för den knakande trätrappan till duvslaget på loftet och fram till säcken med hampfrön. Godsaker som borde kunna locka in den nya duvan. Han justerade luckan och gallret så att fåglarna kunde promenera in i duvslaget men inte ut, och väntade i dunklet medan den nedgående solen färgade himlen och havet orangerött och en glödande solgata bredde ut sig.

Fåglarna slogs om maten. Von Schneider pickade Winterbottom i huvudet och fick en vinge i retur. Den som tror att duvor är trovärdiga fredssymboler har fel. Det hade han hävdat i många sammanhang. Det finns ingen fågel med mer aggressioner och översittarfasoner än duvor, men som symbol för kärlek och trohet fungerar de utmärkt. De bästa flygarna är hanar vars honor ligger på ägg eller har ungar. De ger allt för att komma hem fort, vilket man bör ha i åtanke när man väljer ut brevduvor till en tävling. Ruben hade redan börjat se ut vilka duvor han skulle delta med i klubbens brevduvetävling i helgen. Duvorna skulle släppas från Gotska Sandön tidigt på söndagsmorgonen. Innan dess skulle brevduveägarnas klockor kalibreras så att de gick synkront och efter Fröken Ur. På det sättet slapp man hätska diskussioner i efterhand när man skulle räkna ut snittiden i kilometer i timmen.

Så fanns det ju de som fuskade förstås. Petter Cederroth hade borrat ett knappt synligt hål i O:et på glastillverkarens namn i locket. Sedan hade han stoppat uret vid lämplig tid med en nål så att han kunde stämpla en kanontid. För att inte bli upptäckt hade han precis före klocköppningen petat fram visarna så att de stämde i tid. Smart, om inte frun hade råkat försäga sig när hon blev på snusen. Ruben kunde på rak arm inte komma på någon som var lika meddelsam som Sonja Cederroth i onyktert tillstånd.

Hade det gällt stora pengar som vid de nationella tävlingarna och inte bara vandringspriset Silverduvan hade Cederroth blivit utesluten ur brevduveförbundet. Men klubben teg ihjäl det. Han var ju så förbaskat trevlig, och duktig på att brygga Gotlandsdricka var han också. Det måste sägas till hans försvar.

Den nykomne duvhanen dröjde sig kvar ute på taket och gjorde sig ingen brådska, även om han nyfiket tittade in då och då. Ruben tog upp kikaren och studerade honom. En verkligt kraftfull fågel, om än ganska medtagen efter flygningen. Märkt med en metallring om foten. En utlänning, alltså, i Sverige har ju duvorna plastringar. En flygturist på besök? Säkert hade duvan färdats långt innan den anslöt sig till flocken. Han borde vara mer hungrig än misstänksam och komma in. Det var då själva tusan att man skulle behöva göra sig omaket att gå ut och hämta honom på plåttaket.

Ruben kröp ut med sin fångstbur. Duvan flaxade upp i luften och satte sig sedan ytterst på taket vid stuprännan och såg på när buren gillrades. En pinne med en nylonlina höll upp luckan och inne i själva nätburen fanns aptitliga hampfrön ovanpå fodret som grädde på moset. Kom då! Kom närmare! Ruben kröp tillbaka och stod orörlig bakom väggen med nylonlinan spänd i sin hand. Kom då! Lite till. Så ja, du är ju hungrig. Duvan såg på buren med halvslutna ögonlock och log retsamt. Ruben tyckte det såg så försmädligt ut när den gick där och knyckte på nacken. Vad är du för en fågel och var kommer du ifrån? Det var faktiskt riktigt spännande att fundera på hur långt duvan kunde ha flugit.

Cederroth hade skrutit hela våren om att han fått in en duva från Polen, men ingen hann se den innan den flög iväg, och Jönsson hade bevisligen haft en fågel från Danmark förra sommaren och nyligen en från Skåne. Så ja. Gå in med dej då. Neej. Duvan vände tvärt framför buren och marscherade som en rakryggad general i motsatt riktning. Gjorde sedan helt om vid stuprännan. Nu kom han tillbaka. Ruben var beredd. Han höll andan. Inget ljud fick skrämma fågeln. Duvan tog de avgörande stegen. Han kunde inte längre motstå godsakerna och luckan slog igen. Ja, där satt den. Ruben bar buren med duvan över taket och öppnade den inte förrän han kommit in i duvslaget. Det var verkligen en präktig hane, om än något tilltygad i fjäderskruden efter den långa resan. Ruben bredde ut vingarna, en och en, i sin hand och studerade dem noggrant. Det fattades två vingpennor på den högra och på den vänstra var en penna kort men på uppväxt. För att närmare se märkningen på ringen var han tvungen att ta på sig glasögonen. Han hittade dem på trälisten ovanför transportburarna, gned bort det vita dammet och synade ringen. Det såg ut som ryska bokstäver. Det här var verkligen intressant. Ruben gav duvorna rent vatten och utfodrade dem med majsblandning. Sedan gick han in i boningshuset för att ringa till Cederroth. Men han var hos sin bror i Martebo och skulle inte väntas hem förrän sent på kvällen, sa Sonja.

Med en blick på ICA-handlarnas gratisalmanacka konstaterade Ruben att det redan hunnit bli den 29 juni. Han sjönk ned på en stol och såg ut genom fönstret på solnedgångens magnifika färgspel när den röda solskivan sakta gled ned i havet. Det är en stor ynnest och lisa för själen att bo så man ser solen gå ned i havet. Han reste sig bara för att hälla upp kaffe och skära en limpskiva, som han dekorerade med falukorv, två tjocka bitar på ett stadigt underlag av smör, inget konstgjort margarin med plastkulor. Havet var så vidunderligt vackert att se på i kväll. Nästan så man blev andäktig och mjuk i sinnet och full av tankar på det som finns bortom tiden.

Han tänkte på ordet *försoning* och han tänkte på Angela. Finns det ett vackrare ord än försoning? Att sluta fred med det som hänt, inte glömma det eller förminska det, men minnas det utan känslan av smärta. Att förlika sig med att det inte blev som man i sitt hjärta tänkte och hoppades. Att komma dithän att man kan förlika sig med sitt öde.

Det var Angelas pappa som hade börjat med brevduvor. När

han tröttnade på dem och började spela golf istället hade Ruben
och lillebror Erik tagit över duvorna och flyttat verksamheten hem
till sig på Södra Kustvägen i Klinte. Men Erik hade också trött-
nat och skaffat motorcykel istället. Och så gick det så illa som det
gick.

KAPITEL 2

I det första gryningsljuset kom Angela gående över havet mot honom. Släpet på hennes tunna klänning blev till ett med skummet på vågorna och det långa håret var spunnet av morgonljus. I de smaragdgröna ögonen blänkte havet. Hon höll en vit ungduva i sina händer och släppte den upp mot skyn. Kom. Hon sträckte armarna mot honom. Kom nu då. Hennes leende var precis så lockande som han mindes det från den ödesdigra midsommaraftonen. Kom, du kan också gå på vatten. Men han vände ryggen mot havet och såg henne inte mer. Och hon kom som ett mörker, som en storm över land. Träden böjde sig. Vassruggarna låg tryckta mot marken, fåglarna tystnade och blixtarna sprakade som ett fyrverkeri mellan molnen. Men han vägrade att lyssna till henne, blundade och höll för sina öron. Då kom hon som en doft. Hur värjer man sig mot en doft som återskapar minnen?

När Ruben vaknade märkte han att han hade gråtit. Längtan efter Angela kändes i hela kroppen, värkte, molade och skar i mellangärdet. Angela. Angela. Hur kan en saknad plötsligt växa sig så stor? I drömmen hade hon hållit i en vit duva. Han kunde fortfarande minnas hur hennes händer med de korta, lite trubbiga tummarna hade hållit den skadade duvan som höken varit på, då i en annan tid när allt ännu var möjligt. Det var en av de första gångerna de träffades. Hon strök med sina små händer över duvans rygg. Din stackare. Vi ska ta hand om dej. Medan Angela hade försökt mata duvan med välling och bäddat åt den i det mjukaste redet hade Ruben laddat sitt hagelgevär och väntat ut duvhöken som cirklade högt över duvslaget. Vilat på hanen och väntat tills rovfågeln slagit sig ned i tallen bredvid uthuset. Sedan hade han skjutit av hagelsvärmen. Höken hade fallit död till marken. I triumf hade han burit in rovfågeln i benen och slängt upp honom på köksbordet så att Angela skulle få se att den skyldige fått sitt straff. Inte hade han väntat sig att hon skulle börja gråta. Men det gjorde hon. Hur kunde du? Hur kunde du bara skjuta den? Han hade stått där i köket med armarna hängande efter sidorna utan att kunna säga något till sitt försvar. Surrandet från en fluga som fastnat i den klibbiga klisterremsan som hängde från kökslampan var det enda ljud som hördes, och det malde tills huvudet blev tomt på tankar.

Ruben gick till biblioteket så snart det öppnade. Väl hemma igen drack han sitt förmiddagskaffe medan han lyssnade på väderleksrapporten. Därefter gick han ut i duvslaget för att se till den nya duvan. Fågeln hade varit trött och tagen efter flygturen. Ögonen var lite matta. Inte undra på när den hade flugit så långt. Men med den kraftiga fysik duvan hade borde den vara vid full vigör i dag. Som avelsduva var den ett riktigt praktexemplar. Cederroth skulle bli grön av avundsjuka. Duvan hade kommit ända från Bjaroza i Vitryssland, tänka sig. Ruben hade fått hjälp av bibliotekarien att leta på nätet för att hitta en lista över landsbeteckningar och beteckningar på brevduveklubbar i respektive land, och slutligen funnit var duvan hörde hemma. En vitryss. Han hade anmält den som upphittad. Om ingen ägare hörde av sig fick den väl bli kvar. Han hoppades på det.

I dessa tankar gick Ruben Nilsson uppför trappan till sitt duvslag, och ännu mer tankfull kom han ut igen. Den främmande fågeln hade legat död på stengolvet under fönstret. I den mulna dagern såg duvan nästan grå ut i fjäderdräkten. Den var inte skadad vad han kunde se. De andra fåglarna kunde ju ha givit sig på honom i konkurrens om maten och honorna. Men det fanns inga sådana tecken. När han lyfte upp den slappa kroppen såg han högen med duvspillning på golvet, löst träck. Kanske hade den ätit något olämpligt. Eller var den sjuk? Han smekte den tankfullt över vingarna. Det var verkligen en mycket vacker och välbyggd duva.

Först hade Ruben tänkt gräva ned vitryssen intill trädgårdsmuren där han gjort en fågelkyrkogård och grävt ned de andra fågelkropparna undan för undan, men sedan kändes det lite motigt att gå efter spaden i uthuset. Värken i höfterna var värre än vanligt. Han kunde lika gärna gräva ned den senare, det var ingen brådska. På väg in i huset fick han syn på sin granne Berit Hoas, som hängde tvätt på baksidan av sitt hus. En källa till ständig konflikt när Rubens duvor cirklade över hennes lakan och släppte visitkort på den rena tvätten. Som om han kunde hindra dem. Duvor släpper sin barlast när de stiger mot skyn. Det är en naturlag. Hon kunde väl hänga sin förbaskade tvätt på framsidan av huset istället, men det ville hon inte. Vad ska folk säga? Ja, vad ska de säga? Här är det till att hålla sig ren. Har de så lite att bekymra sig om får de väl bjuda på det, tyckte han. Berit var av en annan åsikt.

"Är du hemma redan?" frågade han för artighets skull.

"Ja, nu har de fått frukost, barnen, och jag behöver inte ordna någon lunch för de har matsäck med sig. De spelar match mot Dalhem i dag. Jodå. I tre veckor håller det här fotbollslägret på och sedan får jag ledigt och då tänker jag hälsa på min syster på Fårö. Arbetet ger väl inte så mycket betalt, men det är roligt, för de är hungriga och tacksamma för maten. Du, förresten, jag har lite murkelstuvning som jag har tagit upp ur frysen. Fjolårets. Jag behövde rensa för att få plats med årets svamp, så det är bra om den går åt. Du är välkommen över på en bit om det passar. Om du inte hade tänkt något annat, menar jag."

"Man tackar. Jag hade väl tänkt steka upp en falukorvsbit, men det kan vara till i morgon. Du kan väl slå mej en signal när det är dags."

Ruben lunkade bort mot redskapsboden för att hämta spaden, men när han stod med handen på låset ångrade han sig. Cederroth skulle aldrig tro honom om han inte fick se duvan med egna ögon. Det var nästan bättre att den fick ligga kvar i zinkbaljan på nedervåningen i uthuset tills Petter hade tid att komma förbi. Han var mycket ute och for, Petter Cederroth. Fast det är klart, med en sådan kärring kanske det var lugnast att flykta hemmet för att inte få öronen nedmalda till pulver.

Istället för att begrava duvan tog Ruben cykeln ned mot hamnen för att se om det gick att få tag på ett par rökta flundror. Vid Pressbyrån stannade han och läste tidningsrubrikerna på anslagstavlan. *Så får du bättre semestersex.* Ruben skrattade. Om det hade utbrutit pest eller inbördeskrig i Sverige hade det inte kunnat vara större bokstäver på löpsedeln. Måste man upplysa svenskarna om de mest grundläggande saker, som hur man ska få släktet att bestå, när smådjur som rabbis med mycket liten hjärna klarar av det alldeles själva. Semestersex lät som något slags jaktsäsong. Nu är det lovligt. Gör så här. Objudna dök tankarna på Angela upp igen, fast han hela tiden försökte mota undan dem med viktigare saker. Det var dags att beställa hem mera ved och det behövde bytas packning på kranen i köket och han måste fara in till Centralföreningen i stan och skaffa foder till duvorna. Angela, vad vill du mej? Minnena trängde sig på utan att han kunde värja sig längre.

Angela hade slitit sig loss ur hans omfamning och sprungit bort till de andra som samlats kring Erik och hans nya HD. Får man åka med ett varv? hade hon sagt och Erik hade nickat. Ruben såg henne klänga sig upp på bönpallen och fatta tag om Eriks nya skinnjacka. I ett moln av damm hade de försvunnit grusvägen bort. Helvete, så illa det blev nu! Ruben hade i ett svagt ögonblick önskat sin bror olycka och motgång på färden, det var han villig att medge efteråt. Inte så att någon annan fick veta det, bara för sig själv. Men han hade verkligen inte önskat det som sedan hände. Som barn har man idéer om att man kan styra världen med tankekraft. Som vuxen får man ibland återfall i det magiska sättet att tänka. När Angela kom springande med andan i halsen och skrapsår i ansiktet hade Ruben känt skulden som en kramande hand över strupen.

”Hjälp! Jag tror att Erik är död! Han rör sej inte. Han svarar inte. Det blöder! Jag tror att han slog huvudet i en sten. Vi körde av vägen. Kom!” Hennes spända röst blev till ulkande gråt. Ruben hade inte menat att han ville se sin bror död. Han hade önskat att se honom mindre övermodig och lite tillplattad, det var allt.

De hade sprungit åt det håll Angela pekade. Ruben hade kommit först till olycksplatsen, med ögonen dimmiga av svett eller om det var tårar. Erik! Älskade lillebror! Han svarade inte. Han rörde sig inte där han låg under motorcykeln med kroppen i en märklig vinkel. Det var blod på stenen bredvid hans huvud och blod färgade det vita skjortbröstet förfärande rött. Erik! Ruben böjde sig ned för att lyfta bort motorcykeln och fick hjälp av flera armar. Gode Gud, låt honom vara vid liv! Han skakade sin brors axlar och höll handen över hans ansikte för att känna om det fanns någon andning. De andra hade samlats bakom hans rygg. Hur är det? Har han någon puls? Ruben fann insidan på Eriks handled. Kände han en puls? Kanske var det hans egen. Det gick inte att avgöra. Känn på halspulsådern, sa Gerd Jakobsson som ofta hjälpte till hos distriktssköterskan. Sedan blev allt så tyst. En ihålig otålig väntan. Och allas blickar var vända mot Ruben som om han kunde utföra mirakel och uppväcka sin bror från de döda, bara han ville. Han märkte att han i sin rädsla tryckt för hårt med fingrarna mot huden och lättade på greppet. Ja, där på halsen kändes pulsen. Nu kände han den tydligt. Och nu rörde sig Erik och slog upp ögonen och ett sorl av röster bröt igenom tystnaden.

"Han måste till sjukhus, han har säkert fått en hjärnskakning", sa någon.

"Aldrig!" Erik satte sig halvvägs upp och sjönk sedan tillbaka mot marken och höll om sitt huvud. Hans ansikte var mycket blekt när han slet upp skjortan och synade magen. Det hade blivit ett ordentligt skrapsår, men inget djupare. "Hur gick det med motorcykeln?" stönade han.

Jo, Ruben kom ihåg det som om det hade hänt i går. Hur gick det med motorcykeln? var det första brorsan hade frågat när han vaknade till sans. Han frågade inte efter Angela. Hon satt i diket och grät. Erik såg henne inte. Hon kunde lika gärna ha varit död eller svårt skadad.

Det blev ingen resa till lasarettet i stan. Erik hade druckit drygt en kvarter hembränt och ville inte bli av med körkortet. Så Ruben hade hämtat flakmopeden och kört honom tillbaka till Jakobssons och sedan lett honom in till sängen i pigkammaren innanför salen.

"Vi kan inte lämna honom ensam", sa Gerd. "Han får inte somna. Det kan vara farligt. Svea säger det", tillade hon hastigt för att ingen skulle ifrågasätta påståendet. Hade distriktssköterskan Svea uttalat den åsikten var det en grundsanning. Odiskutabelt.

Angela strök hårsvallet ur ansiktet.

"Jag kan stanna hos honom." Hon hade smitit förbi Ruben i

dörren utan att så mycket som se på honom. "Jag stannar här", sa hon. "Gå ni, Erik behöver få lugn och ro. Jag ser till honom."

Ruben köpte sina flundror av den fiskare han brukade handla av. Det fick bli hans bidrag till lunchen. Berit hade lovat göra en omelett till svampstuvningen. Det kunde lätt bli lite smaklöst. Han trodde inte hon skulle tacka nej till ett par nyrökta flundror. En blomsterkvast kanske man också borde ha med sig. Med åren hade han upptäckt att kvinnor tycker om sådant. Det behöver inte vara dyra köpta blommor. Det gick lika bra att stanna till vid dikeskanten och plocka blåeld och prästkragar och gulmåra, rödklöver och akvileja, och sedan kanta buketten med de ormbunkar som växte på norrsidan vid husknuten. Det kan tyckas lite sorgligt att det tagit femtio långa år att hjälpligt förstå sig på kvinnor, men bättre sent än aldrig. Kvinnor vill bli överraskade.

Angela hade haft en halvvissen krans av ängsblommor runt huvudet när de möttes på barlastkajen på midsommardagens eftermiddag. Hon satt och dinglade med benen i vattnet på ett irriterat sätt, som när en katta slår med svansen, och ville först inte låtsas om honom. Håret var oredigt. Hon såg trött ut.

"Ska vi bada", hade han frågat när det gått en lång stund och ingen av dem hade kommit på något att säga. Det fanns en lättnad i att få slänga av sig kläderna och hoppa i vattnet. Det var kallt och Angela skrek, men verkade kvickna till i kylan. Ett snabbt dopp. Han hade sträckt sig efter hennes handduk för att torka henne och hon hade låtit honom göra det. Hennes hud var nästan blekblå och knottrig av köld och bröstvårtorna syntes tydligt genom tyget i den vita baddräkten. Han torkade hennes hår som mörknat flera nyanser av vattnet, gnuggade och gnuggade för att det skulle anta sin rätta färg. Han ville att hon skulle se ut som vanligt, vara som vanligt. När hon försökte göra sig fri kysste han henne på nästippen, som var det enda som stack fram ur badlakanet.

"Hur är det med Erik?" frågade hon.

"Bra, tror jag. Han har gett sej av med båten till fastlandet. Det var nog ingen större fara med honom. Varken med honom eller motorcykeln, mirakulöst nog."

Plötsligt hade Angela slagit armarna om Ruben, lagt krokben för honom och brottat ned honom på marken. De hade rullat runt som barnungar i gräset och hon hade försökt få honom att äta maskrosblad som en kanin.

"Jag är inte vegetarian, jag vill ha kött", hade han morrat och bitit henne i armen. Hon hade skrattat, så som bara Angela kunde skratta, ett kvillrande fnitter. Sedan hade hon satt sig grensle över hans mage. Han hade nafsat på hennes arm från armbågen upp till axeln och kommit upp i sittande. Då blev hon plötsligt allvarlig.

"Blir du aldrig vuxen, Ruben?" Han hade gapskrattat och fortsatt att låtsas äta upp hennes andra arm också, utan att förstå att leken var över, att hon förväntade sig något annat. "Jag menar, vad tänker du om framtiden? Vad vill du med ditt liv?" hade hon förtydligat.

"Vill med mitt liv?" hade han frågat dumt. "Det är väl bra som det är. Jag är snickare. Jag kan mura lite – jag kan försörja mej med de här." Han hade visat henne sina stora seniga händer.

"Vill du inte studera, som Erik, och bli någon?"

"Jag är någon. Jag är Ruben." Han hade lagt sin kind mot hennes mjuka, mjuka hud och dragit in hennes doft av salt och sommarvärme. Sökt hennes mun och fått ett oväntat gensvar.

"Älskar du mej?" hade hon frågat när han öppnade ögonen och såg hårglorian skina igen runt hennes ansikte, som han ville att den skulle göra, som den sedan alltid hade kommit att göra när han mindes henne.

Han nickade till svar.

"Hur vet du det? Hur vet man att man verkligen älskar någon? Du känner inte mej. Det som verkligen är jag." Och så hade hon borrat in huvudet vid hans hals. "Det är inte ens säkert att man känner sej själv, Ruben. Förstår du inte det?"

KAPITEL 3

Senare på kvällen tog Ruben bilen upp till Klinte kyrkogård för att sätta blommor på gravarna. Vanligtvis brukade han ta cykeln, men det värkte i kroppen. Kanske var det ett väderomslag på gång.

Uppe under muren hade J N Donner, av skeppsredarsläkt och ägare till Klintebys, legat begravd. Men han fann ingen ro i kyrkogårdens mull och Klintebys hästar vägrade gå förbi, så kroppen flyttades hem till den vackra parken som hörde till gården. På den mörka norrsidan av kyrkogården låg andra klassens medborgare begravda; självspillingarna och de frireligiösa. De högkyrkliga och renläriga som dött av ålder och sjukdom fick ligga på solsidan. På norrsidan fanns alltså farfar och farmor som tillhört baptistsamfundet. Ruben brukade passa på att tala ett par ord med farfar Rune. Farmor hade alltid varit lite mer reserverad, men samtalen med farfar Rune behövde nödvändigtvis inte upphöra för att han befann sig på andra sidan gränsen. Han hade alltid varit en god lyssnare.

"Bensinpriset har stigit igen. Du skulle vända dej i graven om du visste vad det kostar nu – och ändå tankar man sin bil och kör den. Man måste ju. Jag skulle egentligen behöva köpa ett par nya byxor, men det har jag inte råd med. Vet du, farfar, rätt vad det är så står man där och tankar med ändan bar, för bensin måste man ha." Den vältaliga tystnaden var svar nog. Ruben satte ned en kvast blåeld i den spetsiga vasen och lunkade över vägen till andra delen av kyrkogården under Klinteberget. Det var soligare här, ändå kände Ruben sig ruggig och frusen. Här låg hans mor, Siv Nilsson, och lilla Emelie som dog året efter att Erik föddes. Ruben kunde vagt minnas henne som ett skrikande knyte i en korg klädd med rosa skyar av tunt tyg. Ett par små sparkande fötter och en mössa med spetsar som nästan helt dolde det lilla ansiktet.

Farsgubben var på hemmet i sin egen värld, där Siv fanns inom hörhåll i köket med kaffepannan puttrande på spisen. Klockan fem ville han upp och mjölka korna, men somnade tacksamt om när nattpersonalen lovade att ta hand om den saken. Och när han fick kaffe på sängen, fast han inte hade födelsedag, tyckte han det var som om han kommit till himmelen. Ja, inte riktigt, men på god väg.

"Ja, du mamma, minns du när du ville tala med mej om Angela", sa han och la sin hand tungt på gravstenen. "Det är femtio år sedan nu och det var den värsta dagen i mitt liv." Ruben satte sig på gräset vid graven och lutade huvudet mot stenen. Han kände sig plötsligt så matt. Bestämt höll han på att bli förkyld, det kändes så i halsen. Antagligen hade han feber. Det var illa med tanke på brevduvetävlingen i helgen. Med de snabba ungduvor han plockat ut borde han ha en hyfsad chans att vinna vandringspokalen den här gången. Han blundade där han satt, och minnet av Angela trängde sig på med full kraft. Musklerna i magen spändes till försvar. Det sved bakom ögonlocken och han lät tankarna och tårarna komma. Det var febern som gjorde honom ynklig och gråtmild, det var han säker på. Annars skulle han inte ha suttit och snörvlat och burit sig åt där folk kunde se honom.

Angela hade på något sätt förändrats sedan midsommaraftonen. Ruben hade svårt att förklara hur. Hon brukade grubbla över livet och döden och meningen med alltihopa, men efter olyckan med motorcykeln hade det blivit värre än någonsin.

"Man får bara ett liv och så många valmöjligheter. Hur vet man att det man väljer är det rätta? Så man inte ångrar sej sedan och det är för sent, menar jag?" Han visste inte, hade aldrig funderat i de banorna. Allt var ju bra som det var. Man gick upp på morgonen, uträttade sitt arbete och så var det inte mer med det.

Angela hade fått jobb på Klintebys konservfabrik och på kvällarna, när Ruben kom cyklande för att hälsa på, ville hon bara sova. Men på helgerna när hon var ledig kunde det hända att de cyklade till Björkhaga eller Tofta för att bada. Hon bjöd inte in till kyssar och smek längre. Det verkade som om själva magin hade gått förlorad efter den lekfulla stunden på barlastkajen och han visste inte vad han skulle göra för att få den tillbaka. Vi kunde ha dött, Erik och jag, sa hon gång på gång. Tänk om vi gjorde det ... om vi faktiskt dog ... och det här livet inte är på riktigt utan något vi bara fortsätter att låtsas för att döden är så hemsk. Att inte *vara* skrämmer mej. Förstår du det, Ruben? Förstår du vad jag säger? Men man kanske kan leva parallella liv, tror du det? Jag tycker om den tanken, för då behöver man ju inte välja och då kan det inte bli fel. Flera parallella liv, som trädet grenar sej, förstår du? Neej, men jag lyssnar gärna ändå, hade han svarat i ett försök att hålla sig till sanningen och ändå vara till lags.

De umgicks mer som kamrater eller syskon än som älskande. Därför förvånade det honom när hon en kväll bad honom följa med upp på hennes rum. Det fanns något i hennes blick. Det var inte som vanligt den kvällen.

"Det är ingen hemma", hade hon sagt. "De kommer inte hem förrän i morgon middag." Med förvånande självklarhet började hon klä av sig mitt framför honom. Som förstenad hade han stått där och sett på henne. När hon drog jumpern över huvudet och inte hade någon bh inunder visste han inte vartåt han skulle titta. Så steg hon ur kjolen och trosorna och såg allvarligt på honom. Hon hade aldrig varit vackrare och aldrig sett mera sorgsen ut än i den stunden. Han hade knappast vågat andas, än mindre röra sig. Då tog hon honom vid handen. Kom. Som i en dröm hade han följt med henne till sängen. Han hade fumlat med knapparna i sin skjorta och hon hade hjälpt honom. När förlamningen släppte hade de älskat besinningslöst. All lekfullhet var borta. Det fanns en hunger, en besatthet hos henne, som när man älskar för att hålla döden borta.

"Hur mycket älskar du mej?"

Han hade kysst henne och smekt henne så att hon skulle förstå att han älskade henne mer än livet självt, mer än någonting eller någon annan. Orden hade han aldrig ägt, språket fanns i hans händer. Han hade hoppats att det skulle räcka. Gråten kom så oväntat. Hon grät och han tröstade ordlöst. Är det något jag har gjort? Han kunde inte ställa frågan och fick inget svar – inte då.

Framåt morgonsidan hade han antagligen slumrat till och upptäckte när han vaknade att hon inte låg bredvid honom i sängen. Hennes doft fanns i lakanen. Det var ljust ute, men klockan var inte mer än kvart över sex. Dörren till toaletten var låst och han hörde att hon ulkade där inne och kräktes.

"Mår du inte bra, Angela?" Han hörde henne skratta gällt och ihåligt och sedan kom snyftningarna. "Hur är det? Kan jag göra något? Angela, öppna!"

"Gå hem, jag vill vara ifred." Och ändå begrep han ingenting förrän senare på kvällen, när mamma Siv tog honom avsides för att säga det som måste sägas. Hon hade strukit bort håret från ansiktet, slätat ut förklädet och rätat på ryggen på det sätt hon brukade göra när hon behövde samla sig inför något svårt. Hennes ansikte var så allvarligt att han blev rädd och rösten var spröd och torr som fjolårsris.

"Jag har pratat med Angelas mamma."

"Jaa." Något i hennes blick gjorde att han skamset slog ned ögonen.

"Som du säkert vet är Angela med barn."

"Va?" Tanken svindlade. Det var inte möjligt, de hade ju just ...

"Angela reser till fastlandet med kvällsbåten. Till Erik. Erik är far till barnet. Det kom till av en olyckshändelse på midsommaraf- ton. Erik måste ändå stå för vad han gjort och ta hand om dem."

"Vad i helvete!" Ruben hade rusat upp från stolen så den välte. "Den jäveln." Mer hjärnskakning hade han alltså inte haft än att han kunde ge sig på Angela ... "Jag ska döda honom. Jag ska slå ihjäl ..."

"Sansa dej, Ruben. Angela var med på det och hon har valt att fara till honom på fastlandet. Jag har anat att du haft andra för- hoppningar, men det blir inte alltid som man vill här i livet. Du hittar nog snart en ny trevlig flicka ..."

Mer hörde han inte innan han var tvungen att rusa ut ur rum- met för att inte ansiktet skulle brista. Han måste få vara ifred. Måste bort från hennes medlidsamma blick som gjorde smärtan ännu svårare. Han hade sprungit genom samhället, förbi kyrkan och inte stannat förrän han förirrat sig på en stig i Buttleskogen. Där föll han ihop på mossan och drog upp knäna för att lindra krampen i magen. Han försökte tänka klart. Angela skulle resa med kvällsbåten. Ännu kunde han hindra det. Ännu kunde han kanske övertala henne att stanna. Ville han att hon skulle stanna efter det hon gjort? Ja, om hon ångrade sig och inte for till Erik på fastlandet så skulle han förlåta henne och ta henne och barnet till sig. Men bara om hon valde att stanna kvar och aldrig mer träffa Erik. Han måste hinna prata med henne innan båten gick. Måste. Men Buttleskogen är inte som andra skogar. När hon har fångat någon i sin gröna famn släpper hon inte taget så lätt. Hur länge han irrade runt och försökte gissa väderstrecken visste han inte. När han ett par timmar senare kom ut på vägen vid Alskog hade det börjat mörkna och allt hopp var ute. Det enda som fanns kvar var vreden och så småningom bitterheten.

Det hade aldrig funnits någon annan än Angela. Och det kom aldrig någon annan trevlig flicka, som mamma sagt i sitt taffliga försök att trösta honom. Ett kort samtal hade han haft med sin bror under de femtio år som förflutit. Kommer du hem så slår jag ihjäl dej, Erik. Det ska du veta.

Rykten sa att Erik öppnat egen advokatfirma och att det gick bra för honom. Siv reste till fastlandet någon gång om året och hälsade på dem och sin lilla sondotter Mikaela. Ryktet sa också att Angela var på vilohem för sina nerver, att hon hade fått elchocker och vägrade att tala. Det var Sonja Cederroth som sa det. Om det var sant eller inte kunde man inte veta. Ruben hade mycket tydligt visat henne att han inte ville höra ett ord till om Angela och sedan hade hon haft förstånd nog att tiga. Det räckte gott med det prat som blev ändå. Ruben hade dragit sig undan, som om skammen var hans, när ingen annan fanns som kunde dela den. Om han varit något att ha skulle Angela inte ha givit sig av, eller hur?

"Visst saknade jag Erik, mamma. Det är klart jag gjorde. Jag förlorade ju dem båda två. Men om jag låtit dem komma till ön som om inget hade hänt skulle jag ha förlorat förståndet. Hade det varit bättre?"

När Ruben skulle stiga ur bilen, som han parkerat på gårdsplanen under eken, kändes det som om all kraft var slut. Han blev sittande en stund med bildörren öppen och måste ha slumrat till med ansiktet mot ratten, för han vaknade av en kraftig bilsignal.

När han yrvaket tittade upp såg han att Berit Hoas vinkade på andra sidan staketet. Antagligen hade hon trott att han tutat på henne. Det kunde hon väl få tro. Ruben huttrade när han gick mot uthuset för att se till duvorna för natten. Det var lite tidigt, men han måste nog se till att komma i säng. Trappan upp till duvslaget gjorde honom andfådd. Ett steg i taget medan han höll sig stadigt i ledstången. På översta trappsteget fick han stå en lång stund och dra efter luft. Det värkte i bröstet. Skopan till fodret var borta. Den borde ligga i säcken men det gjorde den inte. Ruben kupade händerna, fyllde dem med vetekorn och gick sedan mot det första redet, där han bäddat för Vitryssen. Där låg skopan. Han hade upptäckt den döda duvan där under fönstret och släppt skopan och burit ned fågeln. Så var det. Med händerna fyllda närmade han sig Sir Toby och såg direkt att duvan inte var frisk. Ögonen var matta och fjädrarna oputsade och tufsiga. Och likadant var det med Paniken. Han såg inte heller kry ut, dessutom hade han diarré. Ruben tog upp sin skrynkliga näsduk ur fickan och snöt sig. Det här var inte bra. Årets största ungduvetävling och han hade fått in sjukdom i sin besättning. Ändå var de vaccinerade, fast mot vad kunde han på rak arm inte säga. Det var Cederroth som hade haft flaskan med sig. Sprutorna och nålarna låg fortfarande kvar i lådan i kommoden bredvid burarna. Det var för illa det här. Om han hörde av sig till veterinären skulle ryktet sprida sig till de andra gubbarna i klubben och han skulle utan pardon nekas att delta med sina duvor i tävlingen. Det här måste lösas på annat vis. Med diskretion. Ruben satte sig på en pall vid fönstret och lutade pannan mot väggen medan han tänkte. Ute i trädgården gick Berit Hoas och samlade in tvätt. Under kökshanddukarna hade hon hängt upp sina onämnbara i laxrosa, så ingen skulle se att hon hade tvättat dem. Vilken jävla färg – laxrosa. Ruben skrockade för sig själv. Berit hade inte blivit gift hon heller. Inte undra på med så rekorderliga underkläder. Där fanns ingen plats för lättsinne och skamlös flärd. Han hade sett linnen och korsetter vaja i vinden från sin utsiktsplats i duvhuset och de var minst lika skräckinjagande som de laxrosa byxorna med ben. Men Berit hade förstås sina goda sidor också. Hon var inte den som sprang med skvaller och hon var hjälpsam. Om han skulle fråga Berit till råds. Ruben tog upp sin mobiltelefon. Det var inte ofta han använde den. Knapparna kändes fortfarande ovana. Han hade den mest för att de andra gubbarna i brevduveklubben hade mobiltelefoner.

"Berit Hoas", sa hon och Ruben svarade Ruben och la sedan fram sitt ärende.

"Jag tror att de behöver medicin, men jag tycker det är vanskligt att prata med veterinären. Du har inte något hemma? Något starkt."

"Penicillin, menar du. Jag tror jag har lite kvar i en flaska sedan min syster hade halsfluss. Hon kan inte svälja tabletter så hon fick flytande medicin, men det smakade så vedervärdigt att hon slutade efter halva kuren när hon kände sej bättre. Jag fick resten ifall hon skulle ha smittat ned mej när jag var där. Fast jag behövde aldrig använda det."

Ruben log och kände sig riktigt väl till mods av den goda nyheten, trots febern. "Om du kan avvara den skvätten kommer jag att vara dej evigt tacksam."

"Är du säker på att det bli så bra att ge penicillin till duvorna? Jag menar – kan man ge djur och människor samma medicin?" Hon fick en ny kärvhet i rösten, lärarinnerösten han inte alls tyckte om, och krävde ett svar.

"Absolut. Det blir grejer det. Tror du att du kan komma upp till mej med flaskan? Jag hålls i duvhuset."

Om man drog upp medicinen i en spruta och sedan tog av nålen skulle man kunna mata dem rakt in i näbben, precis som Angela gjort när hon matade duvan som höken varit på. Angela, Angela, Angela. Det här gick inte an. Han måste sluta med de här dumheterna nu och tänka på annat. Ruben rev sig i skäggstubben. Bestämt hade han glömt att raka sig.

"Det var en tavelförsäljare här i går", sa Berit medan hon stånkade sig upp för trappan. "Var han hos dej också?"

"Nej." Ruben hade inte sett en människa på hela dagen i går. På förmiddagen hade han varit nere i hamnen och köpt fisk. Men sedan hade han hållit sig hemma. "Jag tycker inte om att folk stryker omkring här. Man kanske borde låsa om sej bättre."

"Jag tyckte det var så sorgligt", sa Berit. "Han kunde ingen svenska, men han hade en lapp där det stod på engelska att han behövde pengar för att hans son måste få en ny njure. Kidney betyder väl njure?"

"Inte vet jag. Jag tycker inte om att de tigger pengar. Hade han inget jobb?" Ruben muttrade en lång ramsa för sig själv medan han väntade på att hon skulle komma upp för trappan.

"Han målar tavlor. Riktigt vackra tavlor med hav och vassruggar och båtar och …"

"Köpte du en tavla av honom? Då kommer vi att få ha dem rännandes här, det kan du vara lugn för."

"Jag tyckte synd om honom. Tänk dej själv om du hade en pojke som var sjuk och behövde få en njure. Tänk dej det, Ruben. Då skulle man nog göra vad som helst för att få ihop pengarna."

KAPITEL 4

Nästa dag vaknade Ruben inte förrän klockan elva. En enveten fluga vandrade över hans näsrygg. Han orkade inte slå efter den. Lakanen var sura av svett och hade snott sig runt benen. Det var törsten som drev honom ur sängen. Tungan kändes som en träbit i munnen och yrseln fick honom att greppa tag i bokhyllan som svajade oroväckande och nästan välte över honom. När han druckit vatten med huvudet under kranen insåg han att han aldrig skulle orka ta sig upp för trappan till uthuset för att ge duvorna foder. Faktum var att han inte ens orkade gå tillbaka till sängen. Den sista biten kröp han på knäna medan bröstkorgen hävde sig som en blåsbälg. Ändå kändes det inte som han fick tillräckligt med luft. Varje andetag smärtade och musklerna värkte. När han drog sig upp över sängkanten var det som när en drunknande får tag i båtens reling och med uppbådande av sina sista krafter häver sig upp. Han måste be Berit se till duvorna. Kanske skulle han, om ett mirakel skedde och han tillfrisknade, kunna vara med på brevduveinsättningen under morgondagen. Ruben beslutade sig för att inte ringa Cederroth förrän han blev alldeles tvungen att lämna återbud. Han skulle ringa Berit, det skulle han alldeles strax göra. Han la huvudet på kudden och gled bort. Berit, han skulle ringa Berit. Snart. Ville vänta lite och ta igen sig bara. Blunda en liten, liten stund först …

När han vaknade var klockan tre på eftermiddagen. Ruben satte sig upp med ett ryck och föll sedan tillbaka mot kudden. Huvudet sprängde när han hostade och det rosslade i bröstet. Berit. Han måste ringa nu med en gång. Någon måste se till duvorna. Armen kändes blytung när han lyfte den för att nå mobilen. Det var en stor lättnad när hon svarade på första signalen. Det var klart hon kunde ge dem vatten och foder. Inte just nu, men lite senare under kvällen. Bara han berättade vad han ville ha gjort. Grannar ska hjälpas åt. Som tur var hade han lämnat uthuset olåst och behövde inte gå upp igen för att ge henne nyckeln. Nu var det ordnat, nu kunde han slumra lite till. Släppa taget och följa med vågen ut mot vilan.

Och hon kom honom till mötes över havet som han hade hoppats. Angela, den änglalika. Hon kupade sina händer och fyllde dem med vatten. Drick. Och han böjde sig fram för att dricka ur hennes händer, men just när hans läppar nådde vattenytan drog hon undan dem. Hans törst var olidlig, men lösningen på gåtan hon ställt var kravet för att få dricka sig otörstig och hon försvann i vågorna när han dröjde. Rädslan för att förlora henne igen gjorde honom utom sig. Havet var oändligt. Skulle han aldrig mer få träffa henne? Han sjönk ned och sökte på botten. Munnen var torr och han försökte dricka av vattnet där han låg, men det var salt och brunt av ruttnande tång. Angela! Han skulle aldrig ha släppt henne. Så kände han hennes hand mot sin kind. Han hörde henne, men förmådde inte öppna ögonen och kunde heller inte uppfatta alla ord. Men rösten var Angelas.

"Jag kom", sa hon. "Jag kom till slut. Är du fortfarande arg på mej?" Han fattade om hennes händer och drog henne intill sig. Han drog in hennes doft. Den var precis som då, söt och full av sommar.

"Du kom." Och allt det han velat säga och fråga om hennes sjukdom och om flickebarnet som hette Mikaela och om tiden som gått blev till en ordlös ström av samförstånd. "Jag är törstig." När hon räckte honom glaset drack han det till botten. Med denna skål var allt försonat och glömt och kvar fanns bara nuet och hennes mjuka hud mot hans bara arm. Angela. Hon sprang över ängen med utbredda armar, precis som då. Han kämpade för att hålla sig kvar hos henne men drömmarna förde honom vidare och plötsligt satt han i farfar Runes knä, i den varma goda tystnaden där alla funderingar var tillåtna och allt var självklart och inget behövde förklaras. "Jag är törstig." Angela stod över honom igen och hennes ansikte var som solen och han log tillbaka. Aldrig mer vill jag vara utan dig. När han lyfte sin hand för att smeka hennes kind förvandlades hon för hans syn och ansiktet suddades ut och antog Berit Hoas grånade skepnad.

"Hur är det med dej, Ruben? Du ser inte alls kry ut."

"Jag låg på botten. Fick inte luft, men det är bättre nu. Det kom en duva, en present. Såg du henne? Hon var här."

"Vet du, Ruben, jag tror du yrar. Du måste ha hög feber. Jag tycker du borde fara in till lasarettet. Synd att jag inte har körkort, annars hade jag lindat in dej i en filt och kört dej till stan. Vi kanske kunde tala med Cederroth?"

"Aldrig. Då hittar hon mej inte när hon kommer tillbaka. Jag måste stanna här."

Berit skakade på huvudet åt hans dumheter. "Vill du ha lite att dricka? Jag har ställt en kanna här på nattduksbordet och så tog jag in en kvist av schersminen åt dej så du skulle känna doften när du vaknade. Jag vet att du tycker så mycket om den. Jag har nog sett att du står och doftar på den ibland. Har du ätit något alls i dag? Nej, kan tro det. Det blev lite kvar av omeletten."

"Jag orkar inte och det gör ont i halsen när jag sväljer. Det får vara tills i morgon."

"Jag tycker du ska in till doktorn. Det tycker jag bestämt." Berit såg på hans feberblanka ögon och de våta lakanen. Du kan ha fått lunginflammation. Det är inte att leka med vid din ålder, Ruben."

"Jag säger nej. Jag tar ett par Alvedon så är det bättre i morgon. Det ordnar sej. Det är bra så här."

När inga övertalningsförsök hjälpte gick Berit Hoas över till uthuset för att se till duvorna. Folk brukade säga att Ruben Nilsson var vrång och egensinnig, och det hade de alldeles rätt i. Maken till tjurig karl fick man leta efter. Han släppte ingen inpå livet, gick sällan till affären och umgicks inte med någon utom brevduveklubbens gubbar och sina döda förfäder. Ofta var han där uppe på kyrkogården och flera personer hade berättat för henne att de hört honom tala högt för sig själv när han gick omkring och krattade gravarna. Hur egen ska man vara för att det ska anses sjukligt? Det var som om han levde i gränslandet och inte hade kraft nog att välja sida. Han borde fara in till lasarettet. De kanske kunde göra något åt huvudet med medan han ändå var där. Maken till egen karl och surgubbe! Kanske skulle hon ha ringt Cederroth i alla fall och bett honom försöka få med sig Ruben in till stan. Berit öppnade dörren till uthuset och lyssnade till det kuttrande ljudet från redena. Det låg en död duva i en zinkbalja vid dörren. Hon gick mödosamt upp för trappan. Det första hon la märke till var kikaren som låg i fönstret som vette mot hennes trädgård. Hade han suttit här och kikat på henne, gubbtjyven? Hon hann bli riktigt arg innan hon kom på att han naturligtvis tittade på duvorna. Så klart, att tänka något annat var orättvist mot honom. Han brukade stå med sin kikare och se när de cirklade över taken. På långt håll kunde han se vilken duva det var och nämna den vid namn. Paniken, Sir Toby och allt vad de hette.

Det låg en död duva precis ovanför trappan och ytterligare en mellan burarna, och de två som fått penicillin under gårdagen var också döda. Han skulle ha lyssnat på henne. Det är inte säkert att djur och människor mår bra av att äta samma medicin. När Berit hittat ytterligare tre döda duvor började hon på allvar fundera över vad som hänt. Hade duvhöken tagit sig in, eller en iller? Nog hade hon hört talas om hönshus där man fått in en iller och sedan funnit alla höns döda. Illern är en lustmördare. Dödar tills allt liv är utsläckt, utan att han behöver det för att livnära sig, inte så olik människan på det viset. Hon såg sig omkring med en rysning. Eller var det kanske något med vattnet som gjorde djuren sjuka? Ruben hade egen brunn han tog vatten ur till trädgårdslandet. Det var så vitt hon visste inte godkänt som dricksvatten. Men han hade också kommunalt vatten. Kunde han ha givit duvorna dåligt vatten? Sju döda duvor förutom den som låg där nere i zinkbaljan, det var inte alls bra. Skulle hon berätta det för Ruben eller skulle hon låta det vara tills han mådde bättre? Just nu orkade han inte göra något åt det i alla fall. Så hon beslutade sig för att låta honom slippa de tråkiga nyheterna för stunden.

Berit Hoas slog sig ned framför teven med sin stickning. Hon var van vid ensamheten, ändå kändes det tyst och tomt i huset. Egentligen hade hon gått i pension, men när hon fick erbjudande om att servera mat på fotbollslägret kunde hon inte motstå förslaget. Faktum var att hon saknade sitt arbete i bespisningen i Klinte skola. Hon tyckte om barnen och de tyckte om henne. Fast de var så många hade hon ganska snart lärt känna dem och visste precis vad de tyckte om och inte tyckte om för mat. Om Pelle ätit dåligt ett par dagar i rad försökte hon ändra lite i matsedeln så han fick något han gillade, och när Sofia petat i maten tre dagar i sträck hade Berit försiktigt undrat hur det var och då hade Sofia berättat att hennes mamma och pappa tänkte skiljas. Likadant var det med Gabriel. Han hade suttit på en pall i köket hos Berit efter skolan och berättat att han var ledsen i hela magen för att hans kanin var död. Den blev förkyld och fick penicillin och sedan fick den diarré av penicillinet och så fick den korsbett och så dog den. Han hade tagit med sig den döda kaninen till skolan i en skokartong och tillsammans hade de grävt ned den under ett träd vid bäcken, och Gabriel hade spelat Lilla snigel på sin blockflöjt till avsked.

Det kändes kallt och ruggigt i det gamla stenhuset, fast det var så varmt ute. Nästan som åskväder. Berit gick efter en kofta och satte på en kopp te. Men kylan i kroppen ville inte riktigt ge sig. Hon mådde inte bra. Kände sig stel och konstig i musklerna. Hon höll väl aldrig på att bli sjuk? Det gick inte an när man hade ett arbete att sköta. Barnen behövde få mat. På teve var det nyheter. Hon hade visst slumrat en stund och missat en del av inslaget. Innan hon riktigt hann uppfatta hur det hela hängde ihop, om det var nutid eller dåtid eller en film hon hade sett, följde börsnoteringar. Förr fanns det knappt några börsnoteringar i vanliga människors vardag och nu fick siffrorna ta hur mycket teveruta i anspråk som helst. Hon måste ha somnat ordentligt i sin fåtölj. Tidigt i gryningen vaknade hon, genomsvettig och frusen på samma gång. Hon tog en lov till köket och drack vatten innan hon ställde klockan på sex och gick i säng.

När hon ett par timmar senare skulle stiga upp var det tungt. Hon hade svårt att riktigt vakna och slog nästan huvudet i köksbordet när hon nickade till över morgontidningens nyheter om politikerveckan i Almedalen. Var det så dags igen? Berit tvättade sig nödtorftigt i handfatet istället för att ta den dusch hon tänkt. Bara hon klarade att ge barnen lunch så var hon ledig för dagen.

På kvällen skulle de grilla korv nere på stranden och spela kubb. Morgontimmarna borde hon orka med även om hon hade blivit förkyld och febrig. Hon skulle aldrig ha suttit ute i blåsten och skalat potatis. Man ska akta sig för att bli kall.

Om Berit Hoas denna morgon hade följt sin första ingivelse att gå in till Ruben Nilsson för att se hur han mådde hade flera människoliv kunnat sparas, men hon orkade inte. Inte då. Inte heller senare, när hon kom hem efter att ha serverat lunchen på fotbollslägret. Så fort hon kom inom hemmets väggar sjönk hon ihop på sängen. Huvudvärken fick henne att må illa och hostan tog nästan kål på henne. När hon behövde rusa till toaletten för att det inte skulle ske en olycka började hon fundera över murkelstuvningen hon delat med Ruben. Kunde det vara så att hon i bästa välmening hade förgiftat dem? Det var murklor och hon hade förvällt dem precis som det stod i kokboken att man skulle göra. Kunde hon ha missförstått något eller fått med någon oätlig svamp? Hon måste ringa Ruben. Bara hon fått vila sig en liten stund skulle hon ringa honom.

Det blev inte så. Istället väcktes hon en timme senare av en hård knackning på dörren och Cederroths avgrundsvrål ute på verandan.

"Öppna, Berit! Öppna! Det har hänt något hemskt! Du kommer inte att tro det om du inte ser det själv. Det är för jävligt! Det är ta mej fan överjävligt!"

KAPITEL 5

"Lugna ner dej, Petter, och säg vad det är." Berit Hoas höll sig i dörrposten och kände hur det flimrade för ögonen. Helst av allt ville hon krypa tillbaka i sängen. Det värkte i hela kroppen och sved i ögonen och nu stod hon i drag i dörröppningen. Cederroth gestikulerade och gnydde som en hund. Han brukade vara ganska yvig när han berättade historier, men det här var definitivt att gå till överdrift. Hon orkade inte med honom just nu och var precis på väg att stänga dörren när han sa:

"Rubens duvor är döda. Varenda en. Fattar du vad jag säger, Berit. Varenda duvjävel ligger med benen i vädret! Vad är det som har hänt? Jag bankade på köksdörren men gubben öppnar inte. Tror du han kan ha fått tokslag och tagit livet av dem? Du vet ju hur han är."

"Jag vet inte, Petter."

"Han har duvor som är värda femtusen kronor styck eller mer. Den galningen kunde ha sålt dem eller gett bort dem. Vad har han gjort? Gasat ihjäl dem, gett dem arsenik? Jag fattar ingenting! Han kom inte till brevduveinsättningen fast han har alla chanser att vinna tävlingen. Det är klart man undrar. Han kunde ju ha ringt i alla fall. Det är väl någon som har sagt något skitord förstås och så har han blivit på vrången."

"Är du säker på att alla är döda? Det är inte bara de duvor som ligger i zinkbaljan vid dörren?" frågade Berit matt. Nu var hon tvungen att sätta sig. Det kändes som om hon skulle svimma. En hög, ringande ton skar genom huvudet och ljudet av Petters röst kom och gick i vågor. "Kom in, Petter, och stå inte där ute."

"Varenda duva! Jag räknade dem. Det var till och med en för

mycket. Ibland blir man inte klok på honom. Vad är det med honom?"

"Har du försökt ringa på hans mobil?" Berit gned sig i ögonen och rätade till morgonrocken. Det var ju förargligt att hon sprang omkring oklädd när det kom folk. "Jag hade gått och lagt mej. Kände mej lite krasslig", ursäktade hon sig och knöt skärpet ännu hårdare om magen. "Ruben mådde inte heller bra när jag var där i går. Han hade gått till sängs. Jag fick ta hand om duvorna åt honom. Kan jag ha gjort något galet, tror du? Gett dem fel foder? Det vore ju för fruktansvärt om jag hade ställt till med något. Vad ska folk säga?"

"Jag har ringt på hans mobil säkert tjugo gånger. Det kanske har hänt honom något? Han kanske har brutit sej? Tänk om han har gjort av med sej själv! Först tar han livet av duvorna och sedan sej själv. Verkar det så orimligt? Jag hoppas att jag har helt fel, men vi borde nog se efter."

"Jag vet inte om jag orkar. Jag mår inte alls bra. Det måste vara influensan eller något. Eller också är det murkelstuvningen vi åt. Ruben åt också av den. Du har rätt, vi måste nog se efter hur det är." Berit vinglade ut i hallen igen och öppnade ytterdörren. Dagsljuset skar i ögonen och hon kände sig kraftlös och yr i huvudet. "Får jag ta dej under armen, Petter. Jag hoppas att ingen ser det. För vad ska folk säga. Men det är nog alldeles nödvändigt om jag ska orka ända dit bort."

"Men Berit, jag trodde aldrig du skulle fråga." Petter gav upp ett av sina berömda skratt och la armen om henne. "Sämre förslag har man fått, kära du."

De bankade på köksdörren, men ingenting hände. Den var låst. Bästingången med den lilla punschverandan användes aldrig och den var också låst. Något annat hade de inte förväntat sig. Berit blev allt mer ängslig och självanklagande. Hade hon förgiftat Ruben Nilsson skulle hon inte kunna leva med den skammen. Inte som kokerska.

"Vi måste nog bryta oss in", sa Petter Cederroth. "Frågan är var det gör minst skada. Det måste bli ett fönster. Vi får knacka in en ruta."

"Nej, det kan vi väl inte göra? Tänk om någon ser det och undrar. Vad ska de säga då?"

"Det skiter jag i. Nöden har ingen lag. Om vi tar ett av källarfönstren blir det billigast. Fast jag kommer aldrig in genom det lilla hålet", sa han och la händerna på sin imponerande kagge. "Det är om du kan tänka dej att ..."

"Absolut inte!" Berit drog efter luft. Hon varken tordes eller orkade göra en sådan sak. "Aldrig någonsin!" Visserligen var hon aningen mindre omfångsrik än Cederroth, men inte mycket, och bara tanken på att skämma ut sig så fick henne att storkna.

"Då får det bli ett av köksfönstren." När det gällde Petter Cederroth var det aldrig långt från ord till handling. Innan Berit hade stängt munnen hade han tagit sin träsko och knackat in köksfönstret vid trappan och börjat plocka bort glasskärvor ur listen. "Jag ser nyckeln, den sitter i låset på insidan av dörren. Jag öppnar åt dej om ett ögonblick", sa han och hävde sig upp i fönstret med en smidighet man inte skulle tro honom om.

"Ta det försiktigt så du inte skadar dej när du hoppar ned på glaset."

"Aj, som fasen." Cederroth vinglade till och trampade bredvid träskon. Han skar upp ett stort jack i hälen. "Fan vad det blöder. Jag måste ta och linda om något innan jag öppnar åt dej", hojtade han inifrån dunklet. "Det får bli kökshandduken. Här är det mörkt som i graven. Man ser ju ingenting, för fasen. Jag skar mej ordentligt."

"Han har inte rört maten jag hade med mej", konstaterade Berit när hon tagit sig in och öppnade kylskåpsdörren. Stuvningen stod kvar i sin lilla karott och omeletten låg på sin assiett. Linkande på ett ben, med en blommig tygtrasa om ena foten, tog sig Petter upp för trappan mot Rubens sovrum på övervåningen. Berit satt vid köksbordet med händerna vanmäktigt i knäet. Hon orkade inte ta ett steg till. Benen bar henne inte. Sedan fick Cederroth säga vad han ville. Efter en liten stund kom han ned igen med ett märkligt uttryck i ansiktet. Han höll sig med båda händerna i ledstången och greppade så hårt att knogarna vitnade när han sökte hennes blick. Det såg ut som om han tänkte börja skratta eller gråta eller båda delarna på samma gång. Han var rent otäck att se, tyckte Berit, och rösten ville knappt lyda honom.

"Vad är det, Petter? Varför ser du så konstig ut?"

"Han är död. Stendöd. Alldeles kall. Jag tog på honom med handen och rörde vid hans kind. Så här." Petter strök med sin stora näve över ledstången. "Iskall."

"Gode Gud, vad ska vi ta oss till? Tänk om det är svampen!" Berit höll händerna för munnen och blundade. Hon ville bara bort ifrån det här, långt bort till en trygg plats där allt var som vanligt. Yrseln tilltog och det kändes som om hon skulle kräkas. Hon reste sig hastigt och trevade sig fram till Rubens toalett. Hans tandbrygga låg i ett vattenglas på handfatskanten. Det räckte för att utlösa reflexen. Berit knäböjde och famnade sitsen medan magen vände sig ut och in.

"Jag kör in dej till lasarettet", sa Petter. "Jo, det gör jag. Inga fler protester nu. Det kan vara allvarligt. De får väl skicka ut en läkare som vet vad man ska göra med… kroppen. Eller ringer man polisen? Man ringer nog 112. Men jag tar det på väg till lasarettet. Är det svampen så kan det vara bråttom."

"Men Ruben … inte kan vi bara ge oss av?"

"Vadå, inte springer han sin väg? Han ligger väl där han ligger. Du kanske måste magpumpas, förstår du väl." Cederroth tog tag i Berits arm och hjälpte henne upp på fötter.

"Är du säker på att han är riktigt död? Det kan inte bara vara som det ser ut – att han sover eller?" Berit vred sina händer i förtvivlan och hoppades på ett mirakel.

"Stendöd – och nu följer du med mej ut, så kör jag fram bilen."

"Jag har ju inte ens kläder på mej. Det var ett elände det här. Jag måste få ordentliga kläder på mej. Det här går inte an. Om han har dött av svampen är det lika bra att jag stannar hemma och stryker med jag också. Vad ska folk säga? Så det kommer att pratas. Jag kommer inte att kunna gå till affären, kommer inte att kunna se någon i ögonen …"

"Det är inte säkert att han har dött av svampen. Han kan ha fått en hjärtsmäll eller en propp eller vad vet jag. Nu tar vi det lugnt och så får vi se hur det blir. Så där ja, sätt dej i framsätet. Jag har plastpåsar här som du kan använda om du mår illa", sa Petter och placerade rullen mellan Berits knän. Han hade kört taxi i hela sitt vuxna liv och ville inte ta några risker.

På akutmottagningen var det kö och först uppstod ett missförstånd när man trodde att besöket gällde Petter Cederroths fot, som på ett iögonfallande sätt var inlindad i en rutig bomullstrasa. Sköterskan som tog emot dem var stressad och hade svårt att få struktur på berättelsen. Såret i foten var ganska djupt och det hade blött ordentligt. Berit svimmade precis i den stund när skinnfliken vikts åt sidan så att benhinnan kommit i dagen. Man tog det som en chockreaktion. Petter Cederroths tal om magpumpning, brevduvor och en avliden granne tog man för "månsnack". Det fanns väl någon anledning till att han hade följeslagare. Han var antagligen inte riktigt orienterad i tillvaron.

När den avsvimmade kvinnan inte kvicknade till på en gång tillkallades läkare. Snart kunde man konstatera att hennes tillstånd var allvarligt. Syremättnaden var nere på 79 procent och blodtrycket omätbart. Hon lyftes upp på en bår och kördes in på ett behandlingsrum. Kvar i väntrummet satt Cederroth. Han såg den lilla lampan vid dörren växla från grönt till rött och undrade vad det kunde betyda. En liten kille körde med sin plasttraktor på golvet och rullade rakt över Cederroths fot. Det gjorde så ont att han skrek till av smärta och pojken började gråta. För att visa att det inte var någon fara bjöd Petter mamman och den lille pojken på varsin honungskaramell och sedan var det hans tur att få komma in på ett rum för att bli hopsydd.

"Var det länge sedan du fick en stelkrampsspruta?" frågade läkaren. Han såg ung och oerfaren ut, men han darrade inte på manschetten när han stack in bedövningssprutan.

"Det kan jag inte minnas. Jo, om jag tänker efter fick jag en rostig spik i ändan när vi rev en förrådsbyggnad en gång. Det var nog fyra år sedan, tror jag." Petter grimaserade. Det gjorde faktiskt ganska ont att bli sydd, trots bedövningen. Doktorn kunde nog ha väntat en liten stund till innan han greppade nålen. Å andra sidan gick det fort. Ett snyggt vitt bandage blev det också. Petter skulle just berätta om Ruben när läkaren fick ett larm och rusade iväg. Genom den öppna dörren såg han hur Berits säng med stor hastighet kördes mot hissarna. Han hade så gärna velat fråga hur det var med henne. Syrgasmasken hon hade för ansiktet och aktiviteten runt båren var oroväckande. Var det så allvarligt?

Ingen kom in på salen på en lång stund. De verkade ha glömt honom. En halvtimme gick och Petter satte sig upp på britsens kant. Det kanske bara var att tacka för sig och gå hem. Här kunde han inte ligga och vänta. Sköterskan i receptionen var upptagen med en ung mamma med en gallskrikande baby på armen och Petter brydde sig inte om att prata med henne. Han måste hem och försöka sova ett par timmar innan nattskiftet började.

KAPITEL 6

Torsdagen den 29 juni, samma dag som Ruben Nilsson fann en ny duva i sitt duvslag, lämnade Mats Eklund i stor hast lägenheten på Donnersgatan i Klintehamn. Han gav sig inte tid att knyta skorna, än mindre att slita åt sig en jacka fast det var kyligt i luften.

Föga anade han att de bekymmer som för stunden höll honom sysselsatt skulle få helt andra proportioner innan kvällen var slut. När han stängde dörren bakom sig tvivlade han på att det fanns en väg tillbaka. Frågan var ställd. Det fanns inte någon möjlighet att komma undan. Joggingrundan var bara en tillfällig frist innan tryggheten för alltid skulle slås i bitar. Ren feghet att bara ge sig iväg, det kunde han erkänna. Han hade önskat att han hade kunnat tackla det på ett bättre sätt, men han behövde tid att tänka.

Vill du skiljas? Jenny hade ställt frågan rakt på sak och utan minsta spår av ängslan. Hon borde vara lika rädd och skakig inuti som han, men hon visade det inte. Ansiktet var märkligt fritt från mimik. Hon knyckte lite på nacken när hon såg hans förvirrade ansiktsuttryck, som om hon med sin huvudknyckning kunde hjälpa honom igång. Men det kom inget. Inget tvärsäkert ja. Inte heller ett nej, jag älskar dej, det vet du ju. Varför säger du så dumma saker, min älskling? De befann sig i gränslandet. I ett meningslöst och på alla sätt avtändande ställningskrig om vems fel det var att soporna inte blivit utburna och spisen avtorkad. Mitt i tvåsamheten kände han sig så oändligt ensam och olycklig och less på alltihop. Var det här livet? Dagis, tygblöjor, kravmorötter och Jenny som tappat lusten för kärlekslekar när hon fått de barn hon ville ha. Nej, i kväll orkar jag inte. Nej, barnen kan ju vakna! Men måste ungarna sova härinne hos oss? Ja, för Henrik är mörkrädd och Stina kräktes i morse. Var det så här enahanda livet skulle bli? Sova, jobba, hämta barn, lägga barn, sova, jobba … i ett perpetuum mobile som endast avbröts av helgernas storhandel och besök av svärföräldrarna. Om bara sexlivet hade fungerat hade antagligen livets övriga problem varit förstagradsekvationer att lösa. Då skulle det ha funnits en värme och förtrolighet som kunde ha lyft dem över tvättberget och strykberget och skriknätternas avgrund. Men så var det inte. Jag kvävs, tänkte han och började småspringa när han passerat över vägen till Klinte kyrka och fortsatte upp mot Värsände. Han tänkte att han sedan skulle ta banvallen hem och ökade takten för att skaka av sig olusten. Men tankarna följde honom som en svärm svettälskande flugor.

Nästa vecka skulle Jenny vara tränare på ett fotbollsläger i Klinte skola och övernatta där, barnen skulle vara hos sin mormor och morfar. Det vore bra om de kunde vänta med ett beslut tills efter det. Då skulle de få tid att tänka igenom hur de skulle göra, var och en för sig.

Hur kunde det bli så här? De som hade älskat varandra så mycket. Vart tog kärleken vägen? Smeksamheten, orden, passionen? Rädslan kom över honom med en kraft han inte var beredd på. Övergivenheten som en svindlande avgrund. Adrenalinet rusade i blodet och han mådde illa.

Hittills hade han bara tänkt på sig själv, på sina egna drömmar om hur livet tillsammans med Jenny borde ha blivit, och innerst inne hade han anklagat henne för att hon inte uppfyllde alla hans behov, som om han var ett litet barn med rätt till villkorslös kärlek. Vad Jenny tyckte om deras liv tillsammans hade han inte en aning om. Han hade aldrig vågat fråga. Tänk om det var så att hon ville skiljas och att det var därför hon hade frågat honom? Nej, det fick inte hända. De måste ta det lugnt och tänka sig för innan de rusade iväg och gjorde något som inte gick att reparera. De måste tänka på barnen.

Mats Eklund rundade hörnet på utedasset på den gamla ödetomten i Värsände när han fick syn på tältet. Ett litet smutsgrått tvåmanstält. Ett sådant som han själv hade haft som grabb, med gammaldags träpinnar och snörning istället för dragkedja. Han kunde inte låta bli att kika in. Det tog en liten stund för ögonen att vänja sig vid mörkret. Gradvis trädde en gestalt fram ur det grå. Synen av blod, svart som beck, gick att urskilja i dunklet. Och vit hud. En människa. Anblicken fick honom att dra efter andan. Han vacklade baklänges och satte sig på backen, reste sig igen och sprang ut mot vägen för att komma så långt bort som möjligt från det han just beskådat. Han fumlade i fickan efter sin mobil för att ringa polisen, men vågade inte lita på sina sinnen utan att en gång till kontrollera vad han sett. Den här gången knöt han upp snörningen och tog sig en ordentlig titt. Synen naglade fast honom och han blev stående utan att kunna göra något. En man några år äldre än han själv låg på en presenning på marken. Ögonen stirrade tomma och munnen var öppen. Över den ljusa skjortan hade en stor svart glänsande blodfläck brett ut sig.

Polisen som skulle höra Mats Eklund var en kvinna. Maria Wern, kriminalinspektör, presenterade hon sig. Med det långa ljusa håret och de bruna ögonen liknade hon Jenny så mycket att det gjorde honom än mer skakig och nervös. Värmen och lugnet i hennes röst fick honom att ge efter för anspänningen och helt tappa behärskningen. Hur mår du? Går det bra att jag ställer några frågor till dej? Han hade börjat skaka bortom all kontroll. Hon hade väntat in honom och sedan mycket varligt tagit fråga för fråga medan hon antecknade de osammanhängande svaren. Medan de talades vid kunde han inte låta bli att snegla åt det håll där polisens tekniker arbetade. En avspärrning hade upprättats. Kroppen lyftes ut och avtäcktes. Om han just i det ögonblicket hade tittat åt ett annat håll skulle han kanske ha sluppit de värsta mardrömmarna en tid framöver, men blicken drogs dit som av en magnet. Det var levrat blod överallt. När de uniformerade männen lyfte kroppen till den väntande svarta säcken snubblade en av dem till på en ojämnhet i marken. För ett ögonblick tappade han greppet och den dödes huvud slängdes bakåt i en kraftig båge och visade en stor glipa på halsen.

När kriminalinspektör Maria Wern skjutsade Mats Eklund hem, sedan han avböjt att fara in till lasarettet, var det en lättnad för henne att hans fru fanns hemma. Det hade känts svårt att lämna honom ensam. När mordoffret lyftes ned i den svarta säcken hade Mats svimmat, bara sjunkit ihop framför henne. Hon trodde inte att han slagit sig, fast hon inte hann dämpa det plötsliga fallet. Han hade varit mycket blek och tagen och händerna hade skakat förfärligt. Frun hette Jenny. Maria hade träffat henne tidigare under veckan när det var informationsmöte om det fotbollsläger Emil hade anmält sig till. Jenny var en av tränarna. Hon verkade trygg och omtänksam och hjälpte Mats att sätta sig ned. Hon såg till att han fick något varmt att dricka och en filt om axlarna.

Tillbaka på mordplatsen tecknade Maria ned de frågor hon inte hade hunnit ställa. Hon fick återkomma senare under kvällen, när Mats Eklund var mer samlad. Maria gick fram mot avspärrningen som omfattade hela lillgården med boningshus och smedja och storgården med lagårdsbyggnad. Mårtenson höll just på att rulla ihop den presenning kroppen legat på. Han försökte undvika att få blod på kläderna. Offret verkade ha blött ymnigt.

"Han hade inga identitetshandlingar på sej. Det verkar som om han legat och sovit direkt på presenningen, utan madrass. Det måste ha varit svinkallt." Mårtenson huttrade till vid blotta tanken. "Och stenhårt. Jag tänkte på en sak. Kläderna verkar vara hemsydda, det finns ingen märkning i dem, storlek och tillverkare, du vet."

"Hur kom han hit? Gick han?" Maria såg sig om efter ett fordon. En bil eller en cykel, som kunde förklara hur han tagit sig fram med sin packning.

"Hartman har hittat en bil, inkörd på en grusväg i ett buskage lite längre bort. Han är kvar där." Mårtenson visade riktningen och Maria drog sig ditåt efter ytterligare några frågor, som teknikern inte hade några svar på för stunden. Ett par hundra meter längre bort på vägen kunde Maria höra Hartmans röst inifrån grönskan. Snart blev han synlig och bredvid honom stod en rostig bil av ett för Maria okänt märke, utan fälgar på däcken, och med bakluckan nödtorftigt surrad med snöre. Bilen saknade till och med registreringsskyltar, konstaterade hon efter ett varv runt karossen.

"Är det hans bil?" frågade hon.

"Det får vi nästan anta." Hartman öppnade med handskbeklädd

hand dörren till förarsätet och höll upp en påse till ett tält och ett par tältpinnar i trä. "Man kan undra vad han gjorde här. Varför bilen var gömd. Det står en fågelbur i baksätet. Ser du den? Jag tror den är gjord av pilträ, ett hemmabygge, och så finns det tavlor inlindade i nötta gamla lakan. Fina oljemålningar och en och annan akvarell. I handskfacket ligger ett cigarettpaket med ryska bokstäver, men inga som helst identitetshandlingar."

"Grannarna har inte sett något?" Maria hade talat med några av dem som samlats utanför avspärrningen och tagit namn och telefonnummer.

Hartman skakade på huvudet. "Inget hittills. Ingen verkar ha lagt märke till tältet heller, så vi får anta att det inte varit uppställt så länge. Teknikerna tittar på den biten också. Gräset gulnar snabbt om det täcks över en tid."

Maria vände sig hastigt om när det knakade bland buskarna. Det var kollegan Ek. Eftertänksamt och utan att på minsta sätt låta sig generas drog han upp gylfen och rätade till byxbenen. "Ja, man kan tycka att bönderna här omkring eller någon från hembygdsföreningen borde ha sett att han campade. Det är ju ingen vanlig tältplats precis. Han kanske inte riktigt har haft kläm på det där med allemansrätten, det kan vara lite snårigt. Fast på sätt och vis verkar det genomtänkt. Han har haft nära till toaletten."

Efter ett par timmar på stationen ringde Marias son Emil och undrade vart hon hade tagit vägen. Du skulle komma hem tidigt, sa du ju. Det dåliga samvetet igen. Barnen. Hon hade lovat dem att åka till stranden för att vara med på en sandskulpturtävling i Tofta. Det hade helt fallit ur minnet och nu var det för sent. På väg hem kom Maria på att hon måste handla. Det mesta i kylen var slut och vad de skulle äta till kvällsmat hade hon ännu inte tänkt på. Vad som helst utom Mamma Scans köttbullar, det hade de redan ätit två gånger denna vecka. Hur är mammor funtade som får till hemlagad mat efter en arbetsdag? Snabbt måste det gå också, innan barnen blev för trötta och otåliga. Dagen innan hade Maria varit på det nyöppnade Vigoris shoppingcenter och skaffat sig behörighet att handla enligt det nya systemet där man själv skannar in priset på varan och lägger den direkt i sin väska, och sedan bara överräcker skannern i kassan. Snabbt och effektivt om man vet vad man vill ha. Laxfiléer, kanske. Maria såg den långa kön till den manuella disken, där de färska filéerna fanns till extrapris, och nappade åt sig ett paket från frysdisken istället. Inte utan dåligt samvete. Det kanske inte är en tidsvinst när man först måste tina fisken innan den tillagas, men tanken på att stå i kö var avskräckande.

I kön till fiskdisken iakttog Maria en mannekängslank kvinna med mörkt kortklippt hår som lekte med sin skanner medan hon väntade. Det var väl långtråkigt. Hon skannade in varor och ångrade köpet, dubbelklickade och klickade en gång till. Antagligen hade hon samma dag blivit introducerad i systemet Quick Shop. Enligt reklamen kunde alla varor följas från tillverkare till kund, hela transportsträckan, genom att ett litet chip placerats i varje vara. Ingen onödig lagerhållning som i slutänden måste betalas av kunden. Kvinnan fortsatte att leka med sin skanner och drog handtaget utefter sin överarm och klickade. När hon såg Marias roade blick slutade hon tvärt. Plötsligt var det som hon hade glömt något viktigt, hon lämnade sin plats i kön och rusade mot utgången. Kundkorgen blev kvar med varor och plånboken. Kanske hade parkeringstiden gått ut eller också kom hon på något annat viktigt. Ett möte? Maria sprang efter henne och ropade att hon glömt sin plånbok, men kvinnan stannade inte fast hon borde ha hört.

"Hallå, du glömde din plånbok! Vänta!" Maria såg henne stiga upp på en cykel och försvinna bakom nästa krök. Maria öppnade plånboken innan hon lämnade den till kassörskan. Kvinnan hette Sandra Hägg enligt körkortet.

När Maria satt i bilen på väg mot Klinte var hennes tankar åter tillbaka hos den mördade mannen i tältet. Det var otäckt. Mordplatsen var bara några hundra meter från huset där Maria bodde med sina barn i det lugna och idylliska Klintehamn.

KAPITEL 7

Söndagsmorgonen den 2 juli kom med gråväder och regnsku-
rar. Det blåste hårt nere i hamnen i Klinte. Gråblanka vågor,
som av smält bly, speglade himlens mörka ton, och vitskum-
mande vattenmassor vräkte in mot kajen där flera segelskutor låg
förtöjda. Turen till Stora Karlsö var inställd, konstaterade Maria
Wern besviket. Har man anlag för sjösjuka kanske det ändå var
lika bra. Sommaren är lång. Det går fler båtar, och de stunder man
sedan minns och längtar tillbaka till kanske inte är de stora ar-
rangemangens dagar utan stunder av vila. Tidigare under veckan
hade Maria farit ned till Kettleviks stenhuggeri vid Hoburgen –
där hade hon suttit på en bänk och låtit ögonen vila på havet. Med
ryggen lutad mot en solvarm brädvägg hade hon lyssnat till lju-
det från en encylindrig tändkulemotor, som ett dunkande hjärta,
medan Linda koncentrerat gjorde egna hällristningar i kalksten.
Meditativt och rogivande.

Det var när Maria senare under söndagsförmiddagen skulle
lämna en ficklampa till sin son på fotbollslägret i Klinte skola som
hon fick höra att kokerskan inte hade kommit på morgonen, och
inte heller lämnat något meddelande. Berit Hoas var pålitlighe-
ten själv. Tränaren Jenny Eklund tyckte att det var konstigt. Hela
morgonen hade hon försökt ringa tanten, men ingen hade svarat,
därför undrade hon om Maria hade möjlighet att fara förbi Berits
hus på Södra Kustvägen och se vad som kunde ha hänt. Om ko-
kerskan kanske hade missuppfattat sitt schema och låg ute i jord-
gubbslandet eller vad det kunde vara. Maria hade inte haft något
att invända. Hon hade inte haft några bestämda planer för dagen,
mer än turen till Stora Karlsö, och nu hade hon inget särskilt för

sig. Radions väderleksprognos lovade ingen bättring de närmaste dagarna, så det fick väl bli att stanna inne och göra persedelvård.

Ännu en sommar på Gotland och den här gången hade Maria kommit för att om möjligt få stanna. Under den gångna vintern hade huset i Kronviken blivit uthyrt. Det hade varit en lättnad att få flytta till något nytt och alldeles eget efter skilsmässan. De gemensamma besluten och kompromisserna fanns inbyggda i det gamla gula trähusets väggar. Köket som blev för trångt för att Krister ville ha plats med en bardisk och sin jukebox. Badrummet som aldrig blev renoverat för att Krister hade köpt en veteranbil med körförbud för de lånade pengarna. Och verandagolvet som aldrig blivit omlagt för att pengarna de skulle ha köpt virke för hade tagit slut innan de ens hade hunnit kontakta byggfirman. Även om både huset och Krister hade haft sin charm var de avslutade kapitel nu. Det fanns en ny frihet i det, men ibland också en oro och en sorg över att inte ha klarat av att leva tillsammans. Särskilt nu när Krister och hans kompis Majonnäsen hade tagit med sig Linda på husvagnssemester och Emil var på fotbollsläger. Det blev så tomt. Ensamt, meningslöst och tomt.

Maria var inte odelat glad över att ha gjort Majonnäsens bekantskap. Det fanns egentligen inget ont i honom – det var mest det att han var så impulsiv och stökig att man inte orkade med honom i längden. Det kändes inte särskilt tryggt att på fredagskvällen lämna ansvaret för Linda i dessa båda herrars händer. Men det fanns inget val. Krister hade rätt till varannan helg och hur han tillbringade den var hans ensak. Det sista Maria hade sett av dem när de for på fredagen var när Majonnäsen sträckte sig efter den colaburk han haft på kylning i hållaren han satt fast på backspegeln utanför rutan och räckte den till Linda, som stod upp mellan sätena.

"Bältet!" Maria hade sprungit efter dem och försökt visa med gester, men Majonnäsen hade bara glatt vinkat tillbaka och skruvat upp volymen på stereon så att dansbandsmusiken dränkte hennes röst. Leende guldbruna ögon, har jag förälskat mig i ... "Bältet!"

Senare på kvällen hade Krister ringt för att Linda glömt sin gosegroda Helmer Bryd. De hade inte hunnit längre än till Tofta camping, och där hade det blivit lite för mycket öl för att de skulle kunna fortsätta, så om Maria ville vara snäll och komma med den förbaskade tyggrejen Helmer så ungen kunde somna vore Krister tacksam. På väg till Tofta hade Maria funderat över om det i praktiken var någon skillnad mellan att vara gift med Krister och att vara skild från honom – egentligen. Det var precis så här jobbigt det brukade bli när han tog hand om barnen på egen hand, och det var en av anledningarna till att hon brutit upp.

När Maria stannade vid huset där Berit Hoas bodde såg hon polisbilen som parkerat utanför Ruben Nilssons häck. Själv var hon inte i tjänst och ville egentligen inte bli inblandad i något under sin lediga helg. För att orka måste man skilja på arbetsliv och privatliv, särskilt som ensamstående mamma. Kraften är inte oändlig. Hur många gånger denna helg hade hon inte motat bort tanken på den mördade mannen som påträffats vid Värsände. Ingen visste hur han hade kommit dit. Ingen av grannarna hade hört eller sett något ovanligt och en första körning mot registret över försvunna personer i Sverige hade inte givit någonting alls. Mannen var troligtvis i femtioårsåldern. Kort och muskulös och mörk, med ett gammalt ärr under höger revbensbåge. Utan identitet på offret är det svårt att få till stånd en effektiv utredning. Vittnesuppgifterna var få. Förutom mordfallet fanns det oavslutade ärenden – misshandel, personrån och bilinbrott – som skulle bli liggande medan mordutredningen pågick.

Men när en ambulans anlände till Ruben Nilssons hus och polisinspektör Ek öppnade dörren till verandan och mötte ambulansmännen segrade nyfikenheten över klokheten, och Maria gav sig till känna och frågade vad som hänt. Jesper Ek gjorde en gest i luften som betydde "ett ögonblick bara". Han återkom efter att ha visat in ambulansmännen i huset.

"Vi vet inte. Det är väl egentligen ingen misstanke om brott. Vi blev uppringda av en taxichaufför nu på morgonen, Petter Cederroth, som berättade att han funnit den här gamle mannen död redan i går kväll, men att han skjutsat grannfrun till akutmottagningen och där hade det tydligen uppstått en del missförstånd. Han hade trott att de skulle meddela polisen, men så hade inte skett."

"Grannfrun? Berit Hoas? Det är henne jag söker. Är hon på lasarettet?" frågade Maria. De brukade stöta på varandra i affären i Klinte och småprata lite om vardagligheter. Maria hoppades att det inte var något allvarligt.

"Dessvärre verkar det vara rätt illa. Vi har ringt för att försöka tala med henne. Enligt taxichauffören var det hon som senast såg Ruben Nilsson vid liv. Men hon var inte i skick för ett samtal. Inte vid medvetande, sa de när jag frågade sköterskan för en stund sedan. Hennes tillstånd verkar kritiskt. Taxichauffören talade om en svampstuvning. Att mannen som ligger död där inne ..." Ek pekade mot husets övervåning, "... och grannfrun hade delat på en murkelstuvning. Murklor ska tydligen förvällas innan man äter dem. Jag har aldrig provat."

"Stackars Berit, åker hon dit för vållande till annans död repar hon sig aldrig. Det är ju hemskt." Maria backade omedvetet ett par steg. "Taxichauffören då, hade han också ätit av svampen?"

"Nej, det tror jag inte. Jag hade tänkt att vi skulle prata lite mer med honom. Men han ligger och sover just nu, enligt frun. Han har kört taxi hela natten och lär nog sova till framåt två tre, trodde hon."

Maria satte sig i bilen igen. Tog mobilen och slog en signal till Jenny Eklund, som blev helt bestört.

"Det är inte lätt att få tag i en vikarie mitt i sommaren. I dag får vi väl köpa färdigstekta köttbullar och snabbmakaroner men resten av veckan måste det ju fungera. Mat till femtio ungar fixar man inte i en handvändning. Bara mjölken, vet du!" Maria höll med och erbjöd sig att fara och handla om det skulle vara till någon hjälp, men Jenny hade redan skickat ut en annan förälder att ordna den saken. "Vi kanske hör av oss senare, om vi inte får tag på någon som kan jobba i köket. Men du arbetar väl veckan som kommer?"

"Ja, det skulle vara om Krister, Emils pappa ..." Maria avbröt meningen innan hon kommit till punkt. Vid närmare eftertanke var det ingen bra idé, inte om han tänkte ta med sig Majonnäsen. Den upplevelsen ville hon bespara sin son. Hon beslutade sig för att fara hem, men först stannade hon till vid Pressbyrån och köpte ett par pocketböcker och en stor påse smågodis. En regnig sommardag är det nog det bästa man kan göra av sin tid.

Kriminalinspektör Tomas Hartman gick av och an över gräsmattan med sin handjagare. De alltför stora shortsen fladdrade i vinden och kom hans magra vita ben att se ännu smalare ut. Skjortan var knäppt hela vägen upp i halsen, men slipsen han alltid bar i tjänsten hade han tagit av sig och stoppat i fickan. Som en bred röd hundtunga tittade den fram ur tyggapet. När Maria parkerade utanför garaget såg han inte upp med detsamma utan gick tvärs över tomten i den riktning han påbörjat och stannade inte förrän han vänt om och åter befann sig vid uppfarten.

"Jag passar på att klippa nu när det är uppehåll. Ser ut att bli mer regn." Han kisade med ögonen och såg upp mot himlen.

"Ja, det blir nog det", sa Maria och fortsatte mot huset. "Är det upplåst hos er? Jag köpte en bok Marianne ville ha när jag ändå var i stan."

"Hon ska iväg på vattengymnastik så hon sitter vid köksbordet och väntar på skjuts av en väninna."

Egentligen hade Maria önskat köpa ett hus vid havet, men priserna var inte alls vad hon räknat med. Utan kontantinsats och med en vanlig polislön var det en ren omöjlighet att skaffa det minsta lilla skjul med havsutsikt. Hon hade visserligen blivit erbjuden att hyra av Olov Jakobsson i Eksta, men någonstans hade hon på känn att han väntade sig mer än hyran av ett sådant kontrakt. Han var fin, Olov, det var inte det. Men Maria orkade inte med några aldrig så blygsamma förväntningar efter skilsmässan. Det tar tid att samla ihop sina kjolar och gå vidare. Att hyra övervåningen av Tomas och Marianne Hartman kändes mera neutralt. De gjorde inte mycket väsen av sig, det kunde bli en kopp kaffe om de råkade vara ute samtidigt i trädgården, men annars respekterade de att Maria ville vara ifred när hon gick upp på sin våning. Marianne var sjukpensionerad sedan hon genomgått en lungtransplantation på grund av emfysem. Hon blev överlycklig över att få barn i huset och erbjöd sig direkt att se efter dem om det skulle behövas. Hon kunde inte precis sparka fotboll med dem i trädgården, men hon kunde finnas till hands för dem som en vuxen. Tomas skötte trädgården, det var hans stora hobby och Maria hade inget emot att få tillgång till en grön oas utan att behöva ta ansvar för den. En annan fördel var att hon kunde samåka med Tomas Hartman till jobbet. När man är ensamstående med två barn får man räkna slantarna. Dessutom kunde en del mindre ärenden och polisiära formaliteter klaras av redan i bilen. Och Emil hade gångavstånd till fotbollsskolan i Klinte. Sammantaget hade detta övervägt fördelarna med att bo nästan gratis i Eksta.

"Jag köpte boken vi pratade om i går, Marianne. Du kan ta den först så lånar jag den när du har läst klart. Om den är bra. Jag kände att jag ville ha lite verklighetsflykt, så det fick bli deckare för mej. 'Farsoternas myter' kanske är i verkligaste laget. På baksidan står det både om digerdöden och om spanska sjukan, där man kommit med nya siffror om att 100 000 personer strök med bara i Sverige. Låter lite tungt. Vi får se vad du tycker om den."

"Hyggligt. Du, jag hörde att Berit Hoas ligger på sjukhuset. Min väninna sa det. Det måtte väl inte vara något allvarligt?"

KAPITEL 8

P etter Cederroth låg i halvdvala i sin säng och kisade mot den smala springan av grå dager som släpptes in vid rullgardinens nederkant. Sonja hade varit inne och väckt honom vid två tillfällen, men han hade bett att få vara ifred och sova en stund till. Man hade sökt honom från polisen, sa hon, och så hade en sköterska på lasarettet ringt och velat prata med honom redan klockan tolv. Det var något om Berit Hoas. Folk fattar inte vad ett nattskift innebär. Om man kommer hem klockan sju somnar man i bästa fall klockan åtta. Klockan tolv har man hunnit sovit i fyra timmar. Fyra timmar! När någon då ringer och säger: Sover du ännu? blir man förbannad. Det är väl ingen människa som skulle ringa en dagarbetare klockan två på natten och med förvåning säga: Sover du ännu? Det är ta mej fan respektlöst! Att köra taxi en helgnatt är inget latmansjobb precis. Förutom alla passagerare som kommit med nattbåten med bagage som om de skulle övervintra på Sandön, och tjafsar med varandra om var taxikön går och vem som var först vid skylten, är det snackiga människor som vill hem från krogen och pruta på taxan eller folk som ska till lasarettet och föda barn eller kvinnor som grälat med maken och tänker tillbringa natten hos sin syster och har glömt pengarna hemma. När man sover på dagen blir händelserna under natten till en enda röra. Det verkar som om man sover ytligare och drömmer mer. Petter hade vaknat av att han frös. När han skulle dra på sig täcket låg det på golvet och var alldeles blött av svett. Det var mulet ute och inte särskilt varmt i rummet. Han höll väl aldrig på att bli sjuk? Petter stödde sig på armbågen och tog en klunk vatten ur glaset han hade stående på nattduksbordet. Det var ljummet och gammalt och det gjorde ont i halsen när han svalde. Det var ju oturligt om han skulle bli sjuk nu. Här hade han noga instruerat Sonja om hur hon skulle ta emot brevduvorna och stoppa ringarna i duvuret vart efter de kom hem från tävlingen. Den uppgiften hade krävt sin pedagog, men på det sättet hade han kunnat ta ytterligare ett extrapass med taxin. Pengar som skulle bli till en semesterresa i höst när turiströmmen sinat. Sonja ville så gärna resa till Kina.

Petter lutade huvudet mot kudden igen och blundade. Nattens händelser snurrade fortfarande i huvudet. När man har kört taxi en längre tid känner man igen de människor man skjutsar ofta. Ändå är en taxichaufför ibland en ickeperson, en iakttagare. När man väl klivit in i taxin och angivit adressen finns chauffören inte mer. Så var det i går kväll när han skjutsade en av läkarna på den nya vårdcentralen. Privat anläggning, förstås, där sköterskorna såg ut som flygvärdinnor i sina välskräddade dräkter och talade tydligt och vänligt som om de alltid var avlyssnade. Enligt Sonja fick de avlägga röstprov – om det var sant eller inte kunde man inte veta. Reine Hammar hette han. Petter hade sett reportaget om honom i tidningen. Han var lång, frågan var om han inte tangerade tvåmeterstrecket, perfekt kostym, perfekt i håret och förkyld eller allergisk. Han snöt sig inte, satt mera och småsnörvlade och harklade sig. Efter tio minuter i bilen gick ljudet en på nerverna. Frun hade också varit med på bilden i tidningen, tjusig kvinna som såg ut att veta vad hon ville, också hon läkare, men det var inte henne han haft med sig i taxin i går. Det var en söt ung kvinna med långt ljust hår, vit kort kjol och höga stövlar. Kunde ha varit hans dotter, om man nu släpper ut sina barn i sådana kläder. Adressen var Jungmansgatan. Hammar bodde i ett litet hus för 4,5 miljoner på Norderklint, om han inte flyttat alldeles nyligen. Det hade också stått i tidningen.

Med risk för att köra över fotgängare och cyklister hade Petter iakttagit parets förehavanden i backspegeln. Det fanns inget trevande, ingen osäkerhet när hon drog ned dragkjedan i hans byxor. Det var inte första gången. När hon böjde ned huvudet fick hon ögonkontakt med Petter i spegeln och blinkade åt honom med ett roat leende i mungipan. Det var då han missade avfarten i rondellen, men det verkade inte bekymra dem att ta ett varv till.

När de steg ur bilen hade Hammar tryckt en femhundring i Cederroths hand. Du har tystnadsplikt, förmodar jag. Självklart! hade han svarat och stoppat ned sedeln i byxfickan. Det är aldrig fel att få dricks.

Resten av natten hade inte varit underhållande på samma sätt. När färjan kom in vid midnatt hade han skjutsat en äldre dam till Fårö. Hon skulle bo ensam i en stuga på Skär som hon hyrt av en avlägsen släkting, men när de kom fram i mörkret var hon osäker på vilket av husen det var. Klockan var då närmare halv två på natten och det var inte direkt läge att knacka på, så tanten hade följt med tillbaka in till stan igen och tagit in på Visby stadshotell. En del har pengar. Hon hade tackat för pratstunden och sagt att det var värt vartenda öre, och Petter fick en vag känsla av att det kanske aldrig hade förekommit någon släkting på Skär. Att hon betalade honom för pratstunden och en liten rundtur i natten, som ett äventyr på tu man hand. Ändå hade Petter knappt sagt ett ord, bara lyssnat till de fantastiska skrönorna och tänkt att han faktiskt kunde ha kört henne gratis, så intressant hade det varit att få höra om hur det var förr i tiden. Om den nye prästen som fick ett skott rakt genom örat när han kom till Fårö och proklamerade att de borde betala tionde som annat folk i Sverige. Skottet satt fortfarande kvar i altartavlan under Judas som en markering åt kommande präster, hade damen berättat. Skrattande hade hon också beskrivit de riktiga originalen som aldrig under sin livstid lämnat Fårö. Varför skulle man göra det när man är i centrum av världen och allt annat bara är periferi? Och om kyrkoherden som slirade på pedalen efter festen och brakade in med sin bil genom staketet till Hulda i kröken. Det är din själavårdare som kommer, Hulda lilla. Ta det bara lugnt, det är din själavårdare som kommer. Damen kunde verkligen konsten att härma och han hade skrattat gott åt hennes imitation. Men bäst var historien om "Allas pappa", mannen som tog på sig samtliga faderskap på ön för att ingen skulle växa upp faderlös. Det är därför alla på Fårö är släkt med varandra.

Sedan hade han kört en man med kramp i bröstet till akutmottagningen, där det blev stort pådrag. Egentligen hade Petter velat höra efter hur det stod till med Berit Hoas, men han kom sig liksom inte för när ingen gav honom någon uppmärksamhet, och efteråt var han tacksam för att mannen överlevt bilfärden, trots sina svåra bröstsmärtor. Karln borde så klart ha tagit ambulans, men ville inte vara till besvär. Mellan klockan tre och fyra hade det varit lugnt och Petter hade nickat till en stund vid ratten. Det erkände han utan omsvep när infektionsläkaren sedan i detalj hörde sig för om nattens händelser. Men det var långt senare och för stunden hade Cederroth ingen aning om vilken uppståndelse det skulle bli.

"Nu får du masa dej upp, Petter. Polisen är här. De vill tala med dej. Jag har satt på kaffe." Sonja slet av honom täcket och drog i rullgardinsstroppen så tygstycket flög i topp och snurrade ett extra varv. Han hatade när hon gjorde så, det innebar alltid ett merarbete när gardinen fastnade och måste lyftas ned och hakas om. Ljuset skar i hans ögon och det värkte i hela kroppen.

"Är det om Ruben så har jag inget mer att säga. Han låg död i sin säng på övervåningen. Mer än så vet jag inte."

Polisinspektör Jesper Ek slog sig ned vid köksbordet och iakttog Sonja Cederroth när hon vandrade mellan skafferiet och köksbordet med kakburkarna. Den röd-grön-gula burken i plåt, där man kunde stapla lådorna i varandra, kände han igen från sin mormors hem. Här dukades det upp klenäter och nötkakor och mazariner och gorån och jättestora saffransbullar. Sedan kom det kärleksmums, chokladrulltårta med hemgjord smörkräm, mördegsdrömmar och kokoskakor.

"Inget besvär för min skull", försökte Ek, men Sonja bara log. "På fastlandet kanske man nöjer sej med sju sorter, men vi är på Gotland nu. Här snålar vi inte på livets goda. Det är ju för fruktansvärt det som har hänt med Ruben! Man kan inte tro att det är sant. Först tar han livet av alla sina duvor och sedan äter han giftig svamp, och till råga på allt bjuder han Berit Hoas. Hon kan inte ha gjort honom något ont, den snälla lilla människan. Vad skulle han göra så för? Det var då ett rent elände!" Sonja vred om kökskranen med hjälp av handduken – om någon med smutsiga händer tagit i den var det bäst att skydda sig. Hon var noga med sådant.

"Sonja, så var det inte riktigt." Petter Cederroth hade fått på sig byxor och skjorta men några strumpor hade det inte blivit. Det värkte i ryggen och armarna när han försökte dra dem på sig och till slut hade han rullat ihop dem till en boll och kastat efter Sonja när hon kom in och tjatade på honom för fjärde gången. Den träffade henne i korsryggen, men hon märkte det inte ens.

Ek tog fram block och penna och antecknade nödvändiga formalia.

"Berätta nu från början vad som hände. Du kom alltså hem till Ruben Nilsson klockan tio på förmiddagen. Vad hade du för ärende?"

Petter berättade om insättningen av duvor till brevduvetävlingen, dit Ruben inte hade kommit, och om den förskräckliga synen i duvslaget. Att han hade gått över till grannen Berit Hoas och att de sedan slagit in en ruta för att se hur det var med Ruben när han inte öppnade. "Det kan vara som Sonja säger att han tog livet av sej, men det var inte han som bjöd på svamp. Det var Berit. Jag har ätit murkelstuvning hemma hos henne förr och det har aldrig varit något fel på den. Finns det någon som kan laga mat så är det Berit Hoas."

"Har du?" sa Sonja. "När var du hos Berit och åt mat? Det har du inte berättat för mej, Petter. Du kanske skulle äta där i fortsättningen. Flytta dit, vet ja. Det var väl det du ville innan du fick mej på halsen. Då ville hon inte ha dej, men hon kanske har ändrat sej nu?"

"Vi kanske ska försöka hålla oss till saken", sa Ek när han hörde hur Sonja tog sats för att fortsätta. Utan att mena det hade Petter bildligt talat hoppat jämfota på hennes onda tå. Om Sonja Cederroth hade någon stolthet i livet så handlade den om vad hon satte fram på bordet, och hon tålde inga jämförelser. Petter verkade helt oberörd. Antagligen var det inte första gången saken kom på tal. Han satte sig vid köksbordet och lutade huvudet i händerna. Ek iakttog honom. Han såg verkligen inte kry ut. "Hade Ruben Nilsson några ovänner?" fortsatte Ek. Det fanns egentligen ingen misstanke om brott, inga yttre skador på kroppen. Plånboken med pengar låg under offrets huvudkudde, men frågan måste ändå ställas.

"Inga vänner och inga fiender. Det var en tavelförsäljare här i torsdags, annars har vi inte sett till några främlingar." Sonja blev stående med kaffepannan i handen och tänkte efter. "Ruben var en väldigt ensam människa. Han släppte liksom aldrig någon inpå livet. Jag tänkte på det där med att duvorna var döda. Jag läste i en veckotidning att det finns en könssjukdom som heter klamydia, en sorts papegojsjuka. Om duvor får det kan de få lunginflammation och dö. Vete hundan hur de får det", sa Sonja tankfullt och genomfors sedan av en rysning.

"Så är det väl inte, Sonja? När Björkman fick lunginflammation av sina duvor hette det papegojsjuka och det är inte en könssjukdom. Du rör ihop det. Du kan inte bara gå och säga saker om folk när du inte begriper hur det är."

"Vad ska ni göra nu då? Vem ärver honom, är det brodern?" fortsatte hon i lätt trumpen ton. "Eller brorsdottern? Du vet väl att det är Mikaela Nilsson, hon som sitter i regeringen. Jämställdhetsministern. Fast hon har väl pengar ändå. Det var väl aldrig riktigt klart vem av bröderna som var far till henne, Ruben eller Erik."

"Det har vi inte med att göra, Sonja." Cederroth skakade sitt rufsiga huvud. Han var märkbart generad å hustruns vägnar, men svarade henne ändå. "Inte skulle Ruben vilja att Erik ärver honom, det fattar du väl? Han har säkert ett testamente gömt någonstans.

När Ek avböjt tretår och tackat för sig följde Petter Cederroth honom till dörren. Artigheten krävde det, men det var tungt att resa sig från bordet. Huvudet värkte och varenda muskel i kroppen var stel och spänd. Den sista halvtimmen hade Petter bara önskat att få gå och lägga sig igen, men Sonja hade dukat upp med allt huset förmådde. Hon ville minsann visa polisen att hon inte var sämre husmor än kokerskan. I dörröppningen ropade han efter Ek.

"Vad händer nu? Jag menar med begravning och så? Vem tar hand om det?"

"Det blir väl den som är närmast anhörig, om det inte står något annat i testamentet. Men han kan begravas först när utredningen är klar. Vi hör av oss. Det finns inget i nuläget som tyder på brott, men vi avvaktar obduktionen."

"Så han ska obduceras?" Petter drog med handen över skägg-
stubben. "Är det nödvändigt att ödsla skattepengar på slikt? Han
var ju gammal. Något måste man väl få dö av?"

KAPITEL 9

Jonatan Eriksson, infektionsläkare på Visby lasarett, la ned telefonluren och lutade huvudet tungt i händerna. Det kändes som han bara ville gråta. Hade han varit ensam skulle han inte ha kämpat emot. Tröttheten och en ständigt malande ängslan gjorde honom rent illamående. Fritidsfröken, den ljusa med lätt utstående framtänder som var från Burträsk, ville bara berätta att Nina inte kommit med Malte och att alla stod och väntade för att de skulle på utflykt. Jodå, de hade försökt ringa hem flera gånger, men ingen hade svarat. Kunde de ha försovit sig? Det var ju väldigt oturligt i så fall. Maltes mamma hade ju lovat skjutsa. Det var inte lätt att få tag på någon annan förälder nu på morgonen. Helvetes så lite det behövdes för att trigga igång oron som ständigt fanns som en dov värk i mellangärdet. Det värsta måste inte ha inträffat. Det kunde faktiskt vara så att de bara hade försovit sig.

Jonatan loggade in på datorn och greppade den digitala mikrofonen men hittade inte orden. Flera dygn av sömnbrist ger en märklig form av afasi, man famlar efter substantiv och minns inte namnet på sina närmaste medarbetare. Om vanligt folk begrep i vilket uselt skick deras jourläkare var efter en arbetshelg skulle de inte tillitsfullt lägga sitt ve och väl i hans händer. En lastbilschaufför måste ta rast efter fyra och en halv timme, en läkare får jobba dygnet runt och förväntas dessutom vara empatisk. Jonatan försökte mota bort sin privata oro och fokusera på jobbet de sista minuterna som var kvar innan han fick lämna sjukhuset.

En kvinna hade avlidit på morgonen och nu en timme senare satt alltså Jonatan med provsvaren uppe på dataskärmen. Han backade och läste sina anteckningar i hopp om att det skulle hjälpa honom att slutföra journalanteckningen.

"Tidigare frisk 71-årig kvinna avlider 06.35 i andningssvikt, hjärtsvikt och njursvikt, sannolikt i sviterna efter en influensa typ A." Paus igen. Sjukdomsbilden hade tett sig som vid en allvarlig sepsis med ett mycket akut förlopp. Vita vätskefyllda lungor på röntgen. Perifer svullnad, hela kapillärsystemet hade löpt amok och öppnat sig medan blodtrycket sjönk. Man hade tvingats ge mer vätskedropp och svullnaden hade ökat ytterligare. Kvinnan hade varit kraftigt desorienterad och ångestfylld innan medvetslösheten inträdde och därefter döden. Man hade inte ens hunnit intubera henne. Inga nära anhöriga som tänkte komma, tack och lov. En syster, men hon var tydligen i för dåligt skick för att ta sig till lasarettet. Han skämdes lite över sin reflektion. Men att tvingas möta upprivna, kanske anklagande, anhöriga och ge dem ett engagerat och empatiskt bemötande efter snart tjugofyra timmars vaka kändes oöverstigligt.

Berit Hoas hette kvinnan som dött. Hennes skräckslagna blick skulle följa honom länge. Det visste han. Kanske skulle han aldrig ha blivit läkare, det var inte värt den vånda han kände när behandlingen misslyckades och någon dog. Kunde man ha gjort annorlunda? Tänkt annorlunda? Handlat snabbare? De senaste sju timmarna hade han gjort sitt bästa för att rädda hennes liv.

Influensan hade haft ett ovanligt våldsamt förlopp. Till en början hade man bara konstaterat att CRP låg över 100. Låga leukocyter, inget livshotande i det. Influensasymptom. Andningspåverkan. Huvudvärk. Sedan en snabbt sjunkande syremättnad, ingen urinproduktion. Tecken på hjärtsvikt. När man hade avskrivit svampförgiftning hade tankarna till en början gått till en infektion med legionellabakterier och sedan till ornitos, när kvinnan nämnt att hon matat brevduvor. Hon hade blivit genomodlad och insatt på Tetracyklin utan effekt. Det finns alltid en massa *om* när man inte lyckats hålla någon vid liv. Om man hade kunnat få diagnosen tidigare. Om hon hade lagts på IVA tidigare. Nu dog hon i hissen på väg upp. Om … Jonatan stönade högt när sökaren larmade. Han slog numret till växeln och väntade.

"Kan du komma upp till akuten, Jonatan."

"Finns det ingen annan läkare … Har inte Morgan kommit?"

"Inte än. Han ringde. Det var något fel på bilen igen. Du ... vi har fått in en man med influensasymptom. Han är knalldålig. Knappt vid medvetande. Frun är i upplösningstillstånd, talar om en granne som just avlidit. Kan du skyndar dej? Det ser inte bra ut."

Jonatan svor högt för sig själv. Morgan hade väl glömt att tanka, den strebern. Fanns det något som kunde reta gallfeber på Jonatan Eriksson så var det folk som inte kom i tid och inte höll sina överenskommelser. Samarbetet med kollegan Morgan Persson skulle ha varit ett under av smidighet om det inte hade varit för hans dåliga insikter om vilka lagar som styr den verklighet andra människor lever i. Behöver bilar tankas? Stängs telefonen av om man inte betalat räkningen? Möglar mat?

Behandlingsrum 9 badade i vitt ljus från takets lysrör. En kraftig man låg på britsen mitt i rummet. Hans hustru reste sig omedelbart från den höga fåtöljen där hon suttit och dinglat med benen – den enda stolen i rummet att sitta på, förutom en pall – när Jonatan Eriksson steg in genom dörren.

"Han dör! Gör något!" Kvinnans ansikte var söndergråtet och blicken vild och rödkantad. "Ska doktorn inte göra något. Det här går aldrig vägen. Han kommer att dö ifrån mej! Se själv. Petter, hör du mej? Svara! Där ser doktorn. Han dör!"

"EKG utan anmärkning. Något takykard, kanske. Puls 100. Blodtryck 90 genom 60. Temp 39,4. Syresätter sig 87 procent", rapporterade sköterskan som stod vid huvudgärden. "Inkomstprover tagna. Är det något mer du vill ha?"

"Jag vill höra vad som hänt först." Jonatan tog Sonja Cederroth i handen och slog sig ned på kanten av britsen. Tröttheten pressade i huvudet. Lysrörsljuset skar i ögonen. Om det här inte hade inträffat skulle han ha varit på väg hem nu för att ännu en gång reda upp situationen. Var fan höll Morgan hus? Kvinnan talade oavbrutet och Jonatan blev nästan rädd för sig själv när han märkte att han inte alls lyssnat.

"Förlåt. Kan du ta om det från början?"

"Kommer han att klara sej? Vad ska vi ta oss till? Petter orkade knappt äta något i dag. Han smakade inte ens på mina kroppkakor, fast jag hade både skirat smör och gröna ärtor till."

Jonatan kände irritationen komma krypande. Det var omöjligt att tänka en klar tanke när kvinnan surrade om ovidkommande saker hela tiden.

"Först vill jag att du berättar för mej vad som har hänt", sa han vänd mot patienten. "Hur länge har du haft feber?"

Sonja Cederroth svarade i makens ställe. "Han tog ingen feber fast jag sa åt honom. Han vill aldrig göra det. Man känner väl själv om man har feber, brukar han säga. Jag tror det generar honom att han måste stoppa den i stjärten, förstår doktorn. Han är sjåpig på det viset. Jag hörde av systern att Berit Hoas är död. Hon ringde när vi var på väg till lasarettet, är sjuklig stackarn. Systern alltså, ringde. Så tokigt det blev, förlåt. Är det riktigt? Är hon död? Berit bor nästan granne med oss och Ruben, Ruben Nilsson. De la honom i ett svart fodral med dragkedja, sa Petter. Och alla duvorna, kan doktorn fatta? Han hade över sextio duvor. Vad ska vi göra?"

"Ta det långsamt så jag hänger med." Jonatan la sin hand på kvinnans arm för att om möjligt lugna henne och få det lite mer sammanhängande.

"Rubens duvor är döda och Ruben och Berit är också döda. Det är som pesten. Förstår doktorn vad jag säger? Som pesten! Petter kommer att dö. Han får ju knappt luft och hjärtat slår i bröstet på honom så det är rent hemskt."

"Har du varit i kontakt med duvor?" frågade Jonatan i ett nytt försök att kommunicera med patienten.

Nu tittade Petter Cederroth upp. Han ansträngde sig för att få fram orden.

"Jag gick upp för trappan till duvslaget och såg att de var döda. Varenda en. Och sedan Ruben. Han låg stendöd i sin säng." Petter snörvlade till. "Våra duvor har klarat sig."

Den tanke Jonatan Eriksson fick i sitt huvud var en ren mardröm. Under loppet av ett par minuter hörde han inte vad människorna runt omkring honom sa. Ljudet kom och gick i vågor. Sonjas frågande ansikte. Sköterskans hand på hans axel. De nådde honom inte. Jag arbetar på ett fotbollsläger, som mattant, ekade Berit Hoas röst. Jag blir väl frisk så jag kan komma tillbaka efter helgen. Det är femtio barn som väntar på mej. Femtio barn! Jonatan backade ut ur rummet. Ursäktade sig. Drog med sig sköterskan. Ut! Bort! Han höll för munnen och försökte låta bli att andas tills de kom ut en bra bit i korridoren. Där blev han stående och stirrade på det skelett ortopederna använder vid patientundervisning. Med ens helt initiativlös och tom. Han drog efter andan.

"Vad är det, Jonatan? Du ser så konstig ut. Säg vad det är! Mår du illa? Du skrämmer mej, säg vad det är!" sa Agneta.

"Jag hoppas att jag har fel. Men jag vågar inte lita på det. Kanske håller jag på att bli helt galen, nojig, men just nu vill jag att vi tar fram de andningsskydd som finns. Helst P3-masker, 3M med rörfilter håller i åtta timmar, annars anknäbbar. All personal som går in i behandlingsrummet ska ha skyddskläder, handskar och bästa tänkbara andningsskydd. Patienten och hans fru likaså, tills vi vet vad det är. Sök smittskyddsläkaren åt mej. Nu!"

"Vad tror du att det är, Jonatan?"

"Det kan vara fågelinfluensa. Jag behöver ett register över alla personer som Petter Cederroth har träffat de fem senaste dagarna. Herregud! Han satt i väntrummet på akutmottagningen. Hur länge kan han ha suttit där? Jag såg när han gav en karamell till den lille pojken med traktorn."

KAPITEL 10

"Ett fall av misstänkt fågelinfluensa har upptäckts på Gotland. Vi ber därför de turister som tänkt fara till ön att om möjligt avboka sin resa. Vi vill också vänligen be de passagerare som på kvällen den 1 juli och natten till den 2 juli tog taxi i Visby att kontakta infektionsklinikens nyinrättade telefonlinje: 0498-690 001. Det finns ingen anledning till oro, men för att undvika köer ber vi personer med influensasymptom att inte söka vårdcentral eller sjukhus. Istället kommer vid behov en läkare att göra hembesök. För att komma i kontakt med sköterska och boka läkarbesök, ring 0498-690 002. För allmän information, ring 0498-690 003. Uppgiften om ett fall av fågelinfluensa är alltså ännu inte bekräftad och det finns ingen anledning till oro."

Maria Wern stängde av radion, där man fortsatte med en sändning från politikerveckan i Almedalen och en kvinnlig journalists anklagelser om sexuella trakasserier från ett antal namngivna politiker ur båda leden. Jämställdhetsminister Mikaela Nilsson var skoningslös i sitt fördömande. Det luktade redan storskandal. Maria loggade in på datorn. I rummet bredvid satt kollegan Tomas Hartman. Hon hörde hur han talade med sin fru i telefon. Kärleksord. Vardagsöverenskommelser. Fler kärleksbetygelser. Jag älskar dej också. Inte illa efter trettio års äktenskap. Lyckliga människor. Det är klart man tänker att det ska hålla hela livet när man lovar varandra evig trohet. Men livet blir inte alltid som man har tänkt. Och när det inte blir som man har tänkt är det lika bra att mota undan sina självanklagelser. Smula sönder dem i sin knutna hand och blåsa ut stoftet genom fönstret. För de leder ändå ingenstans, de gör en bara sorgsen. Det mest smärtsamma är att se lycka hos andra och tänka på vad man själv har misslyckats med. Att man kanske aldrig mer ska hitta någon att lita på och leva med. Hon hörde Hartman lägga på luren och sedan vissla frenetiskt. Inte själva melodislingan utan en stämma han provade sig fram till efter hand, med samma effekt som när någon hummar till en freestyle och man bara hör den nakna rösten men inget ackompanjemang. Nu reste han sig, stolsbenen skrapade över golvet och en grå kalufs blev synlig i dörröppningen.

"Vi har fått ett preliminärt obduktionsprotokoll på mannen från Värsände. Han har knivskurits i halsen någon gång på natten mellan den 28 och 29 juni. På hälarna har han jordiga skrapsår som om han blivit släpad utomhus. Sedan har han ett litet, knappt märkbart skärsår på vänster överarm och ett gammalt ärr på bröstkorgen. Vi har inga svar på kemiska analyser ännu. Kommer inte längre just nu. Vi har fortfarande ingen aning om vem han är. Till ålder och utseende stämmer han inte med någon av de personer som anmälts försvunna. Det svarta håret kan tyda på att han är av annat etniskt ursprung än Svensson." Hartman sneglade på klockan. "Jag tänkte sätta mej på en bänk vid ringmuren i Östergravar och äta min matlåda, ska du med? Det skulle kännas bra att komma bort härifrån en stund och hamna i medeltiden."

"Ja." Maria reste sig för att följa med honom när telefonen ringde. Hon bad honom vänta medan hon tog samtalet och han gick visslande tillbaka till sitt rum för att hämta matlådan under tiden.

"Jag söker Maria Wern, mamma till Emil. Har jag kommit rätt?" sa en kvinnoröst.

"Ja." Maria kände oron komma smygande. Hade det hänt något? Hade Emil skadat sig? Slagit i huvudet? Blivit sjuk och måste hämtas på fotbollslägret? Eller längtade han bara hem? Krister hade tagit med sig Linda i husvagnen. Hade Emil blivit lite avundsjuk, kanske? Men han hade ju fått välja. Han kanske hade ångrat sig och ville vara med sin pappa istället?

"Jag heter Agneta och är sjuksköterska på infektionskliniken. I kväll har vi ett informationsmöte angående fågelinfluensan. Det gäller barnen på fotbollslägret i Klinte skola. Det finns ingen anledning till oro, men vi måste vidta vissa säkerhetsåtgärder."

"Hur menar du nu?" Maria kände att hon måste sätta sig ned

medan orden sökte sig in och fick sin fulla betydelse.

"Vi går närmare in på det vid mötet i kväll. Det blir på Warfsholm."

"Nej, jag vill veta nu." Maria kände att hon blev röd i ansiktet och flammig på halsen. Känslan av ett ogripbart hot och samtidig vanmakt gjorde henne upprörd. "Tror ni att barnen kan ha blivit smittade av fågelinfluensan? Kokerskan, Berit Hoas, har det eller hur? Hon mådde inte bra, jag vet att hon for in till sjukhuset. Har hon fågelinfluensa? Det är så, eller hur? Svara då!"

"Jag har inte befogenhet att svara på det. Har du några angelägna frågor före mötet kan du kontakta doktor Jonatan Eriksson på vår informationslinje."

Sköterskan lät trängd. Antagligen var situationen värre än de ville låta påskina. Om hon säger att det inte finns anledning till oro så skriker jag, tänkte Maria och kände sig hatisk mot den stackars människan, fast hon bara skötte sitt jobb efter de direktiv hon fått. Hon kunde väl åtminstone prata som folk, så man kände att det var en medmänniska som talade till en och inte en myndighetsperson. Emil, hur är det med Emil? Maria kände oron som ett tryck kring halsen.

"Vad tänker ni göra? Ta prover på dem? Vaccinera dem? Hjälper vaccin om de redan har blivit smittade? Finns det vaccin överhuvudtaget? Eller medicin?"

"Som jag nyss sa: Har du frågor får du ta det med vår läkare. Det finns ingen anledning att oroa sej. De åtgärder vi har vidtagit är bara för säkerhets skull, om det skulle visa sej att det handlar om fågelinfluensa, alltså. Det vet vi ännu inte."

"Men ni måste ha en stark misstanke om det om ni ber folk att avstå från att resa till Gotland. Eller hur? Det är inte lite pengar det handlar om, ifall turiströmmen uteblir." Maria kände sig hård men tänkte inte låta henne slippa undan alltför lätt.

Hartman stod i dörren igen. Den här gången med matlådan i handen. Han såg ut att vara på ett strålande humör.

"Kommer du då?" Han tog ett steg in i rummet. "Vad är det, Maria? Har det hänt något?"

"Du, jag följer inte med. Måste ringa ett samtal. Det är om Emil. Jag förklarar sedan." Istället för att lämna rummet blev

Hartman sittande vid Marias skrivbord utan att så mycket som lyfta på locket till sin matlåda. Det kändes bra att han satt där, som en garant för att inget alltför hemskt skulle kunna hända, en länk till vardagsverkligheten där sådana saker som att barn smittas av dödliga sjukdomar inte får finnas. Maria slog numret hon fått till infektionsläkaren. Det tutade upptaget. Mest av allt ville hon fara till Klinte skola och se att Emil mådde bra. Nu med en gång. Tankarna snurrade. Vad kunde hon göra om han var sjuk? Hon måste ju få veta om han var smittad, eller hur? Det tutade fortfarande upptaget och Maria var glad över att Hartman satt där, så det fanns någon att dela sin oro med.

"Jag tänkte på grannen till Berit Hoas, Ruben Nilsson, han med brevduvorna. Han hittades ju död i sin säng. Det här är större än de säger. Vad svarar de inte för? De måste de väl fatta att människor blir upprörda och kräver att få veta hur det är. Det gäller mitt barn!"

"Hur smittsamt är det då?" frågade Hartman i brist på något bättre att säga. Det kom mer som ett kvitto på att han lyssnade.

"Jag vet inte, men om det smittar som en vanlig förkylning har jag hört att en nysning når tio meter. Sedan beror det väl på hur stor motståndskraft man har. Det finns medicin som bromsar virusinfektioner."

"Tamiflu. Det togs ett beslut om att Sverige skulle köpa in en miljon behandlingskurer à tio doser för ett år sedan, när det var ett utbrott av fågelinfluensa i Sydostasien. Det skulle byggas upp ett beredskapslager. Hoppas att de gjorde det."

"Ja, jag kommer ihåg att jag läste om det. Läkarna hade skrivit ut medicinen på väl lösa grunder och de som behövde få medicin för verkliga åkommor fick vänta, för den tog slut på apoteken. Varför svarar han inte? Jag tycker det är respektlöst! De får väl inrätta fler telefonlinjer. De har någon helvetesmusik påkopplad. Någon hamrar på ett piano och sedan är det en efterhängsen fiol som jagar upp tempot ännu mer. Säkert för att man ska bli lugn. Jag blir inte lugn. Jag blir förbannad." Tomas Hartman skulle just svara något när Maria fick kontakt med infektionsläkaren. Hon gjorde en avvärjande rörelse med handen och klämde fast luren under hakan medan hon sträckte sig efter papper och penna.

"Jag vill veta sanningen", sa Maria när presentationen var över och hon ställt frågan om Berit Hoas.

"Jag har tystnadsplikt och kan inte säga något om en enskild patient, det hoppas jag du respekterar. Sanningen är att vi inte vet – och när vi inte säkert vet är det bättre att vidta försiktighetsåtgärder än att stoppa huvudet i sanden." Hon hörde honom sucka tungt. Vad hade han för anledning att stöna? Han hade väl inget barn som var i fara. Jäkla stropp! Maria härmade honom tyst… det hoppas jag du respekterar. Varför måste han gömma sig bakom högtravande ord? Det sättet att prata på skapar avstånd. Det man behöver få är förståelse och en känsla av att någon verkligen bryr sig.

"Okej. Och vad tänker ni göra med barnen om de är smittade? Jag vill veta det nu. Sedan tänker jag hämta hem Emil från lägret. Jag vill inte att han ska vara där om det innebär en risk för att han ska bli sjuk."

"Nu är det inte så enkelt. Smittskyddsläkaren har beslutat att låta barnen vara kvar på skolan i karantän. Om någon eller några av dem är smittade kan vi inte riskera att smittan sprids vidare i samhället. Barnen kommer att få medicin mot fågelinfluensa."

"I karantän. Hur menar du? Får han inte komma hem? Vad händer om han inte är smittad nu men blir smittad av någon därinne. Låt säga i morgon, för att jag inte fick ta hem honom. Har ni laglig rätt att göra det här? Annars är det olaga frihetsberövande, det kan ge fängelse. Jag hoppas du förstår allvaret i det." Maria kände en plötsligt uppflammande vrede. Helst skulle hon velat ha den där karln mellan fyra ögon så han inte kunde komma undan eller flacka med blicken.

"Om vi inte gör så här och det skulle visa sig vara fågelinfluensa i muterad form, som vi länge fruktat, kan det betyda tusentals smittade, om du vill ha det i klartext. Smittskyddsläkaren har laglig rätt att behålla folk för provtagning. Fem dygn räknar vi med att behöva behålla dem om ingen insjuknar. För att de inte ska smitta varandra kommer barnen att få varsitt rum, där de bör hålla sej och andningsskydd när det är nödvändigt för dem att lämna rummet. Vi kommer att ha vårdpersonal på plats och alla barnen kommer att följas upp med temperaturmätningar morgon, middag och kväll. Barnen kommer att ha mobiltelefoner så att de kan hålla kontakten med sina anhöriga. Jag förstår att det här är svårt", tilllade han i lite mjukare ton.

"Hur länge tänker ni alltså hålla kvar min son?" Maria sökte Hartmans blick för att hämta styrka.

"I bästa fall kan vi blåsa av hela aktionen redan i morgon. Då kan vi som tidigast få ett definitivt besked om huruvida det är fågelinfluensa eller inte."

"Men du tror att det är det?"

"Tyvärr, ja. Men jag hoppas vid alla makter att jag har fel."

KAPITEL 11

Jonatan Eriksson stirrade ut genom fönstret där han satt vid sitt skrivbord på Tallbackens sjukhem i Follingbo. Den magnifika regnbågen som spände över himlavalvet och den milsvida utsikten gjorde honom inte lättare till sinnes, där han satt som en fånge i sitt rum. Precis som på den tiden då byggnaden varit ett sanatorium och den fruktade tuberkulosen spreds med förfärande hastighet ville man inte få in de smittade till sjukhuset i stan. Därför fick de boende på Tallbackens sjukhem nu flytta till Tingsbrogården, eller med högsta prioritet evakueras till andra ställen, för att ge plats åt de personer som tagits in för observation och de som med största sannolikhet redan bar på smitta. En observationsavdelning på bottenplanet och en avdelning för patienter med symptom på våningsplan ett. Hittills var det taxichauffören och hans hustru, de två poliserna och den ambulanspersonal som haft samröre med Ruben Nilsson, fem brevduveägare som träffat Petter Cederroth under lördagskvällen för att gemensamt gå igenom resultaten från brevduvetävlingen, de passagerare som taxichauffören uppgivit att han hade kört under den aktuella natten samt de patienter som vistats samtidigt med chauffören på akutmottagningen och en bibliotekarie som hjälpt Ruben Nilsson att hitta brevduveförbundets hemsida på nätet.

Rigorösa arrangemang, men smittskyddsläkare Åsa Gahnström tordes i nuläget inte ta några risker. Särskilt inte med den sjukvårdspersonal som varit i kontakt med Berit Hoas och Petter Cederroth. De hade samtliga blivit tagna ur tjänst och omplacerade till telefonlinjerna för information till allmänheten, med varsitt rum där de fick vistas natt som dag på översta våningen i huvudbyggnaden på det gamla sanatoriet. Samtliga hade fått stränga order om att använda andningsskydd om de lämnade sina rum.

Detta gällde även Jonatan Eriksson. Telefonsamtalet med den oroliga mamman hade skakat honom på djupet och fler samtal skulle följa. Maria Werns oro var befogad. Om sonen inte är smittad nu, men blir det, vem bär då ansvaret? Kan man offra ett barn för att rädda tusentals liv? Jonatan hade ifrågasatt smittskyddsläkarens beslut, men var ändå skyldig att hålla samma linje gentemot allmänheten och pressen. Svårast hade det varit att argumentera med läkarkollegan Reine Hammar, som var klinikchef på det nyöppnade Vigoris Health Center vid Snäckgärdsbaden. Det hade uppstått en schism direkt när Jonatan på uppdrag av smittskyddsläkaren skulle förhöra sig om när och vart kollegan hade blivit skjutsad i taxi av Petter Cederroth.

”Va fan är det här? Tror du att du är någon jävla polis eller …?”

Ja, det var väl nästan så det kändes att i detalj kartlägga taxichaufförens förehavanden under natten, som om man var lagens förlängda arm. Rent utredningsarbete som skulle resultera i ett inkuberad eller inte inkuberad, skyldig eller inte skyldig till att bära smitta.

”Okej, jag är inte intresserad av ditt privatliv. Jag vill veta vid vilken tidpunkt du åkte taxi och om du var ensam, det är allt.”

”Jag kommer att gå vidare med en anmälan till Socialstyrelsen om det här. Det är ta mej fan kränkande behandling, och knappast medicinskt motiverat. Jag kommer att garva ihjäl mej om det inte är fågelinfluensa. Jävla dårhus!” Reine Hammar hade dängt skyddsmasken i skrivbordet och gått in på sitt rum och vräkt igen dörren.

”Du, är det inte fågelinfluensa kommer jag också att garva ihjäl mej. Jag kommer att skratta så jag kräks”, hade Jonatan ropat efter honom i dörren, men det var inte säkert att Reine hade hört det. En liten stund senare hade han Reine Hammars fru i telefonen. Hon var betydligt mer samlad och verkade förstå situationens allvar.

Jonatan rycktes ur sina funderingar av ännu en telefonsignal. Han samlade sig en kort stund och lyfte luren. Det var Åsa Gahnström, smittskyddsläkare för Gotlands län. Han andades ut. Det borde han inte ha gjort.

"En kort information bara. Vi har ett problem."

"Ett problem. Okej." Han försökte att inte låta sarkastisk men undertonen gick ändå fram till Åsa.

"Jag hade hoppats att åtminstone du skulle inse allvaret i det här. Det är jag som har ansvaret och det är jag som blir hängd. Nåväl, eftervärlden får väl döma mej. Det stora problemet just nu är att vi i beredskapslagren har alldeles för lite Tamiflu för att klara någon förebyggande behandling. Man gick ut till allmänheten och sa att man köpt in 100 0000 kurer, men långt ifrån allt det man köpt in är Tamiflu. Bara en bråkdel, faktiskt. Min strategi är alltså att behandla dem som får symptom och de som är inkuberade med de läkemedel vi har och att hålla dem under minutiös kontroll. Man tror inte att det är sant, men så illa är det."

"Men vad har man köpt in då?" frågade han.

"Resten är andra antivirala medel, utan egentlig effekt på den fågelinfluensa vi befarar. Jag har varit i kontakt med inköpsansvarig. De har inte lyckats handla in någonting alls det senaste året. Inget. Pengarna finns, men man har inte kommit till skott och köpt in läkemedel. Sverige har just ställt sej i kö."

"Hur menar du nu?" Jonatan märkte att hans hand gjort ett blött märke på skrivbordsunderlägget. Plötsligt kändes rummet kvavt och instängt. Han drog i den alltför trånga halsringningen på sin t-shirt, byxorna stretade.

"De flesta andra länder i Europa har redan mot en icke alltför blygsam ersättning abonnerat en plats i kön för att köpa Tamiflu. Vi är väldigt sent ute. Allt vi kan göra är att vädja till omvärlden om hjälp – diskret. Läcker det ut till pressen får vi en paniksituation. Kan du föreställa dej hur det skulle bli – vad rädslan skulle kunna göra med människor, vilket tryck det skulle bli på vården om flera tusen personer ringde samtidigt eller kom ned till lasarettet och krävde behandling? Generaldirektören för smittskyddsinstitutet gick nu på morgonen ut med stränga direktiv till apoteken om att bara smittskyddsläkare ska få skriva ut Tamiflu. Det borde ha kommit långt tidigare. Dessvärre har flera läkare varit väldigt snabba med sina receptblock när nyheten släpptes. Jag har satt en person på att se över förskrivningen och om möjligt med omedelbar verkan återkalla de uttagna läkemedel som inte är medicinskt motiverade. Det nya systemet att apoteken registrerar vilka läkemedel som tas ut är inte så dumt i alla fall. Det här är ett typexempel. När det verkligen gäller ser man först till sitt eget."

"När vet vi med säkerhet om det handlar om fågelinfluensa, när kan vi ha svaret från SMI?"

"Normalt sett tar det 2–3 dagar att typa fram vilken influensa det handlar om och få en resistensbestämning. Det måste ju göras på säkerhetslaboratoriet med skyddsutrustning och allt, men de tror att vi kan få ett preliminärsvar tidigare. Statsepidemiologen har beordrat in extra personal. Vi kanske kan få ett svar redan i kväll. Det har högsta prioritet och de gör sitt bästa. De ringer. Jag hör av mej direkt."

"Vad ska jag säga till föräldrarna? Jag måste kunna ge dem klart besked när de frågar mej om barnen på fotbollslägret får behandling."

"Säg att barnen ska få medicin. Vi delar ut det vi har så länge det räcker. Det viktigaste är att de håller sej lugna. För övrigt måste vi handla som om vi handskas med fågelinfluensa tills motsatsen är bevisad. Det är min policy. Det är svårt nog ändå att motivera observationspatienterna att sitta instängda. Vi måste driva saken konsekvent."

Han hörde hur hon svalde och sedan tog sats, rösten blev spänd. "För din kännedom, Jonatan, har jag även begärt handräckning från polisen. Området runt Klinte skola kommer att spärras av och biografföreställningarna i skolans aula kommer att ställas in. Jag vill inte riskera att föräldrar kommer för att hämta sina barn. Har du barn själv så förstår du vad jag menar. Det här väcker starka känslor. Det är inget lätt beslut, men det scenario som kan utspela sej om vi inte visar en tydlig linje är oändligt mycket mer skrämmande. Har du bilden klar för dej? Vi har inte medicin till hela befolkningen. Det kan komma att handla om tiotusentals döda."

"Och om det skulle visa sej att det inte är fågelinfluensa?" Jonatan kunde inte låta bli att ställa frågan.

"Då överlåter jag min kropp till forskningen och min själ att dissekeras av media, och du ärver min stol. Beslutet är förankrat hos Nationella pandemigruppen. Ärligt talat, Jonatan – vad skulle det annars vara? Den gamle mannen med brevduvorna dog, oklart varför. Ett preliminärt obduktionsresultat bör komma med viss fördröjning. Jag har talat med patologen om smittrisken. Berit Hoas dog, det var influensavirus. Vi vet ännu inte vilken typ – men så här aggressiv brukar inte en vanlig influensa vara. Hon var väsentligen frisk innan hon blev smittad. Petter Cederroth har influensavirus. Vi vet ännu inte vilken typ. Men vi törs nog inte avvakta. Du kan börja behandla honom med Tamiflu om du inte redan gjort det. Jag hörde att han är illa däran. Frun har, om jag är rätt underrättad, en lätt tempstegring och ont i halsen. Vi väntar på att få veta om det är H5N1. Du bör få det när som helst, om du fått ordning på datorn därute i obygden."

Jonatan öppnade fönstret och släppte in sommarens dofter efter regnet. Det var tryckande hett i rummet, han ställde sig i luftdraget och andades in doften av tallskog. Svetten pärlade i pannan och kläderna klibbade på kroppen. Kände han sig inte lite sträv i halsen? Lite febrig? Tog det inte emot när han svalde? Förhoppningsvis inbillning – en mental influensa. Men ändå – risken fanns. Med en inkubationstid på 1–3 dygn kunde den ännu blossa upp. Hur skulle det då gå med Malte och Nina? Det var bekymmersamt nog som det var. Jonatan försökte mota bort rädslan men den malde och malde djupt i mellangärdet så fort han tänkte på dem och på framtiden och på hur det skulle bli nu när han inte längre hade möjlighet att mörka den skamliga sanningen om hennes alkoholism, ljuga och ställa till rätta. Om han bara hade varit hemma mer hade det kanske aldrig blivit som det blev, då kanske aldrig problemet hade uppkommit, då kanske han hade kunnat stoppa fördärvet i tid ... om, om, om.

Den gamla sanatoriemiljön gjorde sig påmind och suddade bort tidsgränsen. Jonatan Eriksson tänkte att han kunde ha befunnit sig på fyrtiotalet lika väl som i nutid. En generation bakåt och människor dog av tbc i Sverige på samma sätt som de drabbade nu dör i andra länder för att de inte har råd med den medicin som kan bota dem. Unga människor. Föräldrar med små barn. Skolungdomar. Hela släkter raderas ut. Om väggarna på detta sanatorium kunde tala skulle de berätta om förtvivlan och desperation, men också om tapperhet och galghumor och ett trotsigt hopp. Livet förändras och nya perspektiv öppnar sig när man stirrar döden i vitögat. Vad är viktigt om man har en vecka kvar att leva? Är det något vi har missat? Vi som trodde att vi kunde leva för evigt står nu inför det faktum att döden gäller också oss, tänkte Jonatan. Längre kom han inte i sin tankegång förrän telefonen åter krävde hans uppmärksamhet. Vad skulle han säga om det var ännu en orolig förälder? Hade de redan hunnit göra en avspärrning runt skolan där barnen var på fotbollsläger? Det hade Åsa glömt att säga. Jonatan kände att han ville smita från alltihop, så greppade han luren och sa sitt namn så lugnt och behärskat han kunde. Varje patient har rätt till ett engagerat bemötande, oavsett hur man själv mår, hade en gammal kollega präntat in i de läkarstuderande, och det satt kvar som om han hört det i går.

"Det är Nina." Han hörde direkt på hennes slappa artikulation att det var så som han befarat och magmusklerna knöt sig i försvar. "Malte är inte här. Jag vet inte var han är, om han kan ha gått till någon kompis?"

"Jag bad min mamma hämta honom och det var tur, för han hade ramlat från gungan och blödde näsblod. Han fick inte stopp på det. Han försökte väcka dej, men du var ganska borta. Märkte du överhuvudtaget att han gick ut? Dörren stod på vid gavel, sa mamma."

"Ja, det är ju tur att du har mamma som kan visa lilla Nina hur man gööör med sina baaarn. Anklaga mej för att vara en dålig mor, gör det du – fast det är ditt fel. Ditt förbannade fel, din skenhelige fan. Jag ville aldrig ha någon unge, det var du som ville det och sedan … Vad hände sedan? Vem fan fick vara hemma och ta hand om allting, precis allting medan du glassade runt?"

"Jag glassade inte runt. Jag gick min specialistutbildning."

"Så inihelvete tjusigt och viktigt, viktigare än mitt liv och mina planer. Nina ville ju bara gå på Konstfack och leka lite, kladda lite med färg."

"Du, vi kan prata om det där när du mår bättre. Gå och lägg dej och ring mej sedan, när du vet vad du säger."

"Ta två vita tabletter och gå och lägg dej, är det doktorns ordination? Min bildlärare på folkhögskolan sa faktiskt att jag kunde bli något. Han ansåg att jag hade talang. Han trodde på mej, du!

Din jävla svikare. Han sa: Nina, du har verkligen talang. Du har talaaang! Hör du det, din jävla ..."

Jonatan la på luren, stålsatte sig och motade bort tanken på Nina. Han tänkte på Malte. Om det var fågelinfluensa borde Malte inte vara på fritids. Där kommer det att finnas stor risk för smittspridning, tänkte han. Det måste gå att lösa på något sätt även om just de dagar Malte var på fritids var de enda då Jonatan kände sig lugn och hade någon arbetsro.

KAPITEL 12

"En epidemi av fågelinfluensa befaras ha brutit ut på Gotland. Två dödsfall kan ha samband med smittan och ett flertal personer har förts till Follingbo gamla sanatorium för observation. Smittskyddsläkare Åsa Gahnström, ni säger att ni förväntat er att den här epidemin skulle bryta ut. Varför har ni då inte vidtagit några åtgärder?"

"För det första vet vi ännu inte om det är fågelinfluensa patienterna smittats av, för det andra ..."

"Varför vet ni inte det?" Radioreporterns röst sköt in, vass som en pilspets.

"Det tar tid att få fram vilken typ av influensa det rör sig om. Analysen måste göras på ett säkerhetslaboratorium. H5N1, den så kallade fågelinfluensan, drabbar vanligen inte människor utan fåglar. När människor smittats har de varit i kontakt med djur. Vi har endast ett fåtal fall där smittan har överförts från människa till människa. Det var en tjugoettåring i Hongkong som hade druckit ankblod vid en nyårsceremoni. Sjuksköterskan som vårdade honom och hans fjortonåriga syster dog, men fler fall har inte rapporterats. Det vi under en tid har befarat är att viruset skulle kunna mutera och bli likt vanliga virus i sitt sätt att smitta. Det skulle kunna ske om en och samma person bär på vanlig influensa och sedan smittas av fågelinfluensa genom kontakt med fåglar, och de olika influensatyperna byter egenskaper med varandra. Risken finns också att processen sker i ett annat husdjur, till exempel en gris. Men i nuläget ser jag ingen anledning till oro."

"Enligt uppgift har man i världen upptäckt 180 fall av fågelinfluensa hos människor, 87 av de smittade är döda. Om ni har befarat en sådan utveckling och dödligheten är så hög, varför har ni då så dålig beredskap för en krissituation? Varför har inte hela befolkningen blivit vaccinerad mot fågelinfluensa som mot stelkramp, difteri och polio?"

"Virus ändrar skepnad. Man behöver hela tiden ta fram ett nytt och mera effektivt vaccin, och innan man vet exakt hur viruset ser ut är det omöjligt att göra ett vaccin. Till och med det vanliga influensavaccinet skräddarsys för varje utbrott på södra halvklotet, men ibland hinner viruset förändras så mycket att vaccinet inte ger ett fullgott skydd. Sedan tar det minst ett halvår att tillverka ett vaccin mot fågelinfluensa när man väl vet hur viruset ser ut, och vi har inte de resurserna i Sverige längre, utan måste förlita oss på att vi får köpa vaccin från utlandet när man väl vet vad som ska tillverkas."

"Och då kan det redan ha drabbat en tredjedel av vår befolkning? Kan man jämföra det med spanska sjukan som bröt ut 1918–19, där 20 miljoner människor i världen fick sätta livet till? De senaste siffrorna talar om 100 000 dödsfall enbart i Sverige."

"Det kanske är att vara väl drastisk. Det finns ingen anledning till oro just nu."

"Vi tackar Åsa Gahnström och går över till Almedalen, där vi hoppas få en kommentar från folkhälsominister Erik Malmgren."

Husvagnsägare Hans Moberg stängde av radion och drog ifrån den blårutiga gardinen. Det började bestämt klarna upp. Det var på tiden. Han sträckte på benen och avslutade sin flirt med "Mogen kvinna -53" med en fras på franska han snappat upp vid en tidigare konversation med "Dolly P", en arbetslös postkassörska från Västerås. Vete tusan vad den betydde, men det såg tjusigt ut. Han satte tungan i mungipan och klämde dit meningen bokstav för bokstav efter förlagan. Kvinnor gillar sådant, det brukade fungera över förväntan. Mogen kvinna -53 hade han inte för avsikt att träffa i verkligheten, absolut inte, men för stunden behövde han någon som kunde visa honom lite moderliga omsorger. "Blond gudinna" hade vid närmare undersökning i en hytt på Gotlandsbåten visat sig vara en besvikelse. Men det är smällar man får ta. Man blir luttrad. Sällan motsvarar kvinnorna riktigt de bilder man gör sig när man chattat med dem på nätet, tänkte Hans Moberg. Verkligheten blir oftast alltför verklig i själva konfrontationen. Särskilt om man ses i dagsljus. Det kan nästan bli en chock, för båda om man ska vara ärlig, och då gäller det att snabbt hitta tillbaka till det samförstånd som fanns i de förtroliga samtalen på nätet, eller att klämma dit en kyss direkt för att sätta fart på förälskelsehormonerna innan hon hinner tänka efter.

Hans Moberg, av vännerna kallad Mubbe, ställde sig framför den brunfläckiga spegeln på städskrubbens dörr och kammade det långa vågiga håret innan han klev i bootsen. Han granskade sitt ansikte igen, ryckte bort några vita strån ur mustaschen och tog på sig den vita cowboyhatten. Justerade brättet, så där lite på sned över ena ögat skulle den sitta. Bovar har svart hatt, hjältar har vit, det vet alla. Man är för snäll, för välvillig i tolkningen av "några kilon för mycket" och "lite problem med ekonomin just nu". För att inte tala om "Lättstött make", som kunde bli ett rent helvete. Det visste han av erfarenhet. Ändå var det här livet. Att dra runt med sin husvagn och tillika parningsholk och träffa kvinnor, var man ville, när man ville och hur länge man ville. Ingen boss. Ingen kärring. Inga tider att passa mer än dem man själv bokat in, och bara om lusten fanns när stunden närmade sig. Annars kunde man strunta i det, ändra sin hotmejladress, hitta en ny identitet på Eniro och dra vidare mot nya äventyr i ny skepnad.

Det var faktiskt en del av lockelsen, själva teatern, att få spela en ny roll varje gång; ägare till ett konstgalleri i Paris, projekterare i byggbranschen på Rivieran, polis inom underrättelsetjänsten, räddningsledare i brandkåren eller viltjägare i Gambia. Allt det man drömde om som ung grabb, men som aldrig blev av och inte heller behövde bli det för att man ändå kan uppleva allt i fantasin utan att smutsa ned manschetterna eller utsätta sig för fysisk fara. Det viktiga är hur andra ser en, om de tror på ens uppenbarelse. Och så själva kicken, när man övat in sin roll och träffat en lämplig motspelerska på nätet och sedan ses i verkligheten. Att få provspela mot alla sorters kvinnor och välja ut den bästa till de mer passionerade scenerna … Ja, inte precis alla. De som redan i rubriken krävde renlevnad och trohet hade han inte mycket till övers för. Det blev för komplicerat. Även om det faktiskt hänt att han levt på potatisavkok, groddar och sesamfrön en hel vecka för att kvinnan i hans liv just för stunden var vegan. Han hade inte ens fått behålla läderbältet i sina byxor, men just den veckan hade det inte gjort någon skillnad. Det var värre med rökelsen. En husvagn tål så lite av den varan och den konkurrerade ut doften av hans egen piptobak. Utrökt ur sitt eget gryt kände han sig hemlös. När hon sedan förväntade sig att han skulle äta nässlor hon plockat bakom herrtoaletten på campingen i Västervik var måttet rågat. Där gick gränsen för det acceptabla.

Nej, om man skulle lätta ankar och dra till ett mer fashionabelt ställe, tänkte Mubbe. Under den gångna natten hade han parkerat parningsholken på ett industriområde öster om stan. För den som vill spara in på den onödiga utgiften att betala för en elplats på en camping är ett eluttag på en fabriksbyggnad ett nog så beaktansvärt alternativ, precis som det faktum att man lätt kunde låna någon annans oskyddade trådlösa nätuppkoppling i tätort. En sparad krona är en sparad krona. Det gällde bara att se upp så att inte taggtråden rev sönder byxorna i grenen när man klättrade över staketet.

Tofta camping hette strandremsan han prickat in på kartan. Där kunde han duscha av sig och snygga till sig inför kvällens möte med "Kramgo Skånska", men innan dess hade han lite affärer att ordna med. Diskreta leveranser. Kontanter i utbyte mot kärlekslycka och ett nytt självförtroende. Det förvånade honom ofta att inte fler var resande i samma bransch. Frihet, snabba pengar och tacksamma kunder. Det var praktiskt taget ofarligt att köpa och sälja läkemedel över nätet eller för all del kränga dem direkt på gatan. Gång på gång hade saken förts till domstol utan resultat. Hans Moberg hade noga följt med händelseutvecklingen i pressen. Där hade den lagstiftande myndigheten verkligen bitit sig själv i svansen. Vilken miss av så stora tänkare! Den fjärde paragrafen i lagen om handel med läkemedel (1996:1152) hänvisar nämligen till läkemedelsförordningen från 1962 som upphävdes 1993. Ingen domstol i världen kan döma efter en lag som inte längre existerar, det kan minsta blåbärsplockare förstå.

Hans Moberg var inte orolig för sin näring, varken nu eller i framtiden. Vid det laget, när den långsamma beslutsprocessen malt färdigt och lagstiftarna väl fått ändan ur vagnen, kommer säkert EG-domstolen att ha avskaffat det svenska läkemedelsmonopolet, brukade han säga till sin kollega Manfred "Majonnäsen" Magnusson, som ofta uttryckte sin oro över kommande tider. Det skulle bli roligt att ses på Tofta camping och knäppa en öl eller två innan julklappsutdelningen till Viagrakunderna började. En del ville ha sitt kuvert med läkemedel på posten, andra ville få det direkt i handen. En del kunder gick att ragga på plats när kraven på fullgod underhållning ökade under semestern. Det var bara att öppna kioskluckan och bjuda in dem. Hela lagret rymdes i husvagnen. Ett par hämtningar per år blev det förstås, samtidigt kunde han fylla på sitt förråd av spirituosa. De resorna var närmast att betrakta som semester. Som bäst hade affärerna blomstrat när han arbetade ihop med Betsy som sålde underkläder och sexleksaker. Vilken affärskvinna! Där låg man i lä. Men det hade frestat hårt på tålamodet att behöva kompromissa om tider och resrutter. Det var med sorg i hjärtat han hade lämnat av henne i Tanumshede när vintern kom och husvagnen blev för trång för dem båda. Friheten har sitt pris.

"Kramgo Skånska" älskade kramgo country and western, ärlighet och hemmakvällar, skrev hon. På bilden hon skickat genom cyberrymden hade hon haft en kort läderkjol med fransar. En rutig skjorta uppknäppt till skamgränsen och spetsiga stövlar i vitt skinn. Yeeeha! Det röda håret var klippt i en kort page och munnen var röd och bred. En riktigt näpen liten docka. Men man kunde missta sig förstås.

"Kramgo Skånska" – han hade inte ens fått veta hennes riktiga namn. Hon var antagligen en erfaren nättjuserska. Fullständig diskretion. Han brukade själv vara lika försiktig. Hans namn, "Doktor M", hade kommit till efter ett par öl och var egentligen inte så väl genomtänkt, men det fick duga tills vidare. Det största problemet för kvällen skulle vara att konsekvent hålla sig till en skånsk dialekt. Obegripligt hur han kunde haspla ur sig något så dumt som att han också var från Skåne. Ett problem som sysselsatt honom under morgonens timmar tills han övat in ett sätt att bryta på amerikanska, som i bästa fall skulle kunna falla damen i smaken. Det var en del av spelet. Att gissa sig till någons hemliga önskningar och sedan uppfylla dem. När det gällde Kramgo Skånska antog han att ett "tragiskt öde" skulle kunna öppna dörrar till välviljans och medkänslans lustgård. Den saken hade också tagit sin tid att fundera ut. Resultatet av tankemödan hade blivit en countrysångare med en obotlig sjukdom. Efter ett par timmars sökande på olika sökmotorer hade han beslutat sig för en obotlig ärftlig sjukdom, lite diffust spridd i kroppen. Ett par månader kvar att leva. Inget smittsamt. För säkerhets skull hade han hittat på ett latinskt namn. Strabismus. Det fick det genast att låta mer vederhäftigt. Strabismus. Tungt! Han kände redan en dov matthet i ryggmusklerna och en diffus värk bakom pannbenet. Det skymde för hans blick. Snart skulle han inte längre finnas på denna sköna jord, men i sin musik skulle han leva vidare. Och även om han inte kunde sjunga sina sånger för henne, då sjukdomen illa nog satt sig på stämbanden, så hade han sänt henne sin poesi i ett mejl.

KAPITEL 13

Pensionat Warfsholms vackra träbyggnad från sekelskiftet låg
på andra sidan gångbron över Klinteviken. Tidigare, under
kalkpatronernas era, hade det legat en gammal kalkugn och
ett båtvarv på udden. Just nu badade den gula byggnaden med sitt
charmiga torn och sin stora vita veranda i en varm kvällssol som
om inget ont i världen fanns – och ändå var det just där man hade
samlats för att tala om det obehagliga som skakat hela bygden.
Om fågelinfluensan och om barnen som hölls inspärrade på Klinte
skola med hjälp av polis. Man hade sett bilarna, de uniformerade
männen, hundarna och det blåvita bandet, som var den gräns de
vaktade. Rykten florerade. Det sades att kokerskan, Berit Hoas, var
död och att hon smittats av sin granne Ruben, den gamle mannen
med brevduvorna. Antagligen låg det något i det, för Rubens ställe
var också avspärrat och män klädda som rymdvarelser höll på att
avliva duvorna hos de andra brevduveägarna i Klintehamn med
omnejd. Rykten sa också att Bengtssons hönseri var i fara och kal-
konfarmen i Fröjel.

Maria Wern lät blicken glida ut genom de spröjsade rutorna
mot havet och försökte lugna sin uppjagade andning och hjärtats
snabba slag. Djupandas. Lokalen fylldes snabbt med folk. Den var-
samt restaurerade sekelskiftesmiljön med sina skira spetsgardiner
och rosa pelargonior inbjöd till fest, men i kväll var det allt annat
än feststämning. Atmosfären bland barnens föräldrar var hätsk när
smittskyddsläkare Åsa Gahnström intog podiet och förklarade att
kvällens konsert med den gästande vissångaren ställts in för att de
skulle få tillgång till lokalen och kunna hålla detta viktiga möte
med anledning av den eventuella fågelinfluensan. En blixt brann

av och sedan ytterligare ett par, och fotograferna ombads vänligt men bestämt att lämna lokalen, liksom de journalister som trots att inbjudan varit personlig ändå tagit sig in. Det här var inget offentligt möte, utan en privat sammankomst för föräldrarna till de barn som nu hölls under observation. Kvällens lammgrillning var dock inte inställd. Aptitretande dofter sippade in från baren, där dörren till verandan stod på glänt. Maria kunde skymta en gammal jukebox bredvid bardisken.

"Vi kräver att få hem våra barn", skrek en kvinna med stort burrigt hår på första bänk och fick med sig ett sorl av ja-röster när hon reste sig upp. Tre män på mellersta raden reste sig också upp och ett hotfullt mummel spred sig i lokalen. Smittskyddsläkaren såg rädd ut. Hon försökte göra sig liten bakom talarstolen och höll i den som en drunknande håller i en planka. Maria såg från sin plats längst ut på högra sidan hur kvinnans ben skakade. Hon greps av medlidande. De kunde ju åtminstone lyssna. Maria repade mod och sa med hög röst:

"Jag tycker vi hör vad hon har att säga. Vi har många frågor. Om vi lyssnar kan vi få svar på dem. Sedan hoppas jag att vi får chansen att diskutera efteråt."

Åsa Gahnström sände henne en blick av tacksamhet och började sitt anförande, sitt svåraste uppdrag någonsin, med ord hon valt och vägt i en timmes tid.

"Jag vill era barns bästa." Någon protesterade, men protesterna hyssjades ned. "Jag har i kväll fått ett preliminärt svar från Smittskyddsinstitutet i Solna, som säger att det rör sig om fågelinfluensa. Kokerskan som serverade barnens mat var smittad och era barn hålls nu under observation. De får tillgång till Tamiflu, ett läkemedel som hämmar virusinfektioner. Barnen hålls för säkerhets skull separerade från varandra i varsina rum. Om någon måste lämna rummet bär de andningsskydd för att inte smitta eller bli smittade. Personal, specialutbildad på infektionssjukvård, tar hand om dem. Vi kommer att kontrollera barnens kroppstemperatur fyra gånger om dagen och blodprover kommer att tas på varje barn för att se om de har blivit infekterade."

"Varför kan de inte lika gärna få vara hemma", ropade kvinnan på första bänk. "Ni har ingen rätt att hålla dem kvar!" Hon tog av sig solglasögonen och vände sig om för att få medhåll, men blev nedtystad.

"Därför att då har vi inte längre kontroll över vilka som kan bära på smitta. Fågelinfluensa är en farlig sjukdom. Barnets syskon eller ni själva kan bli smittade. Det är viktigt att tidigt begränsa antalet infekterade patienter så att sjukvårdens resurser räcker, både till dem som insjuknar i influensa och till de patienter som redan finns på sjukhusen. Barnen får bästa tänkbara vård."

"Varför kan inte hela familjen få medicin då? Varför kan man inte dela ut medicin till hela Gotlands befolkning?" fortsatte kvinnan, som tagit på sig rollen som talesman för föräldrarna utan att egentligen ha fått mandat av någon.

Åsa Gahnström funderade ett kort ögonblick på att säga sanningen. Vi har inte effektiva läkemedel så det räcker. Men avstod med tanke på följderna och risken att uttalandet skulle leda till kaos. En uppretad mobb kan bli livsfarlig, särskilt när vitala värden hotas. "Då skulle vi med största sannolikhet få fler smittade fall, fler än vi klarar av att vårda. Och om många människor tar medicinen under en längre tid finns det risk för att den snart inte längre hjälper. Vi hoppas att vi inom loppet av en vecka ska kunna friskförklara de personer vi har under observation och blåsa faran över." Sedan hade Tamiflu som de flesta mediciner biverkningar, men dem tänkte hon inte gå in på. Hon tänkte inte nämna larmrapporterna om psykiska symptom och självmord.

"Får vi inte träffa våra barn på en hel vecka?" utropade en välkänd röst längst ned i lokalen och Maria vände sig om. Det var Krister. De måste ha missat varandra när de gick in. "Det är faktiskt min tur att ha hand om grabben den här veckan och jag hade tänkt att vi skulle resa till Gotska Sandön ihop. Det är sjukt! Här har man gått igenom en kaotisk och pressande skilsmässa och får träffa sin son varannan helg och några korta sommarveckor och så skiter det sig. Det är tufft nog att gå igenom en sådan konflikt utan extra pålagor."

Maria kände att hon blev blossande röd och rodnaden spred sig ned på halsen. Var han tvungen att prata om skilsmässans villkor och beklaga sig rakt ut i luften inför människor som inte hade ett dugg med den att göra? Det mesta hade de klarat av i samförstånd.

Typiskt Krister att bli så dramatisk. Varför kunde han inte bara vara tyst som vanliga normala människor. Hade han alltid gjort på det sättet? Varit så beklämmande distanslös och kort i roten? Antagligen, fast tidigare hade hon känt en annan lojalitet gentemot honom. Nu önskade hon honom till världens ände.

"Precis det vill jag att vi ska diskutera här och nu." Åsa Gahnström vågade sig på ett litet leende. "Jag har tänkt se till att samtliga barn har en telefon, en mobiltelefon, eller är det bättre om ni kan nå dem via datorn? Det är viktigt både för dem och er att ni kan försäkra er om att de mår bra. Vi behöver tillsammans hjälpas åt att motivera barnen att stanna på sina rum och att ha sina andningsskydd på när det behövs. Det är ingen enkel uppgift, men tillsammans tror jag att vi kan klara det."

Maria Wern såg hur smittskyddsläkaren andades ut. Ett genomtänkt upplägg. Nu hade hon fast mark under fötterna och föräldrarna kunde bli delaktiga och beslutsfattande i en fråga av underordnad betydelse; telefon- eller mejlkontakt. Den kvinnan visste vad hon gjorde. En strateg ut i fingerspetsarna. Så småningom skulle de kunna diskutera telefon eller dator, men först fanns det andra saker som var mer angelägna.

"Tänk om det finns smittade som vi inte vet om? Borde man inte med tanke på det ge alla på ön Tamiflu i förebyggande syfte?" Hjärnspöket hade förföljt Maria i nattens oroliga slummer. Tänk om det fanns fall som ännu inte upptäckts.

"Vi håller på att se över det. Det är inte bra att medicinera i onödan, så min grundinställning är att bara de som varit i kontakt med någon av de smittade får Tamiflu i nuläget. Blir det en okontrollerad smittspridning kan beslutet omprövas. Men en sak är säker: om det finns smitta utanför avspärrningen är era barn skyddade på bästa sätt." En irriterad rynka dök upp vid näsroten på smittskyddsläkaren. Den här frågan tyckte hon inte om att besvara. Maria Wern antog att det var något hon inte ville berätta för dem, något som inte stämde. Det låg ett hot i luften. Men situationen var inte den rätta för alltför provocerande frågor. Kanske skulle hon kunna tala med Jonatan Eriksson på informationslinjen om den saken istället för att riskera folkstorm på föräldramötet. Det vore nog klokt att ta det den vägen.

När mötet avslutades två timmar senare hade Maria bråttom att komma hem till Linda. Hon hade redan tröttnat på sin pappa och husvagnssemestern och krävt att få återvända tidigare än vad som var avtalat. Vilket i praktiken innebar att det var Maria och inte Krister som hade fått ordna barnvakt till kvällsmötet. När Maria gick till Warfsholm hade Linda gått med på att vara kvar hos Marianne Hartman sedan hon blivit lovad en hyrvideo. "Mio min Mio" hade hon valt och en stor påse blandgodis, båda delar var antagligen slut för länge sedan.

Maria hade varit väl optimistisk när hon beräknat tiden för hemkomsten. Det var klart att det skulle dra ut på tiden, och efter mötet hade hon växlat några ord med Krister. Kort och artigt, som om de just hade mötts och inte sammanlevt i tio års tid. Han tyckte hela saken var upphaussad. Det är som att gå hundra år tillbaka i tiden när läkaren var allenarådande och hans ord var lag, menade han. Vi lever på tvåtusentalet och inte vid sekelskiftet. Patienter ska informeras och samtycka. Ja, hade Maria kontrat, men virus tar ingen hänsyn till om man samtycker. De lever sitt eget liv. Jag tycker smittskyddsläkaren verkar kompetent. Vi bör nog lita på att hon gör det som är mest klokt, även om mitt hjärta säger att jag omedelbart skulle vilja hämta hem min son, självklart. Maria sa att hon var orolig och ville se honom, se att han mådde bra. Krister sa att så kände han också. Vid närmare eftertanke var det det enda de varit riktigt ense om de senaste månaderna, som annars mest bestått av småkonflikter och gränsstrider om barnens uppfostran och bodelningen. Marias standardfraser hade blivit: Du ringer mej inte på kvällarna efter klockan tio, och: Du låter inte barnen dricka obegränsat med läsk när de är hos dej.

"Längtar du efter mej ibland", hade han frågat just när hon skulle vika av åt höger mot bron och han skulle gå rakt fram till parkeringen. Hon hade stannat i steget och han hade tryckt sig mot hennes rygg och fattat om hennes arm i en smekande rörelse.

"Bara när jag inte får upp gurkburken", hade hon svarat och då sa han att han gärna kom och hjälpte till i så fall. Sedan förlorade han kontrollen fullständigt. Varför var han tvungen att förstöra det sköra samarbete de ändå hade lyckats åstadkomma?

"Vi skulle inte kunna träffas och bara ha sex? Jag menar lite

kravlöst sex utan åtaganden. Ingen behöver lova något. Ett one-
night-stand med sin exfru utan att det blir fumligt och trevande.
Jag vet vad du tänder på, Maria, jag kan ännu känna din doft ..."
    "Dra åt helvete! Det är slut, Krister, kan du inte få in det i din
murkna hjärna? Låt mej vara ifred!"

Teves extrainsatta nyhetssändning klockan 22:30 handlade som
förväntat nästan uteslutande om den farsot som drabbat Gotland.
Bara mycket kort omnämndes den man som hittats mördad i
Värsände i Klintehamn. Polisen vädjade till allmänheten om tips.
Linda, som hade råkat se den tidigare sändningen, hade haft svårt
att komma till ro. Hon hade hört Marianne och Tomas prata vis-
kande om det hemska som hänt och hon hade många frågor.
    "Varför har polisen satt Emil i fängelse?"
    "Det har de inte. De vaktar, så att ingen kan komma in."
    "Min Helmer-groda är ledsen och ensam."
    "Saknar han Emil?" Maria hade svårt att hålla tillbaka gråten
som pressade under ögonlocken. Först nu med Lindas frågor, när
hon måste ta orden i sin egen mun, blev det hela skrämmande
konkret och ohanterligt. Mitt barn! Tänk om smittskyddsläkaren
hade fel. Om medicinen inte hjälpte och Emil befann sig där inne
i smitthärdens centrum. "Vet du, jag längtar också efter Emil, men
jag tror att han kommer hem nästa helg och då ska vi hitta på nå-
got kul. Vi kan åka till Vikingabyn i Tofta så ni får prova att leva
vikingaliv en dag och mala mjöl och baka bröd och kasta yxa och
spinna tråd. Det skulle väl vara kul."
    "Bara om Emil följer med. Annars är det tråkigt för Helmer
Bryd. Vet du, mamma, farbror Hartman köpte körsbär och gav
dem till mej, men jag ville inte äta dem för att fåglarna hade ätit
på dem. Jag sa att Helmer var allergisk. Det är jätteäckligt att
fåglarna har bitit på körsbären, man äter väl inte något som nå-
gon annan har slickat på. Det fattar du väl. De kanske har sådan
där influensa och så letar de mask. Yeak! Det fanns mask i ett
bär. Den tittade ut och skakade på huvudet. Ät inte upp mej, ät
inte upp mej, pep den." Och så sjöng hon med sin vackra lilla
röst: "Ingen tycker om mej, ingen håller av mej bara för jag käkar
mask. Biter av huvet. Suger ur slemmet. Kastar lilla skinnet bort."

Till slut hade hon ändå somnat med alla sina gosedjur i sängen.

När Maria slog sig ned i vardagsrumssoffan möttes hon åter av smittskyddsläkarens ansikte i teverutan och på andra sidan bordet folkhälsoministern, en representant från Socialstyrelsen och lokala politiker. Det handlade om prioriteringar. Politikerna som samlats i Almedalen hade under kvällen haft ett extra möte med anledning av fågelinfluensan. Det man diskuterade var prioriteringar. Vilka personer i samhället som i första hand borde få tillgång till Tamiflu. Den plan som krisberedskapsmyndigheten och Socialstyrelsen utarbetat ifrågasattes hårt för att den var så diffus och odetaljerad. Vad händer om man måste ställa de prioriterade grupperna mot varandra för att medicinen inte räcker? Varför ska personer över 65 år ha medicin men inte dagisbarn och skolbarn som vistas i en miljö där smitta lätt överförs? Varför prioriterar man inte dem?

"I första hand måste de som smittats få hjälp, i andra hand de som exponerats för smitta och de som av annan anledning har nedsatt immunförsvar, är hjärt- och lungsjuka, till åren komna eller försvagade på annat sätt", menade Åsa Gahnström. Men politikernas lista såg annorlunda ut. I första hand skulle regering, riksdag, landstings- och kommunpolitiker och länsstyrelsens tjänstemän få tillgång till läkemedel, och sedan de som arbetade på sjukhus, ambulanspersonal, de som jobbade med elförsörjning, vattenförsörjning och sophämtning. Även de som producerade och transporterade livsmedel måste säkras.

"Under spanska sjukan var de flesta som dog i åldern 20–40 år. Kan man befara samma utveckling när det gäller fågelinfluensan", frågade programledaren och vände sig mot smittskyddsläkaren.

"Som det ser ut nu har vi läget under kontroll. Om vi klarar att hålla den här linjen konsekvent tror jag att risken är liten för en vidare spridning i samhället. Det finns ingen anledning till oro just nu." Maria såg rodnaden som spred sig över kinderna på Åsa Gahnström. Hon kände sig uppenbarligen pressad.

"Vad tror ni att lärare och personal i barnomsorgen säger när ni inte anser att deras arbete är viktigt?" frågade programledaren och såg uppmanande på smittskyddsläkaren och hälsovårdsministern. "Vad tror ni att städerskorna tycker och journalisterna på radio, teve och tidningar? Hur ska folk få veta vad som händer om ingen rapporterar om det? Väktarna – vem ska annars förhindra inbrott på vårdcentraler och i livsmedelsbutiker om det blir riktigt illa? Finns det överhuvudtaget någon grupp i samhället som bör vara oprioriterad? Kulturarbetare? De arbetslösa? De socialt utslagna? De som söker asyl? De som har en årsinkomst under 200 000, kanske? Ett så underbetalt arbete kan väl inte vara särskilt viktigt, eller? Vem ska väljas bort och inte få hjälp? Finns det överhuvudtaget läkemedel så det räcker till alla? Jag och svenska folket med mej kräver svar på den frågan. Hur god är vår beredskap?"

Smittskyddsläkaren rodnade ända upp i hårfästet.

"Vår beredskap är god och på sikt kommer alla att få tillgång till läkemedel om det skulle bli nödvändigt. I nuläget vill vi vara försiktiga med en överanvändning av läkemedel med tanke på risken för resistensutveckling. Så en allmän profylaktisk behandling är inte aktuell så länge vi har läget under kontroll."

Kvinnan ljög. Det här var inte hela sanningen, intuitivt fanns känslan där. Verkligheten bakom orden var sannolikt mycket mer skrämmande än vad de fått höra. Maria Wern stängde av teven när sändningen urartade i ett sorl av arga röster. Hon orkade inte höra mer. Orkade inte se dem som borde vara samlade och beslutspotenta tjafsa som småungar. Hon gick ett varv i vardagsrummet, stod en stund och såg på Linda som pratade i sömnen, gick ett varv till i lägenheten. Ringde Emil för att kontrollera att han verkligen hade fått medicin. Han hörde direkt att hon var orolig, fast hon försökte skoja till det.

"Är du ledsen, mamma?"

"Jag skulle önska att jag fick vara hos dej, Emil. Jag skulle vilja det, det vet du." Hon försökte säga det utan att han skulle höra att hon grät. Näsan fick rinna utan att hon snyftade.

"Sluta nu, mamma, jag klarar mej. Jag brukar chatta med en kille som heter Zebastian, han är kul." Maria vandrade ut i köket och bredde en smörgås, som hon sedan inte kunde få ned. Tuggorna växte i munnen. Hon ställde sig vid fönstret en stund och såg på lyktan som brann utanför biblioteket. Gatan var tom. Inte en bil. Hon måste få tala med någon. Berätta om sin oro. Hon ville inte ringa Krister. Han skulle komma över som ett skott och tro att allt skulle bli som förut igen, det kunde hon inte riskera. Hartman sov säkert redan och Jesper Ek var intagen för observation på det gamla sanatoriet, och dit gick det inte att ringa efter klockan 21. Vem fanns det då att prata med? Hur länge kunde informationslinjen var öppen? Fick man bara ha frågor och känna oro på kontorstid eller fanns det en möjlighet att få prata med någon nu? Maria slog numret och väntade. Jonatan Eriksson svarade direkt, som om han suttit bredvid luren och väntat på en signal.

"Jag tänker inte diskutera det här med dej när du inte är dej själv. Det är förnedrande för oss båda två. Gå för helvete och lägg dej nu och stör mej inte mer."

"Va?" Maria undrade om hon hört rätt. Om det här var det stöd man tänkt erbjuda föräldrarna till de barn som hölls internerade på Klinte skola fanns det större anledning att misströsta än hon hade anat. "Då var det faktiskt inget mer jag ville", sa hon och slängde på luren.

KAPITEL 14

Jonatan Eriksson insåg genast sitt misstag när kontakten bröts. Den ihållande tonen i luren borrade sig in i mellangärdet. Vad hade han sagt? Jag tänker inte diskutera det här med dej när du inte är dej själv. Det är förnedrande för oss båda två. Efter fyra samtal från Nina i allt mer ovettig ton var hjärnan inte inställd på att det femte kunde vara från en annan person. Det kallas "logisk följd" i intelligenstester – i verkligheten fungerar det inte så. Verkligheten är sällan logisk och inte hade han nummerpresentatör heller så att han kunde försöka rätta till sitt misstag. Helvetes-helvetes-helvete, vilken miss! Jonatan gick runt ett varv i rummet och slog med knytnäven på väggarna innan han kom att tänka på att de som hade angränsande rum kanske hade gått och lagt sig. Ninas hånfulla röst ekade fortfarande i huvudet. Hon hade minsann hämtat hem sin son från svärmor och kärringjäveln hade ingen rätt att ta sig in i huset utan lov och hämta honom tillbaka. Efter det hade det kommit två gråtmilda samtal om att allt skulle bli bra igen. Förlåt! Förlåt! Min älskade Jonatan, det ska aldrig hända igen. Aldrig mer. Jag älskar dej, bara du kommer ut från Follingbo ska vi resa bort. Kan vi inte göra den där resan till Paris som vi drömde om. Bara du och jag. Malte kan vara hos din mamma och vi kan få tid för varandra som vi hade förr, när vi inte kunde vara utan varandra en enda minut. Minns du sandgropen på Fårö, minns du när vi älskade vid havet? Minns du semestern i Smögen? Jag vill att vi börjar om. Vi skulle behöva en nystart. Vi har haft det jobbigt ett tag, men jag lovar att allt kan bli bättre. Lovar.

Det samtal han just fått från henne bevisade motsatsen. Jag hör väl att du har druckit! Ljug inte för mej, Nina! Det minsta man kan begära är väl att du säger som det är. Du är full. Och där brast samförståndet och försvaret trädde in med full kraft. Det har du faan inte med att göra, sköt du ditt fina jobb så sköter jag mitt. Om du bara gav mej den uppskattning jag är värd, om du bara lyssnade på mej och brydde dej ett dugg om hur vi har det här hemma skulle allt ha varit annorlunda. Det är klart att man måste varva ned med ett glas vin för att kunna koppla av och sova efter en sådan här dag. Jag får ju sköta allting själv medan du förlustar dej i linneförråden på lasarettet. Det fattar jag väl att det är någon annan, eller är det flera? Det kanske är flera Jonatan, det är därför du aldrig orkar när du kommer hem. Jag är så trött, säger du. Jag har haft jour hela helgen. Så låter det när du kommer hem och man inte har sett röken av dej på flera dagar. Visst, det måste ha varit ansträngande för dej ... Hur många hinner du med på en helg?

Det hade inte varit någon idé att argumentera med henne i det tillståndet. Han hade lagt på och när det sedan ringde igen ... Ja, vad skulle han tro.

Jonatan satte sig vid datorn för att fördriva tiden. Så upprörd som han kände sig nu fanns det ingen möjlighet att somna. Han öppnade fönstret och släppte in nattens svalka. Det värsta var att Malte skulle behöva uppleva det här. Tanken på att Ninas lynnesutbrott och bristande tillsyn kunde skada pojken gjorde Jonatan rasande. Men det fanns ingen utväg, hur han vände och vred på det så satt han fast. Om det inte varit för Malte skulle han ha lämnat Nina för länge, länge sedan. Efter den första våldsamma förälskelsen fanns bara en gapande tomhet. Känslan av avsmak när hon låg dreglande och snarkade i sängen, en sur stank av svett och gammal fylla i rummet. Nej, han älskade henne inte längre och han var så outsägligt trött på att ljuga för hennes skull, lirka med sig henne hem från fester. Du ser trött ut, älskling, vi kanske skulle fara hem nu. Det är en dag i morgon också. Nu tycker jag det är dags att fara hem. Du ser verkligen trött ut, Nina. Vi kanske skulle tacka för oss och ... Ja, Nina sover så dåligt och då tål man ju så lite. Det är så lätt att vinet stiger en åt huvudet när man inte sovit. Det var alldeles sant det hon sa, han hade verkligen ingen lust att röra vid henne längre. De var båda värda något bättre, men man kan inte klyva ett barn på mitten. Delad vårdnad skulle i värsta fall innebära att han bara fick se sin son varannan helg. Till och med tanken på att hon skulle ta hand om barnet varannan helg fick det att vända sig i magen på honom. Fyrtioåtta timmar utan att han kunde kontrollera att sonen inte for illa. Hur skulle han kunna skydda honom, hur skulle han vid en separation kunna få insyn? Malte älskade sin mamma och var lojal till bristningsgränsen, trodde på hennes löften om saker de skulle hitta på tillsammans och blev hela tiden sviken. Det gjorde så ont att stå bredvid och se det hända gång på gång. En vårdnadstvist kan bli så förnedrande ful och smutsig. Nina skulle inte dra sig för att ljuga ihop de mest befängda lögner, inte om hon blev trängd och kände sig kränkt. Hur skulle han kunna undvika det? Hur skulle han kunna ställa saker och ting till rätta för att folk inte skulle undra? För Maltes skull mer än för någon annans tänkte han på det. Om det bara fanns någon man kunde prata med, någon som kunde fatta vilket helvete det var, utan att döma och moralisera. Någon som kunde hjälpa till att få ordning på det kaos av tankar som fick honom att genomleva dagarna i dvala.

Förstrött bläddrade Jonatan bland sökmotorerna på nätet efter träffar på läkemedel + näthandel. Något som fångat hans uppmärksamhet mellan samtalen på informationslinjen var internethandeln med receptbelagda mediciner. Det skedde så förvånansvärt öppet. Det är olagligt att köpa medicin över nätet om man inte har recept, men det värsta som kan hända är att medicinen blir beslagtagen. Viagra toppade listan utan jämförelse men där fanns också epilepsimediciner, medel mot depression och antibiotika till den som var beredd att betala fullt pris för osäkra produkter. Läkemedlens kvalitet varierade högst avsevärt enligt de studier som gjorts. En del läkemedel hade avslöjats som ren bluff, i bästa fall var de verkningslösa, i värsta fall rent farliga. Den näthandlare som Jonatan just nu fått upp på skärmen, Doktor M, sålde påpassligt nog Tamiflu. Billigt var det också – 795 kr för en kur på 75 mg gånger två i fem dagar. Doseringen verkade korrekt. Antagligen sockerpiller. Det här borde Åsa låta någon titta närmare på omgående.

"Jonatan, du måste komma!" Dörren slets upp utan förvarning och ett maskförsett ansikte kikade in. "Nu, det är bråttom." Han satte på sig sitt andningsskydd och följde efter sköterskan ut i korridoren och ned för trappan.

"Det är Sonja Cederroth, vi klarar henne inte. Hon blev plötsligt mycket sämre. Vi har sprutat Furix, men hon har inga urinmängder och hon syresätter sig katastrofalt dåligt. Syremättnaden ligger på 64 procent."

"Var är Morgan? Skulle han inte jobba i natt?"

"Morgan är upptagen på Klinte skola. Två pojkar har symptom och en av tränarna. De är på väg hit i ambulans. Och Reine Hammar är försvunnen. Karin i receptionen sa att han gick ut, behövde få luft. Rökare alltså. Jag sa att han inte fick röka inne. Hon kunde inte hindra honom. Vad gör vi nu?"

"Förbered en respirator. Vi börjar med fem liter syrgas. Men innan dess vill jag ta om artärgasen. Den kan vara venös", sa Jonatan med en blick på den papperslapp med provsvaret som stacks i hans hand.

"Skulle inte tro det", sa sköterskan. "Hon ser dödssjuk ut, alldeles blå på nagelbäddarna och gråblek i ansiktet. Det är svårt att se om hon har någon läppcyanos under masken, men det får vi anta. Oregelbunden puls på cirka 120, blodtryck omätbart. Jag tror inte vi klarar henne, Jonatan."

De satte på sig skyddsutrustning och gick in på salen medan dyrbara minuter gick förlorade. Där satt Petter Cederroth på sin hustrus sängkant och höll om henne. En sköterska i skyddskläder och visir höll på att koppla syrgas till respiratorn. Pulsoximetern larmade. Siffrorna för pulsen försvann från displayen. Syremättnaden sjönk ytterligare och siffrorna blev till raka streck. Jonatan kände efter pulsen på hennes hals.

"Vi förlorar henne!" Han slet bort syrgasmasken och tryckte masken till Rubens blåsa över Sonjas ansikte. Rytmiskt började han pumpa in luft med den svarta gummiblåsan i sin hand medan sköterskan kopplade till syrgasen. Någon kom med hjärtbrädan. Huvudgärden slets bort från sängen, brädan lirkades in under kvinnan och hjärtmassage påbörjades. Tystnaden blev kompakt. Korta kommandon och nödvändiga upplysningar – inga andra ljud fick tillträde. Minuterna gled fram över urtavlan.

"Defibrillatorn."

Den fanns redan på plats. Han höll plattorna över kvinnans bröst för att ge en stöt.

"Jag skjuter nu."

De som samlats runt sängen tog ett steg tillbaka. En ny stöt fick kvinnans kropp att studsa i sängen, sedan föll den tillbaka lika slapp som tidigare. Trots ihärdiga försök kunde de inte klara henne. Rummet var ett kaos av apparatur och slangar. På sängen bredvid satt Petter Cederroth skrämd och övergiven och rev sig oavbrutet på armen. Rev sig blodig för att smärtan skulle kunna få honom att vakna upp ur den helvetes mardröm han befann sig i. I stundens fara hade ingen hunnit med honom. Under normala förhållanden skulle han ha lämnat rummet med någon som kunde ta hand om honom. Han skulle inte ha behövt se det han nu fick se. Men förhållandena var inte normala, det fanns i nuläget inga trygga rutiner att luta sig mot. Med risken för smitta blev ritualerna betydligt mer omständliga och tidskrävande och empatin fick komma i andra hand när det gällde att försöka rädda liv.

"Är hon död?" Hans röst var mycket svag och hördes knappt genom skyddsmasken.

"Ja, jag är hemskt ledsen. Vi kunde inte rädda henne." Jonatan sjönk ihop bredvid Petter på sängen och la armen över hans rygg. Det fanns inga ord till tröst. Det han kunde ge var sin tysta medkänsla. Det kändes mer än fånigt att samtala genom andningsskydden, men Jonatan stod emot impulsen att slita av sig masken.

"Är det min tur sedan? Är det så inihelvete smittsamt?"

"Vi vet inte vem som kommer att drabbas. Jag tror inte det är någon stor fara för din del. Det verkar fungera med medicinen, du är ju inte sämre i dag än du var i går?"

"Min Sonja." Jonatan antog att Petter grät, det kom inga ljud men axlarna skakade och en klar droppe föll ned på den vita skjortan från maskens kant. "Jag har tänkt på en sak", sa taxichauffören i en helt annan ton. "Det är något jag inte sa, då förut när du frågade mej, om vilka som åkte med i taxin. Jag skjutsade en tjej, en snygg blond tjej, till Jungmansgatan i samma bil som Reine Hammar, doktorn alltså. Han gav mej 500 spänn för att hålla tyst om det. Jag kan betala tillbaka dem. Om det här djävulstyget är så smittsamt kanske du behöver veta om det."

Jonatan höll med om det.

"En sak till", sa Petter och fattade ett stadigt tag om Jonatans arm. "Sonja ville inte bli kremerad. Vad som helst men inte det. Hon var livrädd för eld. Lova mej det. Vi pratade om det i morse senast. Du måste lova." Jonatan försäkrade att han skulle göra sitt bästa för att tillmötesgå deras önskan. Han kunde bara gissa sig till vad Åsa Gahnström skulle tycka om den saken.

"Jonatan, det är viktigt, jag måste prata med dej", ropade syster Agneta från korridoren. "Vi har fått provsvar!" Han gjorde ett tecken så hon skulle veta att han hört. Det tog en stund att få av sig skyddsdräkten och visiret. Kläderna han burit under var sura av svett. Jonatan kände sig febrig och det gjorde lite ont i halsen när han svalde. Provsvar. Nu hade det kommit. Tanken på att han själv kunde vara smittad hade han motat undan fram till nu. Vad skulle det i så fall innebära? Han orkade inte tänka tanken fullt ut. "Vi har fått provsvar", sa hon igen och mötte hans blick. Under de fyra år de arbetat tillsammans hade han inte sett henne så skärrad. Han tog emot bunten med papper hon dragit ut från datorn och satte sig ned vid skrivbordet. En polisman Jesper Ek, provet positivt. Så den äldre kvinnan som åkt taxi med Cederroth till Fårö, positivt; mannen med hjärtinfarkt, positivt; brevduvegubbarna, samtliga hade positiva odlingar. De som varit på akuten samtidigt som Cederroth hade mirakulöst nog alla klarat sig från smitta. Reine Hammar, negativ. När han tog upp nästa lapp flimrade det framför ögonen, det var hans eget provsvar. Flera gånger läste han det för att förvissa sig om att det verkligen var negativt och sedan ögnade han snabbt igenom resten av svaren. Fyra av dem som vårdat Berit Hoas hade smittats, en av dem var syster Agneta. Han hörde henne gråta tyst där hon stod bakom hans rygg.

"Vad händer med mej nu? Jag är så rädd."

KAPITEL 15

"Den epidemi av fågelinfluensa som brutit ut på Gotland har nu skördat sitt tredje dödsoffer och ytterligare tolv personer befaras vara smittade. Vi vill ännu en gång vädja till allmänheten att inte komma till Visby lasarett eller till vårdcentralerna vid misstänkt infektion. Hembesök av läkare kommer att ske istället, tid bokas via någon av infektionsklinikens telefonlinjer. Vi vill också utfärda en efterlysning. Natten mellan den 1 och 2 juli skjutsades en kvinna i trettioårsåldern med taxi till en adress på Jungmansgatan i Visby. Kvinnan är av medellängd och har långt ljust hår. Vi är mycket angelägna om att få kontakt med henne eller att få upplysningar om vem hon kan vara. Enligt smittskyddsläkare Åsa Gahnström är epidemin fortfarande under kontroll. Hon menar också att det i nuläget inte finns någon anledning till oro."

"Förbannad lögn!" Jonatan Eriksson stängde av radion och sköt ifrån sig papperstallriken med uppvärmd pannbiff och pulvermos. Han hade inte kunnat få ned en bit. Han reste sig och lät både tallriken med den kalla maten och platsbesticken falla ned i sopsäcken som märkts med gul tejp och texten smittfarligt. Maten smakade honom inte när oron frätte i mellangärdet. De stod med all tydlighet inför en mycket bekymmersam situation. Samtalet med Reine Hammar föregående kväll hade inte givit de upplysningar Jonatan hoppats på. Först hade kollegan blånekat till att ha åkt taxi med en blond kvinna och sedan motvilligt gått med på att det var möjligt när han verkligen tänkte efter. Efter en helkväll på krogen minns man inte mycket. Man är väl bara människa, för fan. Reine hade delat taxi med en ung kvinna, men han visste inte hennes namn eller var hon bodde. De hade stigit på tillsammans vid Hamnkrogen och sedan skilts åt utanför Gråboskolan efter att ha delat på taxin. Nej, han hade ingen aning om vad hon hette, sa han ju, hade ju knappt märkt att hon satt i samma bil, för helvete. Kanske kunde man tycka att han hade lämnat lite väl rundlig dricks. Tog väl fel på en hundring och en femhundring, va fan. Han hade inte heller tänkt sig att stiga ur taxin just där de råkat hamna, på Gråboområdet, det hade blivit lite fel. Sådant som kan hända, eller hur?

Jonatan trodde vad han ville om den saken. Det var ointressant, bara man fick tag i kvinnan och kunde testa om hon var smittbärare. I värsta fall kunde det innebära att man fick in en ny omgång patienter för observation och ännu fler dödsfall. Jonatan lutade huvudet i händerna och blundade. Längtade bara bort från alltihop och mest av allt från detta dödens sanatorium. Vid det telefonmöte man haft under förmiddagen hade smittskyddsläkaren målat upp en annan bild av läget än det hon meddelat pressen. Krisledningsnämnden hade inte kunnat samlas och arbetsfördelningen var oklar. Situationen var mer skrämmande än någon av dem hade kunnat föreställa sig, med ytterligare tolv insjuknade. Hur många fler skulle drabbas? Det fanns inget annat att göra i nuläget än att lägga korten på bordet och redovisa fakta. De läkemedel vi har kommer inte att räcka.

En företagsläkare hade före årsskiftet skrivit ut Tamiflu till all personal i det företag han servade. De flesta anställda hade missuppfattat instruktionerna och ätit medicinen när den vanliga influensan härjade under vinterhalvåret. En ren skandal, med den risk för resistensutveckling det kunde innebära. Vad gör man sedan, om Tamiflu inte längre är verksamt? Om den möjligheten är förbrukad på grund av ren dumhet? Läkaren var anställd av en privat vårdgivare och uthyrd till företaget och hade fått tillsägelse om att inte stöta sig med sin uppdragsgivare utan tillmötesgå de förväntningar som ställdes, trots smittskyddsläkarens rekommendationer. Det som fanns att göra nu var att vädja till utlandet. Det gällde att rädda liv. Nätförsäljarna av läkemedel skulle omedelbart genomgå en granskning, hade Åsa Gahnström beslutat. Försäljningen var dessvärre inte olaglig och i värsta fall kunde man tvingas köpa läkemedel av dem. Om någon av dem till äventyrs saluförde Tamiflu och substansen visade sig vara verksam, vill säga. I så fall måste läkemedlet testas innan det delades ut till patienter. Frågan var om det skulle vara möjligt att få den processen att löpa snabbt och smidigt. Det bästa vore förstås om man trots tidigare avslag kunde få läkemedlen den gängse vägen. Det kanske skulle kunna gå om man gick ut i pressen och vädjade samtidigt som man kontaktade läkemedelsföretaget igen. I bästa fall kunde det ge effekt. PR och goodwill mot läkemedel. Det skulle bli rubriker förstås. Folk skulle bli skrämda och rädda människor gör farliga saker. Men det var turligt nog inte Jonatans som skulle ta beslutet.

Det som för stunden bekymrade Jonatan mest var den trettioåriga tränaren på fotbollslägret, Jenny Eklund, och de två tioåriga pojkar som insjuknat under gårdagskvällen och tillsammans förts till gamla sanatoriet i Follingbo med feber och influensasymptom. Kvinnan hade två små barn hemma på två och tre år och sambon Mats Eklund var helt i upplösningstillstånd. Han hade redan enligt egen uppgift gjort en anmälan till Socialstyrelsen och ämnade kontakta Aktuellt Granskning om han inte kunde få fulla garantier för att hans fru kom hem levande.

Jonatan hade lyssnat tålmodigt och tagit emot mannens vrede och skräck, och så småningom kröp det fram att de grälat och att Jenny inte hade förlåtit honom och att han ännu var i chock sedan han hittat en död människa vid ett utedass i Värsände – allt detta i ett osammanhängande flöde. Sannolikt var han inte nykter. Jonatan hade låtit honom prata utan att egentligen ha några åsikter i sak. Sedan hade det liksom ebbat ut och något som liknade samförstånd hade infunnit sig när Mats Eklund förstod att Jonatan Eriksson var en vanlig människa som bara lydde de direktiv han fick av sina överordnade. Det var en lättnad att avsluta samtalet och återgå till patienterna.

Pojken som hette Emil var så lik Malte. Samma färger och kroppskonstitution, och leendet var nästan på pricken. Jonatan hade träffat honom tidigt på morgonen. En tuff liten kille, ja den andre också som hette Zebastian, men det var något särskilt med Emil. Han hade en så befriande humor och en stor tillit. Symptomen var lindriga hittills; feber och ledvärk. Föräldrarna till de båda pojkarna hade informerats och krävde att få träffa sina barn omgående. Maria Wern hade underrättats om orsaken till förflyttningen och var väldigt uppriven, sa sköterskan. Det hade fallit på Jonatans lott att ta det uppföljande samtalet. Hon borde vara här när som helst nu. Jonatan tog en snabb dusch och bytte skjorta. Sedan måste han få en stund att i lugn och ro tala med syster Agneta. Hon var ensamstående med tre små barn, maken hade dött i en trafikolycka, och allt var kaos sedan hon fått sitt besked. Han märkte det på henne, att hon inte klarade av att vara närvarande i sitt arbete med telefonrådgivningen. Det var inte att undra på.

"Hur är det, Agneta? Jag ser att du inte alls mår bra. Vill du prata om det?" Han hade inte mycket tid, men ett par minuter måste han ta sig.

"Men Jonatan, har du inte sett svaren från viruslab? Kolla resistensbestämningen! Tamiflu är verkningslöst! Kolla här – resistent." Agnetas ögon var stora och svarta och plötsligt började hon gråta inuti masken. Han la armen om henne och drog in henne i sin famn och i samma ögonblick ringde telefonen. Det var smittskyddsläkare Åsa Gahnström.

"Jag förmodar att du just fått samma information som jag och det är naturligtvis locket på som gäller. Sprids det ut att vi inte har något effektivt läkemedel att erbjuda har vi en mardrömssituation ingen av oss kan föreställa sej."

"Har vi inte det redan nu? Ja, jag har misstänkt ett tag att medicineringen inte hjälpte. Den har inte bromsat förloppet för någon av de patienter jag vårdat utom möjligen för taxichauffören. Förr eller senare kommer det här att läcka ut och då har vi förbrukat vårt förtroende hos allmänheten. Jag tycker att vi ska säga sanningen."

"Mitt beslut är att vi tiger. Om du har ett litet uns av fantasi kanske du kan föreställa dej den panik ett sådant besked skulle utlösa och vilka konsekvenser det skulle få. Det finns dock ett hopp. Flera läkemedelsproducenter ligger långt fram i sin produktutveckling när det gäller antivirala medel. Vi håller på att undersöka om det finns andra läkemedel som kan ha effekt. Till dess får vi försöka härda ut."

Jonatan såg på Agneta som stod bredvid honom och hade hört hela samtalet. "Orkar du arbeta alls?" frågade han.

"Det finns ingen annan. Folk är rädda för att gå hit. Moa, Per och Karin har sjukskrivit sej för att slippa komma. De vill inte bli smittade. Psykisk insufficiens, stod det på Karins intyg. Hon sa till sin läkare att hon inte orkade se mera död och sjukdom, det var för stressigt och hon behövde vila. Moa har inte ens intyg. Hennes man har förbjudit henne att gå hit. Han försörjer henne. Men jag har inte den möjligheten."

"Vad är det du säger? Kommer det ingen och byter av dej?"

"Nej, de vägrar att komma hit."

På andra sidan om de plexiglasväggar man hastigt låtit sätta upp i entrén som sluss satt Maria Wern, Emils mor. Jonatan kände vagt igen rösten när han hörde henne tala med sköterskan i den telefon de hade att kommunicera genom, för att undvika att andas samma luft.

"Finns det någon annan läkare än Jonatan Eriksson jag kan få tala med? Jag har dåliga erfarenheter av honom sedan tidigare. Man måste väl få välja läkare om det har gått snett? Jag har inget förtroende för honom längre." Han såg hennes vädjande ansikte på andra sidan glaset. Vilken fruktansvärt dålig utgångspunkt för ett svårt samtal. Det slog honom att det måste ha varit hon som ringde när han trodde det var Nina. Helvete! Varför kunde livet inte vara rättvist och enkelt, bara en liten stund så man fick hämta andan.

Jonatan tog luren och presenterade sig. "Jag måste be om ursäkt och jag hoppas du kan acceptera den. Jag är verkligen ledsen om det var dej jag råkade snäsa av i telefonen sent i går kväll. Jag trodde det var någon annan."

"Din fru?" frågade hon rakt på sak och han kunde ana skuggan av ett leende. "Mysigt godnattande."

"Ja, min fru." Det fanns ingen möjlighet till en undanmanöver. Ingen tid att hitta en godtagbar nödlögn. "Vi hade en liten, hmm, kontrovers."

"Då är jag glad att jag slapp komma i skottlinjen när det är riktigt illa. Hur är det med Emil nu?"

"Som du vet är han smittad. Han bär på viruset men kommer sannolikt att få en lindrig influensa i och med att han behandlas med ett läkemedel som är verksamt mot virus." Medan han sa det gnuggade han sin näsa genom masken och slog ned blicken.

"Tamiflu", flikade hon in. Läkaren talade så långsamt och pedagogiskt att det kröp i henne. Hon ville gärna skynda på honom lite, irritationen fanns där alldeles under ytan. Det var inte helt lätt att ändra attityd även om han bett om ursäkt.

"Ja, just nu har han lite feber och ont i halsen. När jag såg honom för en stund sedan satt han och la patiens på datorn. Vad ville du prata med mej om när du ringde i går kväll?" Jonatan kände att han rodnade. Det här var fortfarande fruktansvärt pinsamt. Han kunde inte ens säkert minnas vad han sagt, han hade antagligen svurit åt henne.

"Jag lyssnade på Åsa Gahnström i går kväll och jag fick en känsla av att hon inte sa hela sanningen. Vad jag ville fråga är: Finns det Tamiflu så det räcker till alla som blir sjuka? Hur illa är det egentligen? Hur vet jag att han får medicin och hur vet jag att den alls gör nytta? Jag menar, om medicinen har effekt, varför talar man då i varje nyhetssändning om hur många som har dött? Det verkar vara nästan hälften. Svara mej. Vilken hjälp har du att erbjuda mitt barn? Jag har rätt att få veta det!" Hon höll kvar hans blick och det fanns ingen möjlighet till flykt.

"Kan det här stanna oss emellan", sa han och inväntade hennes svar innan han fortsatte. "Vi har precis fått resistensbestämningen för Tamiflu och det biter inte på den här stammen av fågelinfluensa. Men det finns ett litet hopp. Det finns läkemedel under utveckling och kanske kan något av dem släppas snabbare än man trott, och i bästa fall har det effekt. Vi arbetar varje minut på att få fram läkemedel i tid. Just nu klarar inte att förebygga på annat sätt än med isolering och basala hygienrutiner. Så illa är det. Men ändå är det bättre än ingen vård alls."

Jonatan insåg att han i och med detta bröt sin lojalitet mot smittskyddsläkaren, men det finns en gräns där samvetet och anständigheten kräver klarspråk. Maria Wern sa ingenting på en lång stund och han bävade för vad hon skulle svara. Hon såg på honom och kände, trots oron, en smygande sympati sedan han blottat sig och låtit henne få en skymt bakom kulisserna.

"Hur illa är det med Emil då? Jag vill veta sanningen."

"Han har väldigt lindriga symptom. Jag kan inte tänka annat än att han blir frisk." Jonatan blundade när han sa det och hoppades att det var sant. Det verkade beskedligt för stunden, men den fruktade lunginflammationen eller andra komplikationer kunde man inte förutsäga.

"Nu vill jag träffa Emil." Maria reste sig och Jonatan visade dörren till slussen hon skulle passera.

"Du tar på dej skyddskläderna enligt den anvisning som finns på planschen på väggen, andningsskydd och skyddsglasögon. Är något oklart kan du nå syster Agneta via telefonen. När du är klar så går vi. Det känns lite fånigt att prata genom masken, men du bör inte under några omständigheter ta den av dej, inte ens när du kramar om din son. Det är ett absolut villkor. Annars måste vi hålla dej kvar här."

"Jag skulle inte ha något emot det om jag inte hade en liten flicka hemma också. Jag hade hoppats att Emils pappa skulle följa med hit, men han har sjukhusskräck. Ni skulle bara få en massa besvär med honom, så det kanske är lika bra att han bara pratar med Emil i telefon."

"Så han är hemma hos Emils lillasyster?"

Maria skakade på huvudet och fick rätta till masken. "Riktigt så enkelt är det inte. Vi lever inte ihop längre. Men vi samarbetar för barnens bästa. Det är inte helt okomplicerat, men om man gör sitt och lite till fungerar det hjälpligt."

"Ibland tänker jag att det är mer märkligt att folk orkar hålla ihop år ut och år in än att de skiljer sej", sa Jonatan. "När vi kommit innanför nästa sluss måste du ta på dej ytterligare en skyddsrock. Du kommer att se ut som en rymdvarelse, men grabben börjar bli van vid det nu."

"Är du också skild? Förlåt, det kanske var en närgången fråga. Men jag kan tycka att det finns något väldigt ojämlikt i förhållandet mellan läkare och patient, det är sällan det känns passande att fråga: Hur står det till själv då?"

"Jag är gift och oss emellan är det ett rent helvete."

"Och du har ingen att prata med, eller hur?"

Jonatan försökte tolka hennes ansiktsuttryck men det var omöjligt att se om hon log mot honom under maskeringen.

"Så är det nog. Nu går vi in."

KAPITEL 16

Åsa Gahnström sparkade med en snärt av sig sina högklack-
ade skor rakt in i väggen. En händelse på lunchen hade
gjort henne djupt upprörd, efter det hade hon haft svårt
att koncentrera sig på sitt arbete.

Hon hade stått och betraktat tavlorna i Café Regnbågens gal-
lerifönster för att lugna sig själv efter den förnedrande intervjun i
morgonens nyhetssändning. En liten stund hade hon stannat till
bara för att få dra några djupa andetag och tänka på något an-
nat än den annalkande katastrofen, när en man hade kommit rakt
fram till henne och ställt sig så nära att hon inte kunde ignorera
honom. Han såg hotfull ut. Hon kunde inte minnas att hon träffat
honom tidigare. Han kände väl igen henne från de senaste dagar-
nas tevesändningar, fick man anta.

”Min fru, Jenny. De har flyttat henne till Follingbo. Vad i hel-
vete håller ni på med? Folk dör ju som flugor. Jag kommer att kon-
takta Socialstyrelsen. Det sägs att chefer på hög nivå är psykopater
utan normala känslor, och jag tror det. Hur cynisk får man vara när
det gäller att spara pengar åt kommunen? Ni spelar ju med männi-
skoliv. Jag kan för fan betala för riktig medicin, bara hon överlever,
bara vi överlever allihop! Jag har för faan redan betalat för den, vet
du hur mycket skatt jag betalar per månad? Vet du det? Det är vi
skattebetalare som har anställt er och du skulle fanimej få sparken!
Om min fru dör ...” han satte upp sin knutna näve under Åsas
haka och tryckte till, ”... kommer inte du heller levande ur det
här.”

Hon hade inte orkat försvara sig. Med gråten i halsen hade
hon vinglat iväg. I hela sitt vuxna liv hade hon balanserat fram

på höga klackar utan besvär, men på Visbys kullerstensgator hade det visat sig vara förenat med livsfara. Utanför det smala lilla hus i Hästbacken som kallas Strykjärnet hade hon fastnat med klacken mellan två stenar och störtat framstupa på knä. Det gjorde fortfarande mycket ont och med smärtan hade tårarna kommit. Dagar av hopsamlad gråt inför överkravet att klara sitt arbete sköljde över henne som en störtvåg, och när det väl börjat var det omöjligt att få stopp på det. En äldre kvinna hade stannat och strukit henne över håret. Lilla vännen, hur gick det? Och Åsa hade gråtit med ansiktet tryckt mot en blommig klänningskjol och sedan följt med in på Strykjärnet och tagit en kopp kaffe. Väl där inne hade hon känt sig fånig och förvirrad när hon skulle berätta om sina sorger och hasplat ur sig en halvsanning om ryggbesvär. Åja, lite mer än så är det väl? Den äldre kvinnan hade haft ett så allvarsamt och ändå vänligt leende och de cikoriablå ögonen hade sett rakt igenom skalet, sett henne som den lilla flicka hon just då var. Lite mer än så är det, hade Åsa erkänt. Jag räcker inte till. Då hade kvinnan skrattat, ett varmt och vänligt skratt. Det gör inget, lilla vän, det gör ingen. Man måste försöka förlåta sej själv för att man inte är perfekt. Ingen är perfekt. Det är den stora hemligheten. Vi bara låtsas. Jag bestämde mej för att sluta skämmas när jag fyllde femtio. Tränar fortfarande på det. När tänker du börja? Om du börjar nu kanske du är fri som fågeln när du kommer upp i min ålder. Vill du ha en pappersnäsduk?" Hon grävde i handväskan och tog fram ett paket med skrynkligt plasthölje.

Sedan kändes det märkvärdigt nog bättre, även om problemen var desamma som före lunch. Den fruktansvärt akuta bristen på läkemedel, först och främst mot fågelinfluensa, men också vanlig antibiotika, Furix, Bricanyl, Kortison och Teofyllin. Men inte bara det. Samtliga passagerare som åkt taxi med Petter Cederroth under lördagsnatten, utom kollegan Reine Hammar, var smittade med fågelinfluensa – och en av dem saknades. Just när man kunde anta att epidemin var under kontroll hade en läcka blottats. En okänd blond kvinna som delat taxi med Reine Hammar. Att hon också var smittad fick man utgå ifrån tills motsatsen var bevisad. Samtalet med Reine Hammar hade urartat till ett regelrätt gräl och det hade slutat med att Åsa faktiskt hotat honom med att kontakta fru Hammar för fler upplysningar om han inte ville samarbeta. Men då hade minnet klarnat och en adress plötsligen sipprat upp ur minnet. Med polisens hjälp hade man fått fram ett namn och telefonnummer, men ingen Malin Berg hade svarat trots upprepade försök. Enligt arbetsgivaren, en restaurangägare i utkanten av staden, hade Malin ringt sig sjuk på söndagen. Inget ovanligt. Det var inte den första måndagen hon uteblivit från jobbet. Ett krävande privatliv, får man anta, sade han ironiskt.

Med åklagarens goda minne fanns nu ett beslut att gå in i lägenheten för att se om kvinnan fanns på plats. Men vilken läkare skulle frivilligt åta sig att gå in? Åsa Gahnström hade förväntat sig att sjukvårdspersonal som hört ropet på förstärkning till ön skulle volontera, men ingen hade anmält sig som frivillig, inte en enda, trots upprepade meddelanden i både radio och teve om det skriande behovet av förstärkning. En av de tillfrågade hade hänvisat till den tidigare SARS-epidemin, där två narkosläkare smittats vid intubering av patienter trots maximal skyddsutrustning. Fackförbunden var inkopplade och skyddsombuden, och förhandlingar skulle inledas kommande vecka. Kan man tvinga någon att riskera sin hälsa och kanske sitt liv? För stunden fanns ingen hon kunde be om den saken och akutgruppen på Linköpings infektionsklinik hade kontaktats efter överläggningar med generaldirektören för SMI. De borde vara på plats på Jungmansgatan nu och ett besked från dem kunde väntas när som helst. Åsa Gahnström hoppades att kvinnan skulle vara i skick att redogöra för vilka hon träffat sedan i lördags kväll. Hela smittskyddsplanen hängde på det nu.

Åsa tackade för den kopp kaffe en välmenande syster ställde på skrivbordet jämte en assiett med en ostsmörgås och ett par kex. Den vackra havsutsikten från infektionsavdelningens fönster skymdes av de byggnadsställningar som klättrade på dialysavdelningens fasad och lade expeditionen i ständig skugga. En smal strimma av Strandgärdet, där medeltidsveckans tornerspel snart skulle hållas, kunde man skymta om man ställde sig vid fönstret. Men Åsa Gahnström reste sig inte upp, hela hennes fokus var riktat mot telefonen som borde ringa när som helst. Sömnbristen fick ögonen att svida och det kröp i hela kroppen.

Det fanns ett vagt hopp. En antiviral medicin, Tamivir, som tydligen piratkopierats av ett kinesiskt företag innan det var klart för marknaden. Det skulle ta hus i helvete om det kom ut att hälso- och sjukvårdsförvaltningen köpt piratkopierade läkemedel, men nöden har ingen lag när det gäller att rädda liv. Fortfarande väntade man svar på den begäran som hade framställts om att läkemedel skulle släppas med förtur till Gotland från den stora producenten. För närvarande hade man fyra läkarsekreterare avdelade för att se vad som kunde vaskas fram ur näthandeln om ingen annan möjlighet gavs. Måtte de aldrig behöva utnyttja den tjänsten.

Åsa Gahnström lyfte telefonluren på första signalen. Det var Tomas Hartman från polisen. Ingen av grannarna på Jungmansgatan hade sett Malin Berg utanför dörren sedan i lördags kväll. Någon hade hört henne duscha under söndagseftermiddagen, men sedan hade det varit tyst. Åsa tackade och avvaktade ytterligare information från akutgruppen. Tankarna på Jenny Eklund malde – mannen på Adelsgatan hade skrikit att hon hade två små pojkar hemma. Syster Agneta hade tre barn som skulle bli föräldralösa om … Längre hann Åsa inte i sin tankegång innan beskedet kom från Jungmansgatan.

”Vi har gått in. Malin Berg är död. Vi tar henne med oss till patologen. Det finns inga spår av yttre våld. Hon har kräkts i en hink bredvid sängen. Kroppen är svullen.” Rösten i telefon var mycket svag och Åsa fick be ledaren för insatsgruppen att tala högre. Han berättade att han stod lite illa till med tanke på de omkringvarande grannarna, men efter en stund kunde Åsa höra resten av meddelandet utan problem. ”Grannarna tror inte att hon lämnat sin lägenhet på hela helgen. Det är nästan för bra för att vara sant i så fall. De som bor i lägenheterna bredvid är oroliga för att smitta ska ha spridit sig via ventilationssystemet och kräver att få prover tagna och medicin. Vad gör vi?”

”Ta prover på dem och be dem begränsa sitt umgänge och hålla sig inomhus tills de fått svar. Jag ordnar med sjukskrivningar. Vi avvaktar med medicinering tills vi sett att någon är smittad.”

”Är det så klokt? Borde man inte kunna vara frikostig med medicin i det här läget?”

”Jo, det borde man, om vi hade möjlighet till det. Vi har inte läkemedel till någon profylaktisk medicinering, om vi börjar med det i något enda fall får vi igång hela vanvettskarusellen med vem som ska stå först i kön. Det skulle inte finnas en möjlighet att få arbeta i fred efter det. Jag förklarar närmare när ni kommer hit. Så har jag en patient som jag vill att ni tar med till Linköping, en ung kvinna, fotbollstränare. Hon är illa däran. Jag är inte säker på att vi klarar henne här. Det är svårt att få fram fler respiratorer och det är fullt på IVA-rummen på Follingbo."

När Åsa avslutat samtalet kände hon sig lättad, lättad och nästan euforisk över att Malin Berg hunnit dö utan att träffa en enda människa. Tanken hade varit direkt oanständig om förhållandena hade varit normala, det insåg hon i samma andetag, men i det här läget var det bättre att en person var död än att hundra personer till blivit smittade.

KAPITEL 17

Husvagnsägare Hans Moberg vaknade bakrusig och pink-nödig med en stark känsla av ogripbar ångest. Törstig var han. Med handen på den sista ölburken i kylen sneglade han på klockan. Den var redan halv tolv. Huvudvärken fick honom nästan att tappa andan när han böjde sig ned för att ta upp den importerade literflaskan 50-procentig vodka från golvet, i en snabb inventering av vad huset förmådde. Han såg sig i spegeln och mötte en rödsprängd blick och ett rufsig grålockigt hårsvall, tungan kändes som ett främmande föremål i munnen och illamå-endet pressade i halsen.

"Vad gör vi nu då, Mubbe?" sa han till sig själv i spegeln. Går-dagskvällens träff med Kramgo Skånska hade inte alls blivit vad han tänkt. Det blir det sällan, men det här var bland det mest pin-samma han varit med om. Han hade verkligen bemödat sig om att göra ett trevligt intryck. I veckor hade han smekt hennes öra med dikter, dubbeltydigheter, komplimanger, anspelningar på kommande kärlekslekar och hon hade följt med hela vägen och låtit sig fångas. Ibland hade hon fört i dansen och han hade inget att invända mot det – omväxling förnöjer. Han hade haft hennes foto på bordet bredvid sängen så att hon kunde krypa ned under täcket till honom när han fick lust. De stora brösten och höfter-nas rundning kunde få vilken karl som helst att bli knäsvag. Hela dagen hade han längtat och fantiserat och planerat mötet i detalj och så kom hon inte. Ja, det var vad han trodde först – innan en kvinna som stått och hängt vid kiosken fattade tag om hans arm och frågade: Har du kommit hit för att träffa en skånska? Det kunde han inte neka till. Här är hon! Kvinnan hade givit honom ett strålande leende. Det måste vara ett misstag! Det kunde bara inte vara möjligt. Kvinnan som kallade sig Kramgo Skånska var grovt byggd och visserligen storbystad och kopparröd i håret, men ansiktet stämde inte alls med fotot. Vilken jädra blåsning.

Han hade dock bestämt sig för att gilla läget. Rollen som döende countrysångare var repeterad till perfektion och han kunde lika gärna spela den som att avstå. Du sa att du var sjuk. Hur illa är det med dej? hade hon frågat. Det hade funnits något moderligt och ömsint över henne och när han väl hade hämtat sig från den första besvikelsen var det bättre med en varm famn än en utkyld husvagn. Sjukdomen? Min plåga? Den är obotlig. Sjukdomen har spritt sej i hela kroppen, men min musik kommer att leva vidare. Vad är det då, har du cancer? Behöver du inte ligga på sjukhus om det är så allvarligt? Det sorgsna uttrycket i hennes ögon och det milda leendet var betalning nog för hela teaterföreställningen. Det kändes mysigt att vara föremål för hennes omsorger och oro och att ha en så självklar huvudroll. Nej, doktorn tyckte inte det var någon idé att jag låg inne när det ändå inte går att bota. Jag fick permission. Tar varje dag som den kommer och tackar gud för de dagar jag lyckas ta mej ur sängen. Matlusten är dålig. I går var jag så svag att benen inte bar mej. Men i dag känner jag mej bättre. Hon hade sett på honom med en sådan ömhet i blicken att han blev riktigt rörd. Just då, i den stunden, hade han bestämt sej för att hon var vacker. Jaa, till och med det. Vad är det för sjukdom du har? Det brukar finnas behandling mot det mesta. Då sa han det och bemödade sej samtidigt om en mild och allvarlig uppsyn för att visa att han bar sin smärta med jämnmod: Det är inget smittsamt, kära lilla du. Jag har Strabismus.

Den kramgoa skånskan hade slagit händerna för ansiktet och dragit in luft i snyftande andetag, hennes axlar hade skakat och han hade lagt armen om henne. Ta det inte så hårt, ännu kan jag stundtals glädja mej åt livet. Där någonstans insåg han sitt fatala misstag. Den kramgoa skrattade så hon tappade andan, hon skrattade så soffan de satt på gungade. Tårarna rann och tvättade med sig färgen från ögonfransarna i svarta stråk över kinderna. Så du lider av Strabismus, du? frustade hon så saliven stänkte över hans ansikte. Vet du överhuvudtaget vad det är? Nej, det fick han väl medge att han inte hade full koll på. Läkaren hade inte riktigt lyckats med den pedagogiska uppgiften att förklara det för honom, försökte han slingra sig. Strabismus betyder skelning, mitt hjärta. Jag är optiker. Illa.

Mötet med Kramgo Skånska hade blivit hjärtligt men kort. Det finns inte en man i världen som kan hålla stånd mot en kvinna som gapskrattar. Så det hade blivit kaffe och bulle och vi hörs av. Fast han misstänkte att ingen av dem någonsin skulle komma på tanken att höra av sig igen. Precis innan han skulle gå hade han ändå ställt frågan som legat på tungan hela tiden.

"Det var inte du på fotot, eller hur?"

"Nej, det är min lillasyster. Det är ingen som vill träffa mej om jag skickar ett foto på mej själv, fattar du väl. Hellre väljer man ett pucko i snyggt fodral. Det är inte rättvist och ändå brukar jag vinna i längden. När de tittat färdigt på Gunilla är det mej de vill prata med och lämna förtroenden till, som till en mor eller en kär syster. På nätet kan jag en kort stund få låtsas vara någon annan och få uppleva känslan av att vara fysiskt attraktiv. Du ska veta att jag stundtals hatar min lillasyster. Det, min vän, är verklig syskonrivalitet.

Vi kommer inte att ses igen du och jag, eller hur? Vet du, varje gång jag gör det här hoppas jag att det ska finnas någon som kan tycka om just mej, fånigt eller hur? Så jag tog chansen att träffa dej i verkligheten. Jag borde inte ha gjort det. Så hade hon börjat gråta och hela situationen blev så pinsam att han inte hade kunnat komma därifrån fort nog.

Det första Hans Moberg hade gjort när han kom tillbaka till sin husvagn på kvällen var att knäppa upp en öl. Han drack den i giriga klunkar medan han väntade på att komma ut på nätet och fly in i nya sköna verkligheter. När han sorterat bort skräpposten med Viagrareklam och penisförlängningar och restresor fanns det bara ett mejl av intresse – det var från en Sandra Hägg som kontaktat honom vid ett tillfälle tidigare. Väldigt formellt och egentligen ganska ointressant. Hon hade inte velat skicka med något foto, var antagligen ful som stryk. Fast de riktigt fula kan ha oväntade talanger, en tillgivenhet och tacksamhet man sällan träffar på hos dem som vet att de har en vacker kropp.

I sitt första mejl hade hon ställt frågor om hans firma och varifrån han fick sina leveranser av läkemedel, nu ville hon att de skulle träffas. Kunde kanske vara något att satsa på, kvällen såg annars ganska ödslig ut. För stunden hade hon migrän och låg till sängs. Nyckeln hängde i ett snöre på insidan av brevinkastet i dörren, skrev hon. Ärendet var angeläget. Inget hon ville mejla om. Det måste diskuteras mellan fyra ögon.

Kunde egentligen tolkas hur som helst. Vad förväntade hon sig egentligen när hon skrev att hon låg i sängen och väntade på honom? Hembesök av en läkare? En inbrottstjuv? En hemlig älskare i en försäljares skepnad? Vilken roll skulle han spela? Kanske var det så enahanda enkelt och tråkigt som hon skrev, en affärskontakt. Eller ännu en omskrivning och dimridå för det alla kvinnor vill ha utan att verka för lättköpta. En riktig fullkornslimpa. Ja, va fan. Om hon väntade på honom så …

Trots att Hans Moberg druckit ytterligare fyra öl och en obestämd mängd vodka hade han kopplat loss sin Van från husvagnen och farit in till Signalgatan och de fashionabla lägenheterna med stora inglasade balkonger mot havet. Vad kostar det att bo så där, kan man undra? En liten societetshoppa med rik pappa, kanske, eller hade hon egna inkomster eller ännu värre: en man med inkomster? Kunde bli komplicerat. Det var nog bäst att pejla läget innan man blev alltför närgången.

Han hade fått vänta nästan en halvtimme innan han hade lyckats smita in genom dörren samtidigt som en äldre magerlagd man i golfmundering. Mannen hade givit honom en misstänksam blick, inte räddhågsen, mera åt det myndiga hållet, och sedan med självsäkra steg tagit trappan i tre kliv och försvunnit in bakom sin dörr på första våningen. Mubbe hade fortsatt uppåt. Där hade en nyfiken liten tant stuckit ut huvudet och tittat efter honom. Det luktade skurmedel och nybryggt kaffe. Han ringde på hos Sandra Hägg, men inte ett ljud hördes. Han upprepade signalen. Hon låg väl och sov, stackars liten. Det kan inte vara lätt att ha migrän. När han stoppade handen ned i brevinkastet tänkte han att det kanske var ett skämt. Det kanske fanns en rottweiler där inne som bara längtade efter ett par färska fläskiga fingrar att bita i. Han fick fatt i snöret och halade upp nyckeln. Först försökte han få upp dubbelknuten. Tänk att kvinnor alltid ska knyta kärringknut när det är så mycket enklare att få upp en råbandsknop. Sedan gav han upp och satte foten mot dörren och slet till. Det var inget större motstånd. Han lirkade in nyckeln i hålet och vred om. Hallå! Inget svar. Hallå! Han ville ju inte skrämma henne. Om hon låg i sin säng kanske han kunde krypa ned och hålla om henne en stund. Finns du där, lilla hjärtat? Alla kvinnor är horor, innerst inne, fast de förklär sig till änglar. Svekfulla, illistiga intrigmakerskor är de, och i sina maskätna hjärnor planerar de hur de ska kunna snärja och skada en man. Det Sandra Hägg gjorde honom den natten var oförlåtligt och det största hot han upplevt mot den frihet han skattade högst i livet. Hon gjorde det inte medvetet ... och kanske var det ännu värre ... att hon aldrig skulle kunna inse sitt misstag och be honom om förlåtelse.

När Hans Moberg nu stod framför den spruckna spegeln i sin husvagn kändes det som hänt inte längre verkligt. Hennes blod-sprängda ögon och de blå läpparna kunde lika gärna vara en se-kvens ur en film han sett för länge sedan, där själva handlingen förbleknat och de starkaste synintrycken blivit bestående. Precis som i vilken B-thriller som helst hade han torkat bort sina fing-eravtryck från dörrposten och brevinkastet med en bit hushålls-papper, han hade hittat rullen i köket. Det var som om hon vän-tat honom. Bordet var dukat för två med servetter, blommor och kristallglas, och det luktade gott av någon sorts köttgryta. Rött vin fanns upphällt i en karaff på luftning. Hon hade väntat ho-nom. Längtat och förberett deras möte. Han tog med sig vinet in i sovrummet. Hennes kortklippta mörka hår utgjorde en så tydlig kontrast mot det vita lakanet. Huden så genomskinlig och vit, de smala händerna med sina långa röda naglar. Kroppen hade verkli-gen varit vacker i den vita tunna klänningen, som en brud. Ännu varm när han rörde vid hennes bröst. I den stunden ringde hennes mobil. Han hade först tänkt svara men ändrade sig. Det var en fälla, så klart. Det skrämmande var att han nästan gick på det. Så nära det hade varit. Ingen fick veta att han hade varit hos henne. Rädslan fanns hos honom och paniken närmade sig. Hans händer som kramat om kudden som legat bredvid henne på golvet hade kanske lämnat spår. Örngottet hade han tagit med sig och slängt tillsammans med skorna i latrintunnan på en rastplats. Det skulle mycket till innan någon kom sig för med att gräva där. Det fick inte finnas några spår.

Han hade ett vagt minne av att han suttit på sängkanten i hennes rum och druckit ur vinet innan det röda vansinnet slog till. Vreden som rusade i hans ådror och drog med sig allt förnuft från hjärnan. Han hade slagit sönder hennes teve med en stol. Ett vagt minne från den natten. Det fanns några skrämmande luckor. Två barnansikten hade tittat på honom nerifrån trappan. Kanske var det verklighet, kanske något som lagts till från teven senare på kvällen. Skulle han våga sig tillbaka dit för att se hur illa det blev? I dagsljus och halvnyktert tillstånd var det ett vanvettsdåd och han ville bara gråta och helst dö ifrån alltihop. Nej, någon kunde lägga märke till honom om han kom tillbaka. Det räckte med mannen i golfbyxor som stirrat fientligt och högdraget på honom och kärringen med det permanentade håret och de plirande ögonen. Skulle de minnas honom och ge ett signalement? Kanske var också de en del av en ond dröm? När man dricker mer än man tål blir sömnen orolig och drömmarna konstigt verkliga och skrämmande. När Sandra inte hade kunnat dricka med honom hade han tömt vinkannan själv. Hennes dator hade varit påslagen. Han kunde minnas det blåaktiga ljuset från skärmen. Drömmarna var invecklade som kvinnliga väsen som ingen vettig människa kan begripa sig på. Nu var det hög tid att flytta på sig igen och byta identitet. Men först måste han kolla sina mejl. Det fick bli en dag utan sprit, en dag med bara lättöl och cola. När han drack mer än han tålde blandades världarna och det onda kunde nå honom från den andra sidan. Han borde inte dricka så mycket, men hur skulle han annars överleva när rädslan satte in. Det fanns ju ingen annan lindring att få.

KAPITEL 18

N är Maria Wern på onsdagsmorgonen den 5 juli kom till polisstationen fick hon höra talas om mordet på Signalgatan av kollegan i receptionen. Det hade inte blivit av att lyssna på morgonens nyhetssändningar. Linda hade varit tjurig och ville inte vara kvar hemma hos Marianne Hartman, fast de kommit överens om det. På eftermiddagen skulle hon leka med Sofie som bodde lite längre upp på gatan. Men när Maria skulle gå ville Linda inte släppa taget. Hon hängde i sin mammas arm med båda benen slingrade om hennes ben och skrek fast hon var en stor flicka nu, snart åtta år. Men vad hjälper det om man är liten inuti. Marianne försökte locka med videofilm och dataspel och glass i ett allt mer stressat tempo.

"Du kan få klä ut dej i mina gamla klänningar om du vill. Jag har en låda med gamla smycken också, det skulle väl vara kul? Och smink och långa handskar med svandun som damer har när de går på bal och en hatt med flor. Det skulle väl vara roligt att klä ut sej i, inte sant?"

"Nej, för jag vill ha min mamma. Gå inte, mamma. Gå inteee … du får inte dö … lova att du inte dör, mamma. Jag vill ha min maaamma!"

Maria hade i desperation ringt Krister på mobilen och lyssnat till det käcka meddelandet att han inte kunde ta samtalet just nu, men *Den som väntar på något gott väntar aldrig för länge.* Det var inte ens roligt första gången, efter femte försöket var det ett rent hån. Det var faktiskt hans tur att ha hand om barnen i fjorton dagar och han hade knappt stått ut ett dygn med att anpassa sitt ungkarlsliv till Lindas villkor. Svara då, din skitstövel!

"Vet du, Linda?" Mariannes röst var lugnare nu. "Du kan få baka en sockerkaka om du vill och så kunde du och Sofie äta den i eftermiddag när ni har klätt ut er till fina damer. Bra va!"

Mycket motvilligt hade Linda accepterat anbudet, dröjt lite till ifall det skulle dyka upp fler fördelar, men sedan nöjt sig med byteshandeln. En mamma mot film, glass, utklädningskläder och sockerkaka. Sämre förhandlingar har gjorts.

När Maria klev in på stationen en dryg halvtimme senare än hon hade tänkt sig fick hon höra om kvinnan som mördats i sin lägenhet. Hartman var redan där för att tala med de poliser som tjänstgjort under natten och teknikerna som befann sig på plats. Det tog Maria ytterligare en kvart att ta sig dit. Hon bytte några ord med sin kollega vid avspärrningen, för att göra sig en bild av vad som hänt, när Tomas Hartman kom emot henne. Hans lockiga hår stod åt alla håll som om han somnat med det vått och vaknat i stor brådska, vilket faktiskt kunde vara fallet. Hans röst lät skrovlig och trevande, som om han ännu inte hade hunnit säga mer än hm och mm. Han klarade strupen.

"Det var en granne som larmade vid midnatt. Det var ett fruktansvärt oväsen från lägenheten. Praktiskt taget allt är sönderslaget i vardagsrummet och sängkammaren. Vi har en död kvinna här inne i sovrummet. Lägenheten ägs av en Sandra Hägg, tidigare delade hon den med en Lennie Hellström. Enligt grannarna bor hon ensam här. Vi får väl anta att det är Sandra vi har funnit där inne och … ja, det finns egentligen inget som talar för motsatsen."

"Går hon att identifiera?"

"Ja, det är med största sannolikhet hon. Vid en första anblick verkar det som om hon har blivit strypt, enligt Mårtenson. Rättsläkaren är på väg."

"Vet vi vad hon har för anhöriga? Lennie, sa du, är det en särbo? Finns det fler?" Maria slog sig ned i förarsätet på Hartmans bil när han öppnade dörren.

"Vi har försökt tala med grannarna om det. Sandra Hägg har väldigt många besökare både dagtid och på kvällarna. Inga stora fester utan de kommer en och en. Fler kvinnor än män och alltid ensamma, säger grannen bredvid. För tre år sedan flyttade hon och Lennie Hellström in i den här tvåan tillsammans, men den sista månaden har han inte varit synlig. Grannarna antar att de separerat men ingen har väl frågat direkt. Vi har försökt få kontakt med honom. Namnet är ju ganska ovanligt. Vi har ett par telefonnummer till en Lennie Hellström på Rutegatan. Mobil, arbetstelefon och ett nummer till en stationär telefon i lägenheten har vi fått fram, men hittills har vi inte lyckats nå honom. Det vore bra om han fick veta vad som hänt innan media går loss på det här och släpper nyheten."

"Vet vi något om henne? Hur gammal är hon?"

"Enligt körkortet fyller hon 33 år i augusti. Jag har Mårtensons digitalkamera här så vi kan se de bilder de tagit från lägenheten. Ju färre som klampar runt där inne desto bättre. Maria tog ett djupt andetag och tvingade sig att se det hon oundvikligen måste se. Kvinnans ansikte var blåmelerat och tungan hängde svullen ut ur munnen, ögonen stirrade blodsprängda. Nästa bild visade blånaden på halsen.

"Så vidrigt." Maria blundade och svalde.

"Hemskt. Man vänjer sej aldrig någonsin. Om man gjorde det kanske det var dags att sluta." Hartman fortsatte visningen med en bildserie över interiören. "Det verkar som om hon höll på med massage. Det står en massagebänk uppställd i vardagsrummet – annars är det möblerat som i vilken lägenhet som helst. Det kan i så fall förklara mängden av besökare." Maria såg med bestörtning på bilderna. Förödelsen var otrolig. Inte en hel stol. Teverutan var sönderslagen och rutorna till vitrinskåpet krossade. För övrigt var vardagsrummet ljust och luftigt möblerat och ena långsidan av rummet vette ut mot den stora balkongen med utsikt över havet och hamnområdet. Längs ena väggen stod massagebritsen uppställd. Den var bäddad med påslakan och kuddar, varmvattensflaskor och vetekuddar, och vid fotänden fanns en stor golvljusstake i smide. I små sirliga ljuslyktor av ståltråd var värmeljus utställda över hela rummet. Två stora keramikfat med frukter dekorerade det låga soffbordet och överallt fanns exklusiva vita blommor i vaser. Vita liljor, vita rosor och andra höga vita blommor, som Maria inte visste namnet på. Märkligt nog hade dessa saker fått stå kvar orörda. Den motsatta långväggen var täckt med bokhyllor och böckerna var sorterade efter ämnesområden och i bokstavsordning. Två hyllplan var utsopade på golvet. Mest skönlitteratur, men också medicinsk facklitteratur och böcker om örter och konst, noterade Maria medan hon utan större framgång försökte skärma av sig från det påträngande synintrycket av den döda kvinnan. Tanken på den misshandlade kroppen, blånaderna. En kvinna på trettiotre år, en kvinna yngre än hon själv. Det låg en bunt papper på skrivbordet. Fotostatkopior på tidningsartiklar om EAN-koder och chipmärkning av djur. Det fanns inga spår av några husdjur i lägenheten. Inga matskålar, koppel eller klösbrädor.

"Finns det något foto på henne?"

"Körkortet. Vill du se?" Hartman plockade med handskbeklädd hand upp en plastpåse ur sin portfölj och visade fotografiet genom plasten."Hon såg väldigt bra ut."

"Ja, mycket." Maria studerade ett öppet vänligt ansikte med regelbundna drag och ett fint leende. "Jag har träffat henne förut. Bara som hastigast, men jag minns det mycket väl. Hon glömde sin plånbok i affären. Jag fick inte tag i henne då, men plånboken fick hon tillbaka i alla fall. Jag såg att hon hade en dator i sovrummet. Den var till och med påslagen."

"Ja, jag hoppas det kan ge oss en del information. På golvet i sovrummet låg en karaff i keramik. Det har varit vin i den och det ser ut som om hon druckit direkt ur den utan glas. Teknikerna plockade den med sej. Jag tror inte vi har så mycket mer att göra här eller vad säger du? Lennie Hellström nästa, ska vi ta oss till Rutegatan och höra hennes tidigare pojkvän?" Maria biföll och lät blicken glida en sista gång över bilden av vardagsrummet.

"Jag funderar på en sak. Det ser ut som om massagebänken lätt går att fälla ihop och ställa undan. Men den står uppställd. Kan hon ha väntat på en kund? Det kommer både män och kvinnor hit, berättade du. Lägenheten är ganska liten och bänken tar plats. Jag skulle ha fällt ihop den om jag inte arbetade. Förresten skulle jag inte våga vara massör och ta emot främmande män i mitt hem. Jag menar, att vara ensam hemma och låta en man ta av sej i bara kalsongerna och sedan massera honom, det är inte utan risker. Var hon tvungen att ta emot kunder i hemmet för ekonomins skull, tror du? Jag bara tänker högt. Vi bör nog sätta någon på att kolla upp hennes kunder."

"Om sambon flyttat ut måste hyran för den här lägenheten kosta en slant varje månad." Hartman blev tyst en stund och funderade på vad månadskostnaden för en lägenhet med havsutsikt i Visby kunde ligga på. "Undrar om hon är massör på fritiden eller om det är hennes egentliga yrke?"

De gick in i huset för att lämna tillbaka kameran och fara vidare när de i trapphuset blev hejdade av en grannfru, som enligt mässingsskylten på dörren hette Ingrid Svensson. Reklam undanbedes, stod det på en prydligt handskriven papperslapp strax där under. Maria kunde inte släppa blicken från hennes hårdpermanentade hår. Innerst vid hårbotten var det spikrakt och sedan blev det till ett tjockt pannband av stålull.

"Jag var tvungen att få tala med han polisen, för han är väl polis? Det är inte lätt att veta när han inte bär uniform."

Jodå, det var han.

"Är det sant att hon ligger död där inne, flickstackarn? Tänk, jag undrade ju vad det var för ett fruktansvärt liv när jag var uppe på toaletten. Det lät som om någon slog sönder hela möblemanget. Det är ju för hemskt det här. Hur gick det till? Vad var det som hände? Jo, vad jag vill säga är ... vi kanske skulle kunna gå in till mej så får jag bjuda på en kopp kaffe en sådan här dag ... det kan man verkligen behöva. Jag har inte mycket att doppa till, men bullar finns det väl om det skulle smaka. Gotlandsbullar."

"Jag tror inte vi hinner med det just nu. Är det något du glömt att berätta för polisen som du pratade med tidigare här på morgonen så får du gärna säga vad du har på hjärtat, men något kaffe hinner vi inte med."

"Åjo, det hinns nog med. En kopp kaffe måste man ge sej tid till för att orka arbeta sedan." Utan att Maria riktigt kunde förklara hur det gick till satt de snart som två skolbarn snällt bredvid varandra i tant Ingrids kökssoffa. "Jo, det jag ville berätta var att Sandra Hägg är renlevnadsmänniska och nykterist. Jag vet det, för jag är med i Blåbandsrörelsen och vi har talat om de här sakerna vid flera tillfällen. Jag känner hennes mamma, hon var också aktiv i nykterhetsrörelsen. Vart är samhället på väg när socialdemokraterna vill sänka alkoholskatten? Vem ska betala den räkningen? Ska vi vårda alla med alkoholskador kommer kommunalskatten att behöva höjas om folk med andra åkommor ska få någon vård alls. Pengarna måste ju fram. Sandra Hägg är sjuksköterska och har arbetat med rökavvänjning. Massage och rökavvänjning i kombination. Hon arbetade på det där nyöppnade hälsocentret vid Snäckgärdsbaden. Det går knappt att uttala vad det heter: Vigoris Health Center. Det är en sorts vårdcentral, fast privat. För folk med pengar."

"Vet du var vi skulle kunna få tag i Lennie Hellström? Om vi inte är fel underrättade bor han inte här längre." Maria avböjde påtår. Det sved i mellangärdet. Början till magkatarr igen, antagligen. Lindas utspel på morgonen fanns kvar i kroppen – Lova att du inte dör, mamma – och de ständiga tankarna på Emil. Hon borde få lov att vara hos honom. Nu.

"Lennie, ja det är då för sorgligt, jag förstår inte vad som fick henne att bryta förlovningen. De var ju så kära och han är en så fin ung man. Så omtänksam och vänlig. Om han såg att jag bar tunga kassar från affären hjälpte han mej upp med dem för trappan, och skulle han in till stan erbjöd han mej alltid skjuts för att jag skulle slippa gå. Ja, hon var också rar, det var hon. Jag tyckte de passade så bra ihop och så går de och ställer till det för sej. Jag ska säga som det är. När hon gjort slut satt han där i soffan, precis där ni sitter nu. Han var alldeles blek, pojkstackarn. Han kunde inte förstå det. Han kunde bara inte förstå vad han hade gjort för fel. De som hade det så bra, fin lägenhet och jobb båda två, bil och allting. Det var som om hon inte riktigt var sej själv längre. Han kände inte igen henne, sa han."

"På vilket vis var hon annorlunda?" Hartman samlade ihop bullsmulorna i handen och la dem på assietten. Han gjorde sig redo att tacka och ge sig av när han fått svar på sin sista fråga.

"Ja, på vilket vis? Neej, det sa han inte. Så ni har inte fått tag på honom då? Ja, men då vet han ju inte … det är ju förfärligt! Han bor på Rutegatan."

"Det vet vi, men han svarar inte i telefon."

"Det är inte så konstigt. Han jobbar natt på ett vaktbolag. Det var så de träffades och han blev hennes personliga livvakt. Hennes bodyguard. De brukade skoja om det och nu är hon död … det är så fruktansvärt hemskt och inget vet han ännu, stackars pojk."

"Vad heter vaktbolaget där han arbetar?"

"Gard ... någonting, det där centret och vaktbolaget hör ihop på något sätt. Det ägs av någon i utlandet, tror jag. Det var så romantiskt när Sandra och Lennie träffades. Hon hade blivit inlåst på laboratoriet. Det hade blivit något fel på passerkortet så hon kunde inte komma ut, och han fick komma och rädda henne på en stege genom ett fönster för att hon skulle kunna komma tillbaka till sina nyopererade patienter. Hon arbetade natt på den tiden och var ensam sköterska på avdelningen. Hon var ju tvungen att bli utsläppt så hon kunde sköta sitt jobb. Ibland arbetar Lennie extra som vakt på krogarna i stan. Det vet jag. Det blir väl så att han jobbar mera nu när de inte längre är tillsammans. Något måste han väl ta sej för. Han kan ju inte sitta ensam hemma och stirra i väggen."

"Jag antar att du redan har fått frågan om du såg något ovanligt i går kväll, mötte någon i trapphuset som inte bor här, till exempel, eller hörde något ovanligt."

"Ja, faktiskt gjorde jag det. Jag har ju så svårt att sova när det kryper som myror i benen, jag går av och an i lägenheten. Har säkert gått flera mil bara den här månaden. Det är klart man måste se efter vem det är som kommer i trappan. Perssons inunder är ju inte hemma. De har rest till Grekland och man känner lite ansvar. Det har ju varit en del lägenhetsinbrott på senare tid när folk varit bortresta ... och så läste jag i tidningen om den gamle mannen som släppt in två främmande kvinnor som ville låna penna och papper för att skriva ett meddelande till grannen ovanpå. Han var ju inte hemma och de tänkte hälsa på. Medan de uppehöll mannen med detta smög en tredje person in och tog hans plånbok och andra värdesaker. Det är fruktansvärt skamligt att göra så mot gamla människor. Jo då, jag håller allt ett öga på huset."

"Och vad såg du ..." sa Hartman i ett försök att om möjligt skynda på vittnesmålet något.

"Först kom det barn som sålde polkagrisar. En pojke och en flicka. Flickan hade långt ljust hår och var lite längre än pojken. Han var mörk och hade stora bruna ögon och sa att han hette Patrik. De gick i trean och skulle till Danmark. Det är hemskt att de ska behöva slita så för att åka på skolresa, aldrig åkte vi på skolresa när jag var barn. Vi cyklade ut till stranden och tältade bara. Strax efter att barnen hade ringt på kom en man med cowboyhatt och stövlar, honom har jag inte sett förut. Skägg hade han eller i alla fall långa mustascher. Henriksson såg honom också. Han kan ha varit 45–50 år kanske. Kraftig. Lite gråblont långt hår. Han luktade sprit, det kände jag lång väg."

"Du såg ingen mer?" undrade Maria när Ingrid Svensson gjorde en paus för att servera påtår.

"Njaa, sedan var det en man till, tror jag. Jag hörde en mansröst här utanför. Det kan ha varit samma person, han med cowboyhatten – men jag fick en känsla av att det ändå inte var det. Jag tänkte att inte kan en så stor karl ha en så pipig röst, man förställer sej liksom att rösten och personen passar ihop, om ni förstår?"

"Hörde du vad han sa?" undrade Hartman.

"Nej, det gjorde jag nog inte. Det kan förstås ha varit samme man, jag säger inget annat, men rösten var väldigt ljus."

KAPITEL 19

"Fågelinfluensan på Gotland har krävt ytterligare ett offer. Den 33-åriga kvinnliga tränare som smittades på ett fotbollsläger i Klintehamn avled vid tretiden i natt. Enligt uppgifter från en säker källa räcker lagret av effektiva mediciner inte längre till och folkhälsoministern kommer i dag att gå ut med en vädjan till Världshälsoorganisationen om hjälp. Läget är allvarligt. Vi har också uppgifter från obekräftat håll om att ytterligare elva av de barn som vistas på fotbollslägret i Klinte skola insjuknat med influensasymptom och kommer att flyttas över till Follingbo gamla sanatorium i dag med hjälp av en insatsgrupp från Linköping. Vi har smittskyddsläkare Åsa Gahnström med oss i studion för en kommentar."

"Sanningen är den att de antivirila läkemedel vi har inte biter på den stam av influensavirus som drabbat ön. Vi kan behandla komplikationer i form av lunginflammation med antibiotika, men Tamiflu och de andra läkemedlen som köptes in till beredskapslagret är verkningslösa."

Maria stängde av radion och slog händerna för ansiktet. Så de tänkte erkänna nu. Emil! Emil! Det var som om chocken först nu hade släppt så att hon kunde förstå vad Jonatan Eriksson hade sagt till henne i går kväll. Hon orkade inte höra mer. Ljudet kom och gick och en kraftig attack av yrsel fick henne att krampaktigt fatta tag i handtaget till bildörren medan hon tog stöd med den andra handen mot instrumentbrädan. Hon borde vara hos sitt barn och inte på arbetet! En beskedlig infektion, hade Jonatan sagt, men han hade inte sett henne i ögonen när han sa det.

"Hur är det, Maria? Du tänker på Emil, eller hur? Det förstår jag väl att du gör. Det är inte rimligt att du ska arbeta under sådana omständigheter. Jag kan prata med Lennie Hellström själv. Jag skjutsar dej till Follingbo så att du får se hur det är med grabben, sedan kan vi höras av när du vill tillbaka till Visby igen. Okej?"

"Ja, jag måste få vara hos honom nu. Jag kan inte tänka på något annat. Det är som en mardröm. De sa att elva barn till … elva barn till har insjuknat och det finns ingen medicin att ge dem. Det finns inte respiratorer så det räcker på ön eller personal om de blir riktigt sjuka, det kan till och med bli svårt med sängplatser sa infektionsläkaren när jag pressade honom. Vad händer nu? Om Emil hade varit kvar på fotbollslägret i Klinte hade jag hämtat honom efter det här. Jag skulle göra det om jag så skulle ta mej förbi mina kollegor med våld. Jag skulle ha slagits för att få honom därifrån och jag tror inte jag är ensam om att känna så. Jag tycker synd om de poliser som vaktar utanför skolan – vad ska de göra när föräldrarna kräver att få hämta sina barn för att rädda deras liv? Det är en orimlig uppgift. De kommer inte att kunna hålla en enad linje. Det blir kaos. Vad ska man göra med de föräldrar som försöker ta sej förbi? Boja upp dem? Slå dem med batonger? Gripa dem?"

Hyreshusområdet på Rutegatan såg ordningsamt ut, inget klotter eller någon synbar skadegörelse. Cyklarna stod prydligt i sitt ställ, utom en rostig barncykel med stödhjul som låg slängd på gräsmattan utanför. Ett trevligt område – om än inte lika exklusivt som Signalgatan. När Hartman klev ur bilen på den angivna adressen funderade han på hur bouppdelningen blev som den blev mellan Sandra och Lennie. Vem tjänar bäst, en sjuksköterska eller en nattvakt med extrainkomster? Ingrid Svenssons syn på Sandra Hägg som en renlevnadsmänniska kanske inte heller stämde till punkt och pricka. Det är inte säkert att man redovisar allt för sina grannar, i synnerhet inte om de står i maskopi med ens mor.

Hartman läste på den blå tavlan vid porten och tog sedan de två trapporna upp till våningen där Lennie Hellström bodde. Han ringde på fem sex gånger innan någon öppnade dörren. En man med stort kolsvart hår och endast iförd kalsonger öppnade och stirrade värderande på inkräktaren med små trötta ögon.

"Tomas Hartman från polisen, får jag stiga in?"

"Vad är det om? Är det nåt du vill sälja så är jag inte intresserad. Du väckte mej faktiskt. Har det hänt något?" sa Lennie Hellström när han såg allvaret i Hartmans ansikte. Han kammade håret bakåt med båda händerna och gäspade stort så att de svarta plomberna långt bak i munnen syntes. "Jag har bara sovit i …" han kisade och såg på sitt armbandsur "… tre timmar knappt. Är det något viktigt?"

"Ja. Det är kanske bäst vi går in och sätter oss." Hartman visade sin legitimation för att förtydliga sin roll när han inte bar uniform. Ännu tveksam öppnade Lennie dörren så att Hartman med knapp marginal kunde passera under hans håriga armhåla. Stanken av gammal svett och öl blev starkare. Hela lägenheten luktade unket av otvättade träningskläder, mögliga sopor och surnad mjölk. Hartman tog ett kliv över en stor träningstrunk och en hög med kläder på hallgolvet och följde med in i köket, där Lennie omedelbart gick fram till kylen och knäppte upp en öl som han drack direkt ur burken.

"Ska du ha?" han sträckte sig efter ytterligare en öl i kylen. När Hartman tackade nej drack han själv under tystnad och kvävde en rap med uppblåsta kinder. "Okej, vad vill du? Hartman, var det så du hette?"

"Jag kommer precis från Signalgatan."

"Herregud, Sandra! Hur är det med Sandra?"

"Vi har funnit en kvinna i lägenheten. Död – och ja, vi tror att det är Sandra Hägg." Hartman gjorde en paus för att orden skulle nå in. "Har du något kännetecken på henne, ärr, födelsemärke eller liknande?"

"Det är inte sant! Märke? Sandra har en streckkod tatuerad på ena skinkan. Hon gjorde det i somras, tyckte det var en kul grej. Jag fattar inte! Vad har hänt?"

"En granne till Sandra ringde larmcentralen i natt. Han vaknade av ett oljud och försökte ta reda på var det kom ifrån. Dörren till Sandras lägenhet stod öppen och när han kom in såg han förödelsen. Då var hon redan död. Hon låg i sin säng. Strypt."

Lennie stirrade oförstående framför sig, som om orden gick honom helt förbi. Han gick bort till kylskåpet och öppnade nästa öl och drack den i tre hetsiga klunkar. Hartman väntade. Lennie stod kvar vid kylskåpsdörren utan att stänga den. Stod där och stirrade in i tomma väggen utan att visa en enda reaktion på det som sagts. Vis av tidigare erfarenhet satt Hartman kvar stilla och väntade på det utbrott som kunde komma utan förvarning.

”Död?” viskade Lennie med en röst långt, långt bortifrån. ”Är Sandra död? Hon kan inte vara död. Jag pratade med henne nyss. Du ljuger, för fan, jag pratade ju just med henne.” Tonen blev hotfull nu och han kom alldeles nära med sitt ansikte som gungade från sida till sida för att skruva sig fast och kräva en motståndare, någon att slåss mot för att återta vad han förlorat. Tomas Hartman vek inte undan med blicken.

”Ja, hon är död. Hur dags var det du pratade med henne? Kommer du ihåg det? Hur dags kan det ha varit?”

”Jag ville ju för fan komma hem till henne. Det var strax efter elva i går kväll. Jag hade gått en runda på Vigoris Health Center och jag ville ju bara träffa henne så jag ringde … Ursäktar du, jag måste pinka.”

Hartman såg sig om i det sparsamt inredda köket. Ett litet runt vinfläckat furubord med två stolar. Inga blommor i fönstret, inga gardiner, disken hade svämmat ur hon – flera dygns tallrikar och glas stod travade på diskbänken och arbetsbänken. En tillfällig bostad, inget hem. Ovanför köksbordet fanns en slarvigt uppspikad anslagstavla i kork med ljusblå träram. I ena hörnet satt en kallelse till tandläkare och under fanns ett recept på Flygande Jakob fastsatt med majblommekransar. Nästan helt täckt av bensinkvitton fanns ett foto. Hartman vek undan pappersremsorna för att se bättre. Ett foto på ett lyckligt par. En Lennie med något ljusare hår stod bakom Sandra och höll om henne, och hon såg upp mot honom snett från sidan och log. En underbar bild, med värme och kärlek, det gick inte att ta miste på. Någon gång älskade de varandra mycket, vad hände sedan? Lennie dröjde där ute på toaletten. Tänkbart att han grät och inte ville visa det. Efter tio långa minuter var han tillbaka. Rörelserna var långsamma och ryckiga men nu var blicken närvarande.

”Är du helt säkert på att hon var död? Såg du det själv?” En lågmäld vädjan. Säg att det inte är sant.

"Hon var död."

"Det kan hon inte vara, hon har rökavvänjningskurser. Hon har en kurs i kväll och jag tänkte gå dit. Det första hon gjorde när hon träffade mej var att smula sönder mitt cigarettpaket. Du får välja, sa hon. Lasten eller lusten. Män som röker blir impotenta. Mej eller cigaretterna? Hon var inte förhandlingsbar på den punkten. Ville jag vara med henne så fick jag sluta röka och sluta kröka. Men det var det fanimej värt så länge det varade." Lennie log ett sorgset leende och skakade sitt buskiga svarta hår. Hans stora gråblå ögon var mycket, mycket sorgsna nu.

"Vad hände sedan?"

"Hände?" Lennie satt och petade bort smuts under tumnageln en stund och försökte hitta orden. Han lutade ansiktet i händerna så bara håret syntes och suckade tungt. "Vad som hände? Det fattar jag fortfarande inte. Vi bråkade inte om pengar, vi bråkade inte om sex, vi bråkade inte om vem som skulle göra vad. Men hon blev konstig. Frånvarande. Hon kunde sitta och glo ut genom fönstret i en timme utan att det hände något där ute på gatan. Eller sitta och tänka, och när jag frågade vad det var så sa hon att det inte var något, fast det fattade jag ju att det var. Hon släppte inte in mej längre i sina tankar och jag blev orolig, så klart. Började fundera på om det var någon annan. Hon jobbade mycket. Extrapass. Jobbade över. Sov över hos väninnor på tjejfester. Jag ville inte kontrollera henne. Hon sa alldeles i början att frihet och tillit var det viktigaste i ett förhållande. Hennes förre kille kontrollerade och spionerade på henne. Det var därför hon gjorde slut med honom, sa hon. Hennes logik var lite konstig på den punkten. Hon sa att så länge hon fick vara ifred tog hon ansvar för att vara trogen, men om någon skulle understå sej att kontrollera henne hade den tagit över ansvaret och då skulle hennes uppfinningsrikedom och kreativitet vara näst intill obegränsad när det gällde att hitta tillfällen. Precis så sa hon och kanske sa hon det som ett skämt. Jag vet inte riktigt om hon menade det. Eller om det var det första tecknet på att hon hade börjat tröttna på mej."

"Så vad hände? Började du kontrollera henne?"

"Va fan, jag gjorde väl det. Blev så jävla svartsjuk. Jag kollade hennes mejl. Det mesta var från någon frilansjournalist som heter Tobias Westberg, en jävla torris. Jag har läst ett par artiklar av honom. Han skriver om medicin, jag fattar inte hälften. En besserwisser som slänger sej med fina ord, du vet typen. Vet du vad han kallar sej på nätet? Mr Logik. Så jävla löjligt. Mr Logik! Sedan kollade jag i hennes almanacka på nätet. Hon hade bokat in honom för massage, men då tog det hus i helvete. Det finns gränser och jag tror att hon ändå respekterade att jag blev arg. Sedan var det väl lugnt ett tag tills jag märkte att det började dyka upp oförklarliga T:n i hennes andra almanacka, den hon hade i väskan. Men jag sa inget. Vågade inte. Och nu är hon död. Faan. Hur gick det till? Strypt, sa du?"

"Det vet vi inte ännu. Dörren stod öppen, den var inte uppbruten. Vi antar att hon måste ha släppt in någon som sedan ströp henne."

"Har hon blivit våldtagen?" Lennies röst svek honom. Han såg vädjande på Hartman som om han var mäktig att styra över ödet.

"Det är för tidigt att säga. Det kan ta några dagar innan vi vet. Vad hände efter det att du börjat kolla hennes almanacka? Kom hon på det?"

"Jag började kolla om hon var på jobbet när hon sa att hon skulle vara där. Det var för några månader sedan. Hon skulle jobba extra hela helgen, hade hon sagt. Mellan två av mina inspektionsrundor på natten kom jag in på avdelningen. Det verkade som om hon hade talat sanning, för hennes väska stod i personalrummet. Men jag var galen av svartsjuka, det fattar du väl …?"

"Ja, jag tror jag kan förstå hur du tänkte."

"Ja, så jag plockade upp hennes mobil ur väskan och kollade vilka hon hade ringt till och precis då kom hon in. Fattar du? Hon såg vad jag gjorde och blev urförbannad. Sedan pratade hon nästan inte med mej på en vecka. Bytte lösenord på datorn och släppte inte mobilen eller almanackan ur sikte. Hon blev mer och mer konstig och sa inte längre vart hon skulle när hon gick ut på kvällarna. Jag visste fan inte vad jag skulle göra, så till slut hotade jag att flytta. Gör det du, sa hon, lika ointresserad som om jag sagt att jag ville byta kanal på teven. Gör det du."

"Och då flyttade du?"

"Ja, vad skulle jag ha gjort. Jag kunde ha bönat och bett om att allt skulle bli bra, men jag kunde inte det. Inte då, och nu är det för sent." Lennie reste sig och gick till kylskåpet igen. Öppnade dörren och tog fram den sista ölen. "Hur kunde det bli så här? Man skulle behöva en whisky istället för den här pissiga ölen."

Hartman höll med. Det finns stunder i livet då man kan behöva bedövning för att stå ut. Lennie satte sig vid bordet igen och började gråta som ett barn. Hartman la sin stora hand på hans axel och väntade ut gråten. När Lennie lyfte på huvudet var Hartman stel i armen och fingrarna hade domnat. Han försökte att inte låtsas om det.

"Är det möjligt att förstå sej på kvinnor överhuvudtaget", sa Lennie och Hartman märkte att rösten hade blivit märkbart oartikulerad och släpig.

"Att förstå sej på kvinnor är nog något man kan ägna hela livet åt", sa Hartman.

Det blev tyst en stund medan samförståndet la sig över sorgen. "En annan sak jag skulle vilja att vi pratar om är hur ditt nattpass såg ut i går", fortsatte Hartman. Han tog upp sitt block och lånade en vältuggad blyertspenna från fönsterbrädan.

"Vadå? Du tror väl inte att jag har ... att jag dödade Sandra? Är det vad du tror? Säg det rent ut i så fall." Lennie röst var full av vrede och det utbrott Hartman tidigare befarat kändes nära nu.

"Tror du att jag skulle ha kommit hit ensam om jag trott att du tagit livet av henne, tror du det, Lennie?" Hartman skämdes lite över sin nödlögn, men den fungerade. Lennie som rest sig halvvägs upp ur stolen, satte sig igen och ögonen blev mildare.

"Jag började klockan nio och gick igenom laboratoriet och avdelningen där de tillverkar dataelektronik, fråga mej inget om vad de gör, jag fattar inte sådant. Säkerhetsansvarig för hela företaget har sitt kontor där. Vi kallar honom Finn Fem Fel, för han är en petimäter – så jävla noggrann. Han letar fel som om det var hittelön, märker ord. Ingen gillar honom. Egentligen ville han bli polis men kom inte in. Det är jävligt känsliga saker att prata om. Han är så prestigesjuk så ingen orkar med honom. Hade jag fått bestämma hade vi aldrig köpt lägenheten av honom. Han var där för att hämta sin mobil som han glömt. Jag drev lite med honom för det – han gör ju aldrig fel, glömmer aldrig något, vet du. Du kan snacka med honom själv så får du höra att jag var där. Sedan fortsatte jag till ett lager som också ägs av koncernen och sedan till Vigoris Health Center – hela anläggningen. Varenda korridor. Vi har passerkort så det syns när man går in och ut. Sedan ringde jag Sandra, för jag längtade efter att prata med henne bara, men ingen svarade. Jag är alltså inte anställd av ett vaktbolag. Koncernen har sina egna väktare. De vill veta att de kan lita på folk och de vill själva godkänna vem som går runt i deras lokaler. Egentligen är det konstigt att inte fler stora företag har egna vakter. Sedan tog jag en sista runda vid kontoret på Broväg och lämnade in nycklarna till dagvakten. När jag kom hem var klockan nästan halv sju. Jag visste inget om Sandra. Jag lovar. Jag visste inget förrän du kom hit."

KAPITEL 20

Jonatan Eriksson stängde dörren till sitt rum, tog av den fuktiga skyddsmasken och slog sig ned vid datorn för att göra de nödvändiga journalanteckningarna. Skjortan klibbade av svett och händerna skakade när han tog upp mikrofonen och läste in de åtgärder han utfört de senaste timmarna. Elva nya barn, alla med feber, ont i halsen och ledvärk, hade kommit till sanatoriet i omgångar under förmiddagen från fotbollslägret i Klinte skola. Det fanns inte längre enkelrum till alla. De fick dela salar, med de risker det innebar om något av barnen skulle ha influensasymptom av annan anledning än infektion med fågelinfluensavirus. Föräldrarna var milt sagt upprörda och behövde tid för samtal. De flesta av dem ville stanna kvar hos sina barn men man hade varit tvungen att ta ett principbeslut om att det inte kunde beviljas. Skyddsutrustning, masker och skyddskläder räckte inte till. Förrådet av fullgoda andningsskydd började tryta och de masker som fanns fick bli personbundna och återanvändas. En ny transport av andningsskydd kunde inte väntas förrän nästa vecka, de var slut hos leverantören. Att övergå till vanliga pappersmunskydd skulle innebära en stor och onödig risk. Naturligtvis fick man se till varje barns behov av att ha sina föräldrar i närheten, inte tvärt om, och väga det mot smittorisken. Så hade man beslutat i personalgruppen.

Situationen började bli övermäktig. Den personal som inte insjuknat arbetade dygnet runt. Extrapersonalen som skulle ha kommit och löst av dem under gårdagen hade ännu inte anlänt, då förhandlingar fördes mellan Socialstyrelsen och respektive fackförbund för att fastställa om det var arbetsvägran eller inte att neka beordrad tjänstgöring när risken för smitta var så överhängande och sjukskrivningarna bland personalen fortsatte att öka på lasarettet och sanatoriet. Helst ville man ju ha personal med vana från arbete på en infektionsavdelning. Antagligen skulle man vara tvungen att ge upp den ambitionen redan innan kvällen kom och ta de händer som var villiga att hjälpa.

Jonatan kunde förstå dem som vägrade och ville förhandla, att vistas i den smittade miljön var att riskera livet. Det finns en gräns också för hur lojal vårdpersonal kan vara. Någon måste göra det, men varför just jag? Varför just jag? Han hade ställt sig den frågan själv. Kanske var det en blandning av dödslängtan, skuld och plikt i det beslut han tog när han valde att vara i tjänst.

IVA-avdelningen på Follingbo hade inte möjlighet att ta emot fler patienter, inte heller infektionsavdelningen, och allmänhetens tryck på vårdcentralerna höll på att få hela sjukvårdssystemet att kollapsa. En man med influensasymptom och hjärtinfarkt hade på morgonen dött i väntan på läkare i hemmet. En kvinna med brusten blindtarm hade inte heller fått vård i tid och avlidit på väg till lasarettet. Och i det tält man satt upp utanför sjukhuset för att kontrollera temperatur och andra tecken på influensa hade tumult utbrutit när patienter vägrades tillträde till akutmottagningen.

Media jagade syndabockar. Socialstyrelsen skulle få travar med anmälningar. Läkarna som skulle göra hembesök hann naturligtvis inte med, och den läkarstyrka som skulle ta emot övriga patienter på vårdcentralerna var hårt ansträngd redan innan influensaepidemin utbröt. Morgan hade så väl behövts på sanatoriet men var tvungen att fara till Klintehamn för att lugna föräldrarna till de barn som var kvar på fotbollslägret.

Det som för stunden bekymrade Jonatan Eriksson mest var dock att en av de båda tioåriga pojkarna som kommit in under gårdagen, Zebastian Wahlgren, var mycket illa däran. Emil Wern verkade klara infektionen bättre. Föräldrarna till Zebastian hade kontaktats och skulle vara på plats när som helst. Jonatan bävade inför detta samtal. Tyvärr, vi har inget att erbjuda utöver allmän omvårdnad och glada tillrop. Han kommer eventuellt att behöva läggas i respirator och respiratorerna är slut på ön. Samordningen av resurser från fastlandet har inte fungerat. För bästa möjliga vård måste han transporteras till Linköping. Där finns en plats tillgänglig, men inte heller de har någon antiviral medicin att erbjuda.

Att låta patienterna lämna ön var också det en risk man i nuläget var tvungen att spela med. Det var som Åsa uttryckte saken: På det sättet räddar vi några få liv, men vi håller inte barriärerna och riskerar en epidemi. Men när man står där vid sängen och ser en tioårig pojke bli allt sämre och vet att chansen för hans överlevnad är större om han lämnar ön, vad gör man då? En liten chans, men man tar den så klart. Hans tränare, Jenny Eklund, hade inte överlevt trots intensivvård. Det var inte alls någon garanti. Men om det varit ens eget barn så hade man inte tvekat, även om det innebar att riskera andra människors liv.

Till de elva nykomlingarna fanns alltså inte någon effektiv medicin att ge. Jonatan hade i skarpa ordalag förklarat sin arbetssituation för Åsa Gahnström och hon bedyrade att nationella pandemigruppen gjorde sitt yttersta för att få fram Tamivir. Ett läkemedel som i tester visat sig ha effekt på den fågelinfluensa som brutit ut i Vietnam och sedan i Vitryssland, innan den avklingade helt och den pandemi man befarade uteblev. Men det såg mörkt ut. De doser man köpt in från en näthandlare hade visat sig vara fullständigt värdelösa sockerpiller med tillsats av kortison och anis. Importerade från Kina.

Det knackade på dörren och Jonatan tog på sig masken igen.

"Zebastians föräldrar är här nu." På rösten kände han igen syster Eva, annars var de bra lika, hon och Agneta, när de bar mask. Jonatan kände ett styng av dåligt samvete. Han borde höra efter hur det var med Agneta. Det var hans förbaskade skyldighet som arbetsledare och vän. Vad kunde han säga till tröst? Inte mycket. Och trötiheten var förlamande. Om han kom levande ur detta inferno skulle han gömma sig undan folk och inte tala med någon på evigheter och sova i flera dygn, sluta som läkare och göra något annat och aldrig, aldrig mer ta beslut som handlade om andras liv och hälsa.

"Hjälp dem med skyddskläderna. Jag ringer Åsa och hör hur de har lyckats i förhandlingarna, om det har hänt något nytt. Hur verkar de ta det?"

"De är så klart mycket oroliga. Berättade du för dem att han måste flyttas för att få tillgång till intensivvård?"

"Jag har sagt att han är sämre, inte hur illa det är. Det informerar jag om nu. Jag ville inte att de skulle riskera livet i trafiken för att komma hit. Det är bättre att få ta det öga mot öga och möta deras frågor i lugn och ro."

"Jag bara undrade så jag vet vad jag får säga när de frågar mej."
Eva försvann igen och luften tätnade. Jonatan tog ett djupt andetag och kände trycket över bröstkorgen, det gick inte att dra ett fullt andetag. Mjälthugg antagligen eller en begynnande infarkt. I nuläget egalt vilket, kändes det som – döden som en vila och befriare ur allt elände var inte längre skrämmande. Han tog luren för att slå direktnumret till smittskyddsläkare Åsa Gahnström men istället fanns plötsligt kollegan Morgan Svenning på tråden.

"Det går åt helvete med alltihop. Jag klarar inte att hålla ställningarna här ute. Föräldrarna kräver att få hämta sina barn. Vid avspärrningen är det svart av folk som tänker hjälpa dem att frita barnen. De är jävligt upprörda, det känns som om de när som helst skulle kunna börja kasta stenar eller gå loss med hundar mot polisen. De fattar inte vad de riskerar om smittan kommer ut och det inte finns någon medicin. Vi får för helvete spärra av hela ön med hjälp av militären om vi inte lyckas hålla smittan instängd, och folk kommer att dö som flugor i sina hem för att det inte finns sjukhusplatser. Det kanske är dags att gå ut med det i media nu, det kanske är dags att tala klarspråk. Åsa Gahnström är på väg hit. Den upprörade massan här utanför har via sina talesmän lovat att vänta på vad hon har att komma med. Finns det inget att ge barnen bryter helvetet loss. Vad ska vi ta oss till? Det här är bara inte sant! Det är rena mardrömmen."

"Jag vet inte vad vi ska göra, Morgan, jag vet faktiskt inte."

"Du, en sak till som jag kanske inte borde belasta dej med just nu – men jag tycker du borde veta det ändå. Min fru var ute med sina arbetskamrater på krogen i går och firade av en kollega som skulle sluta. Hon såg Nina. Jag vet inte hur jag ska berätta det så det inte blir fel, men Nina, din fru …"

"Ja, vad var det med Nina?" Jonatan kröp ihop kring smärtan i bröstet. Den tog nästan andan ur honom, en sprängande värk som letade sig ända ut i ryggen. Fattades bara det också …

"Nina var aspackad och blev utkastad för att hon var högljudd och, hm, stökig. Hon bråkade med andra gäster. Jag är hemskt ledsen, Jonatan. Men jag tyckte det var mest juste att du fick veta …"

"Tack, Morgan. Det är klart du gjorde rätt. Nina har inte haft det lätt den senaste tiden. Du har inte Åsa där nu? Jag skulle behöva prata med henne."

"Nej, och det är upptaget när man söker henne på mobilen. Vad håller hon på med? Hon måste komma snart annars blir det upplopp. Jag kan inte ta ansvar längre. Jag litar på att du vidarebefordrar det till Socialstyrelsen, jag sa att jag kan inte längre ta ansvar och du hörde det."

Jonatan slog numret hem, han lät åtta signaler gå fram innan han ringde sin mor. Hon lovade att ta reda på var Malte fanns. Moderns röst lät så liten och ängslig att det gjorde ont i honom.

"Det känns så hemskt att behöva be dej om det här, mamma, men jag ser ingen annan möjlighet. Jag vet hur Nina beter sej mot dej. När alltihop det här är över ska jag göra något åt mitt liv. Det kan inte fortsätta så här."

Hon hade lugnat honom med att hon skulle göra sitt bästa.

"Jag ska hitta Malte och ta med honom hem till mej. Sköt du ditt, Jonatan. Jag ordnar det här."

Zebastians föräldrar satt i slussen på andra sidan glasväggen iklädda skyddsutrustning. De höll varandra i hand. Unga och hjälplösa. Men de hade varandra, det var tydligt. Han gick in till dem och förklarade läget i så skonsamma ordalag som möjligt.

"Zebastian måste flyttas till Linköping. Vi har möjlighet att låta en av er följa med."

"Men han kommer väl att klara sej?" Kvinnans röst var bara en viskning inifrån masken men ögonen var desto större. När Jonatans svar dröjde började hon gråta.

"Jag hoppas att han klarar sej. Vi gör vårt allra bästa men hans njurar fungerar dåligt och hjärtat sviktar. Han är ganska svullen, det kommer ni att se. Vad som än händer där inne och hur svårt det än känns får ni inte ta av er skyddsutrustningen eller lätta på masken."

När Jonatan fått deras löften gick de in på salen där två sköterskor höll på att göra pojken klar för transport med syrgastuber, akutväska och Rubens blåsa. Zebastian såg på dem. Sedan slöt han ögonen igen. Orkade inte prata med dem. Kinderna blossade av feber under andningsmasken. Försiktigt flyttades han med hjälp av ett draglakan till en bår med hjul. Föräldrarna såg vilsna ut och verkade mest känna sig i vägen. Jonatan avbröt förberedelserna för att ge pappan en kort stund att ta farväl. Zebastians mamma skulle följa med till Linköping, hade de beslutat.

"Stå på dej, grabben. Vi ses när du kommer tillbaka." Zebastians pappa gav honom en vänskaplig knuff på axeln och Zebastian tittade upp och nickade. Då brast den käcka attityden och pappan la huvudet på sin sons mage och grät. Innan någon hunnit hindra honom hade han tagit av sig masken och tryckt sin kind mot pojkens för att Zebastian verkligen skulle höra. "Vi älskar dej så mycket."

KAPITEL 21

Genom fönstret såg Maria Wern ambulansen försvinna mellan tallarna och röra upp ett moln av damm på den slingrande vägen från Follingbo gamla sanatorium. Värmen dallrade mellan träden.

"Det var Zebastian", sa Emil. "Jag fick inte säga hej då till honom. Han ska till ett annat sjukhus. Kommer han att dö nu? Min tränare åkte iväg med ambulansen och nu är hon död."

"Jag vet inte, Emil, vi vet inte hur det går. Vi kan bara hoppas att han kommer tillbaka, snart, snart, och att allt det här hemska ska gå över så att ni kan spela fotboll igen. Vi måste tänka att det blir så."

"Jag vill inte vara här längre, mamma. Det är urtråkigt och alla är allvarliga och ledsna eller sjuka. Det finns ingen att vara med. Jag vill hem! Nu med en gång vill jag hem. Jag tänker inte stanna här längre för alla bara dör, och det är tyst och hemskt och på natten hör man ljud. Det låter vid fönstren och i väggarna. Det är någon som viskar där inne eller knarrar eller skriker när det blåser ute, för då får de luft i sina röster. Gastarna. Det är de som har dött här förut. I det här rummet har det dött folk, vet du det? Det har dött någon i min säng, i min säng där jag ska sova. Zebastian vet det, för hans moster jobbar på sjukhus. Någon kanske har haft den här kudden under huvudet och sedan bara dött och så sätter de på ett nytt örngott som om ingenting hade hänt. De dog i tbc, dåförtiden. Det finns en liten pojke på andra sidan tapeten som kommer på natten. Han vill varna mej och säger att jag ska rymma härifrån. Spring härifrån det fortaste du kan! Han är lite mindre än jag och har nattskjorta och bara fötter."

"Det måste du ha drömt, Emil." Maria rättade till masken. Det kändes så fånigt att prata med varandra i skyddsglasögon och masker, särskilt när det gällde så allvarliga saker som döden.

"Och vadå, då? Han varnar mej i drömmen. Det gills som en varning. Han berättade att hans mamma och pappa och alla syskon dog och han blev ensam kvar med sin mormor. Lika ensam som jag är på natten. Förut mejlade jag med Zebastian, men sedan orkade han inte svara mera. Jag tror att han kommer att dö, mamma. Jag hörde på radio att hälften av dem som blir smittade dör. Zebastian sa att han var jättesjuk och uppsvullen som en Michelingubbe. Kommer jag också att bli svullen?"

"Det tror jag inte. Jag tror att du kommer att bli frisk."

"Men det vet du inte. Det kan du inte veta. Ingen vet vem som kommer att dö, säger Jonatan. Han vet nästan allting. Men vem som ska leva och vem som ska dö vet han inte."

Maria slog sig ned på andra sidan glasväggen och tog telefonen för att prata med Jonatan Eriksson. En extra säkerhetsåtgärd, antog hon. Även om läkaren berättat att hans prover visade att han inte bar smitta för stunden levde han hela tiden med risken att bli smittad i sitt arbete. Han valde därför att bo kvar på sanatoriet. Han såg oändligt trött och sorgsen ut, fast han gjorde tappra försök att vara närvarande. Ögonlocken gled långsamt ned medan han lyssnade till Marias farhågor och med ett ryck vaknade han till och skärpte sig när han skulle svara. Det här var säkert bara ett av många, många svåra möten denna dag.

"Jag vill veta sanningen. Hur illa är det? Vad tror du om Emil?"

Jonatan torkade svetten ur pannan och såg på henne med en blick så full av smärta och uppgivenhet att hon hajade till.

"Det finns ett godkänt läkemedel, Tamivir, som kan hjälpa. Men vi kommer inte över det inom rimlig tid. Åsa har varit i kontakt med tillverkaren och försökt få till en överenskommelse men de säger att de sålde sitt patent och hela sin produktion och att det inte finns något i lager. De gick i konkurs när det inte blev något utbrott och de hade investerat allt. Vi försöker nu ta reda på vart läkemedlen tog vägen."

"Det är inte sant! Men Emil ..."

"Det finns ingen nästa dos att ge honom. Inget som gör verkan. Så illa är det. Han hör ändå till de lyckligt lottade, det verkar som om hans influensa har ett lugnare förlopp. Jag tror Emils chanser att klara det här är goda. Men det finns andra …" .

"Förlåt. Jag ser att du är helt utarbetad och jag anar vilket helvete du har. Förlåt. Är det någonting jag kan göra som skulle spela någon roll i det hela? Någonting. Det verkar som om du arbetar dygnet runt. Kan jag hjälpa dej med någonting?"

Han såg forskande på henne. Övervägde med sig själv.

"Du är polis, eller hur?"

"Ja." Maria förstod inte vart han ville komma.

"Jag fattar inte att jag ber dej om det här, men jag ser ingen annan utväg." Han tvekade ännu en stund och drog sedan ljudligt efter andan innan han fortsatte. "Min fru är alkoholist. Jag tror det är första gången jag använder det ordet om henne, men så är det." Han väntade på en reaktion från Maria. Det var livets djupaste hemlighet och största misslyckande han just hade släppt. Varför satt hon bara där och såg vänligt på honom, när jorden borde rämna?

Han fortsatte. "Jag har en son, han heter Malte, han är sju år. Just nu vet jag inte var Malte är, för han har stuckit hemifrån. Min åttiotreåriga mamma letar efter honom på stan. Nina ligger säkert och sover ruset av sej. Finns det något du kan göra för att hitta honom, diskret utan att skrika ut det över hela Gotland, och sedan se till att han får vara hos min mamma, eller någon annan vettig människa tills det här är över. Helst hos någon annan. Nina kan bli för jävlig när han är hos mamma och hon är gammal och hjärtsjuk och orkar inte med det här egentligen. Jag sitter, som du förstår, fast här i Follingbo och jag skulle vara mera hel i mötet med dem jag vårdar om jag slapp att fundera på hur Malte har det. Helst av allt skulle jag vilja skita i alltihop och gå hem och ta vara på min familj, men det kan jag ju inte. Förlåt, jag beter mej helt förvirrat och oprofessionellt men din fråga fick mej ur balans. Glöm det jag sa, det är helt befängt. Jag får försöka lösa det på något annat sätt. Jag har ingen rätt att belasta dej som anhörig till en av mina patienter. Förlåt. Jag vet inte vad som flög i mej."

"Jag ska göra mitt bästa. Du tar hand om min son och jag tar hand om din. Jag ska höra med en klok vän jag har på socialtjänsten hur vi löser det på bästa sätt. Jag har en flicka som är nästan lika gammal som din son. Malte kan vara hos mej tills det ordnar upp sej, om han vill det."

"Jag har ingen rätt att utnyttja dej så. Under normala omständigheter skulle jag aldrig någonsin, aldrig, förstår du det?"

"Det här är inte normala omständigheter. Det är utegångsförbud. Jag hör av mej så fort jag vet något om Malte. Har du ett foto på honom?"

"Ja." Jonatan tog upp plånboken ur fickan och visade upp bilden mot glasrutan. "Han är så lik din son. Jag kan gissa att Emil såg ut så här när han var lite yngre."

"Ja, ja, det gjorde han faktiskt. Fast han var lite rundare." Maria kände hur oron virvlade i mellangärdet, runt runt i en svidande cirkel. Med hela sin inre styrka kontrollerade hon sin yttre person, log och studerade kortet som om det var en dag ur det förflutna, när ännu inget var riktigt allvarligt eller farligt. Helst hade hon velat skrika och gråta och bli tröstad som ett barn, men den möjligheten fanns inte.

Maria ringde Hartman och förklarade situationen när hon kommit ut på gården. Hettan var nästan olidlig på den torra tallbacken. Hon bestämde sig för att ta en taxi in till stan för att inte hindra Hartman i hans arbete.

"Ta den tid du behöver och kom igen när du kan." Det fanns en stor värme i hans röst och Maria hade kunnat krama av honom på mitten av tacksamhet om han varit i närheten.

En liten ledsen kille satt på muren nere vid S:t Hans Café med kepsen på avigan och kastade småstenar efter duvorna. Hans farmor hade sagt att han brukade gå dit ned när han rymt och blev hungrig. Det finns alltid snälla människor som frågar en liten kille om han vill ha en bulle om han står och ser tillräckligt länge på dem när de dricker kaffe. Där satt han och dinglade med benen en halvmeter över gräset. Maria satte sig bredvid honom.

"Jag heter Maria och är polis. Jag har nyss träffat din pappa. Han längtar så mycket efter dej, Malte, och skulle vilja vara hos dej om han bara kunde det. Men det finns andra barn som är väldigt sjuka och som han hjälper att bli friska igen. När den här fågelinfluensan är över ..."

"Det gör han inte alls, för han bara skiter i mej och mamma."

"Säger din mamma det?"

"Mamma säger ingenting för hon bara sover. Jag försökte väcka henne, men det går inte. Hon bara sover och sover och sover ... Hon har somnat på golvet i badrummet och hon har kräkts på hela sej. Jag trampade i kräket. Yeak! Jag ville att hon skulle vakna. Jag skakade hennes huvud och knep henne i näsan. Men hon öppnade inte ens ögonen. För hon sover och sover och sover i hundra år."

"Om du sitter kvar här ska jag be att din farmor kommer ut ur taxin. Jag har henne med mej. Om ni stannar här en stund och fikar så kommer jag snart och hämtar er. Vad bor du på för adress, vet du det?"

Maria kände oron komma krypande, en tanke som blev till bilder av en döende kvinna på ett badrumsgolv. Kanske blir det så man tänker när man jobbat länge i branschen, en yrkesskada.

"Det är klart jag vet. Jag bor på Vikingagatan."

"Har du någon nyckel?" Långsamt tömde grabben sina fickor på plastleksaker och playmobilgubbar och tuggummin och kapsyler och fick tag på den. Maria skyndade sig tillbaka till bilen. Taxametern tickade och hon var inte längre säker på att hon hade tillräckligt med pengar i plånboken att betala med.

Den vita villan låg inbäddad i grönska. Några barn lekte med sina cyklar på trottoaren. De hade satt fast pappbitar på hjulens ekrar för att få till ett smattrande ljud. Den lille killen som cyklade förbi hade huvudet vänt mot bakhjulet och höll på att köra rakt på Maria, som i sista stund parerade med ett kliv åt sidan. En stilla idyll. Maria betalade taxin och fortsatte in i trädgården, där gräsmattan inte hade blivit klippt på länge. På det blåmålade trädgårdsbordet låg en tom vinflaska och några leksaksbilar i plast. En kvarglömd barnjacka låg slängd över träsoffan. Dörren på framsidan var låst. Maria ringde på och funderade samtidigt på vad hon skulle säga till Maltes mamma om hon öppnade. Hon lät signalen gå fram igen, lite längre den här gången. Inget livstecken inifrån. Med hjälp av Maltes nyckel tog hon sig in. En skarp, lite instängd doft slog emot henne i den stora ljusa hallen. Hon ropade på Nina. Det var alldeles tyst så när som på en flugas envetna surrande i fönstret. Färska blommor i en vas på byrån vid spegeln. Dyra möbler och oklanderligt rena golv. Det såg inte ut som om de levde i misär. Det Malte sa kunde förstås vara fantasier eller något han sett på teve eller drömt. Hon skyndade vidare för att leta efter badrummet. Passerade ett vardagsrum som täcktes av bokhyllor från golv till tak och med en gigantisk skinnmöbel mitt på golvet, stora gröna växter och exklusiva golvvaser. Dörren till badrummet stod öppen och där på det mörkblå klinkergolvet låg en blond kvinna på rygg med benen utfällda i en oskön vid vinkel. Munnen var vidöppen. Maria hukade sig bredvid. Kände en svag puls. Knappt märkbar andning. Kvinnan var liten och späd och det var inga svårigheter att lägga henne i framstupa sidoläge. Så gott det gick försökte hon peta ut resterna av gammal mat ur kvinnans mun. T-shirten, som var det enda plagg hon bar, var brun av spyor. Stanken fick nästan Maria att kasta upp själv. Hon ulkade och vände sig bort för att ta nästa andetag. Råkade ta i något kletigt och reste sig för att skölja av fingrarna. Kvinnan levde i alla fall. Tanken på vad hon skulle ha gjort om det inte funnits någon andning eller puls fick illamåendet att stiga i halsen igen. Bara tanken att göra återupplivningsförsök, mun mot mun, på någon som just kräkts kändes omöjlig. Maria tog upp sin mobil och ringde larmcentralen. Upptaget, fast hon lät flera signaler gå fram. Hon försökte igen. Kunde hon ha slagit fel nummer eller var det så många som ringde? Maria satte sig åter ned på huk och kände på kvinnans puls. Ett tunt och oregelbundet pickande under huden. Svara då! Larmcentralen. Hon kom fram och sa sitt ärende. De lovade skicka en ambulans. Men det kunde dröja om tillståndet inte var direkt livshotande. Alla ambulanser var ute för närvarande.

"Jag kan inte avgöra om det är livshotande. Hon andas väldigt sällan …" Samtalet hade brutits innan Maria uttalat den sista meningen. Hon blötte en handduk i kallt vatten och baddade Ninas panna för att få henne att kvickna till. Kvinnans hud kändes så varm och svettig. En tanke började ta form. Tänk om det inte var fylla. Hon kanske hade feber och var riktigt sjuk. Smittsam? Hur kunde man veta att hon inte hade influensa?

KAPITEL 22

D et första Maria gjorde när hon kom till polishuset, efter att Nina Eriksson transporterats iväg med ambulans, var att ta en het dusch och skrubba sig röd under vattenstrålen. Successivt ökade hon värmen till gränsen för det uthärdliga, som om smittan hade satt sig på hennes hud och gick att tvätta av. På ett förnuftsplan förstod hon ju att så inte var fallet. Men ändå behövdes en reningsrit. Det fanns inga belägg för att Nina skulle ha blivit sjuk i fågelinfluensa. Det var bara en tanke, eller ännu mer en känsla av sjukdom och död och förruttnelse, som flöt ihop med morgonens hemska upplevelse av kvinnan som blivit strypt i sin lägenhet, Sandra Hägg. Dödens gulbleka ansikte. Fotografierna på anslagstavlan av den döde mannen man hittat i Värsände kröp inpå henne. Hans svarta lockiga hår, ärret på hans bröstkorg och den breda skåran i hans hals, de öppna ögonen som såg rakt på henne. Det blev för mycket sjukdom och död. En rädsla som inte längre gick att styra med förståndet. Hur värjer man sig? Hur magisk kan man bli i sina strategier för att undvika död och olycka? Maria motstod en impuls att åter ställa sig i det renande vattnet, drog ihop sitt våta hår i en hästsvans och gick till sitt rum.

Receptionen hade låtit meddela att Sandra Häggs syster var på ingång. Polisen på NÄPO hade informerat henne om dödsfallet tidigare under dagen. Maria mötte Clary Hägg i korridoren. En späd kvinna med mörkt vågigt hår i en frisyr som var modern på åttiotalet. Pudelklippning. Hon såg ut att vara i trettiofemårsåldern, osminkad och inte särskilt noga med sitt klädval. T-shirten hade ketchupfläckar och de pösiga byxorna var skrynkliga och hade knän. Hon såg på Maria med bruna ögon, stora och blanka, som om hon när som helst skulle börja gråta. Hon blinkade inte, såg bara på Marias ansikte och väntade på att bli tilltalad. Maria satte på bandspelaren och tog standardfrågorna efter att ha sagt några inledande ord av tröst. Det blev torftigt och platt. En kopp kaffe eller en arm om axlarna brukade kunna göra större nytta. Men Clary hade avböjt båda delarna och satt reserverad och hopkrupen på besöksstolen. Alla människor uppskattar inte kroppskontakt, för somliga är det bara besvärande och genant om en främling rör vid dem.

"Jag har inte träffat Sandra på över ett halvår. Inte sedan mamma fyllde år. Vi har inte ens pratats vid i telefon sedan dess. Vi blev osams, det känns så hemskt nu – när det blev som det blev. Ja, jag har försökt hålla kontakten, men Sandra har inte velat. Inte sedan jag pratade med henne om att hon borde lämna Lennie. Det var förra julen."

"Var det något särskilt som hände då?"

"Ingen i vår familj tyckte särskilt mycket om Lennie." Clary hade något mer på tungan men tvekade. Maria väntade på en fortsättning men var till slut tvungen att ställa frågan igen. Clary suckade tungt och lät blicken sjunka ned mot händerna hon hade vilande i knäet medan hon funderade på hur hon skulle lägga orden. "Han var så stöddig och oberäknelig och lynnig. Ena stunden charmig och nästa stund en riktig skit, om du skulle fråga mej. Kunde plötsligt brusa upp för en struntsak. Jag vet inte hur vi kom in på det men – ja, jag tror det var mamma som började prata om Sandras förra kille och hur dumt det blev när de skulle tälta på Fårö och hade glömt tältpinnarna hemma. De hade bara själva tältduken med sej och det blev regn. Så de rullade in sej i tältduken och sov under en gran. Vi skojade om det och om andra saker. Lennie blev skitförbannad och vred om armen på Sandra så det knakade när hon gick efter honom ut på balkongen. Jag kom ut strax efter så jag såg det och sa åt honom att låta bli, och då knuffade han mej baklänges. Jag ramlade och stukade två fingrar på vänsterhanden när jag skulle ta emot mej." Clary visade upp handen fast ingen blånad eller svullnad längre fanns att se.

"Hände det liknande saker fler gånger? Tror du att Lennie slog Sandra?"

"Jag vet inte." Clary gnuggade sig i ögonen när hon inte längre kunde hålla tårarna tillbaka. "Jag älskade min lillasyster och jag ville henne bara väl. Men efter det här fick jag en känsla av att Lennie ställde henne inför ett ultimatum: honom eller familjen."

"Och hon valde Lennie?"

"Jaa. Sedan talade han inte sanning. Småljög om saker som egentligen var enkla att kolla. Han hade varit med när det inträffat trafikolyckor och räddat människor innan ambulansen kom, fast han inte ens var i närheten. Han skröt om att han hade träffat kändisar som vid det tillfället var på turné utomlands. Om man berättade något intressant som hänt en själv hade han alltid varit med om något som var större eller värre, och ställde man följdfrågor blev han sur. Jag hade önskat Sandra något bättre. Verkligen. Jag blev glad när jag hörde att han hade flyttat ut och jag tänkte att vi skulle kunna bli systrar igen, som det var förr. Och nu är hon död. Det är så ofattbart. Hon kan inte vara död. Hon var så levnadsglad, så full av liv och energi. Vet ni hur det gick till – vad som hände?" Clary skälvde till i kroppen och kröp ihop där hon satt. Maria kände en plötslig ömhet för henne.

"Allt tyder på att hon blev strypt."

"Strypt? Varför? Hade någon … rört vid henne? Jag menar våldfört sig på henne?" Clary hade svårt att få fram orden.

"Det är för tidigt att säga. Jag är ledsen. Vet du om Sandra kände någon som heter Tobias Westberg, en journalist?"

"Nej." Clary skakade sitt lockiga huvud. "Har aldrig hört talas om honom. Har Lennie sagt det skulle jag ta det med en nypa salt. Han ville ha det till att Sandra hade andra för att själv få alibi att knulla runt. Om du ursäktar uttrycket. Han var sådan så fort han druckit lite. Sandra slutade följa med honom ut. Hon stannade hellre hemma än riskerade att se honom skämma ut sej. Jag blev så glad när jag hörde att hon fått nog, att hon hade dumpat honom. Äntligen och nu … Jag är så ledsen, så ledsen." Där kom gråten. Det var på sitt sätt en befrielse. Skakningarna i kroppen ebbade ut och när hon sedan, efter att Maria ställt ytterligare några frågor, reste sig för att gå verkade hon ändå samlad.

När Clary Hägg lämnat rummet blev Maria sittande kvar vid datorn utan att orka röra sig. Det var som om sorgen vägrade lämna rummet. Den låg som en förlamande drog i luften. Tankarna på Emil fanns där så fort hon inte tvingades tänka på annat. Med en viljeansträngning lät Maria telefonen vara, Jonatan hade fullt upp ändå och de hade lovat att ringa om Emil på något sätt blev sämre. Maria loggade in på datorn. Stirrade på skärmen utan att se medan hon tänkte på uppgifterna om Lennie, de som grannen givit och det som systern just hade sagt. Vad var sant? Två olika bilder. Oförenliga. Eller är det så komplicerade vi är allihop, paradoxer, beroende på vem man samspelar med? Maria knappade vidare och sökte i personregistret på Tobias Westberg och fick upp två kandidater i passande ålder. En av dem var journalist. Ej tidigare straffad. Det kanske låg någon sanning i det Lennie sagt i alla fall. I samma stund kom Hartman in och slog sig ned på stolen framför henne med en halväten baguette i handen, gurkmajonnäsen glänste runt munnen. Maria kom på att hon inte hade ätit något på hela dagen. Hade inte varit hungrig, helt enkelt.

"Jag har pratat med Håkansson. Han har gjort en första genomgång av Sandra Häggs dator, som alltså stod på. Hon var inloggad på Outlook. Det finns ett och annat som är värt att studera närmare. I går kväll mejlade hon med en Hans Moberg, han säljer läkemedel över nätet. De stämde träff under kvällen. Hon hade tydligen migrän och hade hängt nyckeln i ett snöre som han kunde nå från brevinkastet. Det lät som om hon var väldigt angelägen om att träffa honom trots att hon alltså var sängliggande med svår huvudvärk. Min fru har migrän ibland och då är det knappt man kan ha teven på. Inga ljud, inget ljus. Aldrig att hon skulle bjuda in någon när hon har ont i huvudet. Man kan undra vad som var så viktigt. Tonen var formell, så något kärleksmöte var det inte, fast det kan man inte veta förstås. Det är så klart angeläget att få tag i honom snarast. Hans Moberg har en hemsida där han lovar sina kunder evig potens, evig ungdom och bot mot all världens krämpor. Doktor M, kallar han sej. Snygga bilder på unga vackra människor. Tydligen far han omkring i en husvagn och säljer sina varor. Det låter inte precis lagligt, men det får vi väl kontrollera med åklagaren. Sandra hade ingen alkohol i blodet. Vi har säkrat fingeravtryck på karaffen och så mycket kan jag säga att de inte är hennes."

"Sandra arbetade på hälsocentret vid Snäckgärdsbaden. Det är en privat vårdcentral och lyxklinik. De erbjuder föryngrande kirurgi och skönhetsbehandlingar och så har de en vaccinationsmottagning. Jag såg annonsen i tidningen i dag. Glassig är bara förnamnet. De utför också operationer av höftleder och grå starr. Jag tänkte att vi kunde ta en tur dit och prata med Sandras arbetskamrater."

"Vad jag kan se på listan med kontakter på nätet har Sandra haft en ganska regelbunden mejlkontakt med en jessika.wide@vigoris.se, troligen en arbetskamrat alltså. Sandra använder samma domän när de mejlar varandra. Det känns lite genant att kika in i människors privatliv på det här viset. De båda damerna skvallrar en del om män de träffat ute på krogen. Jag trodde inte kvinnor … hm, använde ett sådant språk."

"Sådant språk?" Maria kunde inte låta bli att le åt Hartmans förbryllade ansiktsuttryck. "Skulle det vara någon skillnad på mäns och kvinnors sätt att uttrycka jaktlycka, menar du?"

"Ja, men inte skulle väl du … skriva … ähh, skit i det. Sedan har vi fått lite mer på fötter när det gäller Värsändemannen. Vid dörrknackningen i Klintehamn har flera människor uppgivit att de haft besök av en tavelförsäljare. En kortväxt mörk man. I Berit Hoas hus fanns en tavla som hon enligt uppgift köpt av honom. Det fanns fingeravtryck på den, i själva färgen. Våra tekniker har gjort en preliminär undersökning av avtrycken, det är inte alldeles lätt men Mårtenson har ett specialintresse för sådant och ser en överensstämmelse i avtrycken på flera punkter. Fast det slutgiltiga svaret lär dröja någon vecka. Vi har en hypotes att arbeta efter i alla fall. Sedan har vi ett vittnesmål från en granne i Värsände. Han tyckte sig se någon på lillgården vid hembygdsföreningens hus och ropade. En mansfigur försvann bort mot smedjan och var sedan försvunnen. När vi undersökte området fann vi att någon med stor sannolikhet legat gömd inne i smedjan.

KAPITEL 23

Maria tänkte på Emil och kunde inte hålla sig längre. Hur många gånger mobiltelefonen åkt upp och ned ur fickan den senaste timmen visste hon inte. Hon borde inte störa dem, men fick ingen ro innan hon fick veta hur det var med honom. Hon slog en signal och fick tala med syster Agneta. Emil sov. Febern låg som tidigare på drygt 38 grader.

Den nybyggda anläggningen vid havet lyste som en jättelik vit måsskit i eftermiddagssolen. Maria såg ogillande på den pompösa entrén och försökte redovisa för sig själv vad det var som väckte sådana känslor av avoghet. Det orättvisa i att man kan köpa sig en plats före andra i sjukvårdskön, snabbare diagnos, snabbare behandling. Och ändå. Om man stod där själv och fick chansen att betala en slant för att slippa värk i sin höft och kunna återgå till arbetet, skulle man inte göra det då? Antagligen, om man hade pengarna. Vem skulle förlora på det? Någon annan fick ju ens plats i kön och man kunde börja betala sin skatt igen. Och ändå skulle man önska att den offentliga vården kunde erbjuda det optimala, att solidariteten skulle finnas ända ut.

Vigoris Health Center stod det på en vräkig neonskylt på den vita putsade väggen ovanför entrén. Till vänster, bakom den låga, nyplanterade häcken, kunde man se ett poolområde, ett badlandskap i medelhavsklass med bar och solstolar och erbjudanden om SPA-behandling, massage, qigong och yoga. Till höger en restaurang med japansk atmosfär och en blomsteraffär med konstfulla och säkert mycket dyra blomsterarrangemang. Maria Wern kunde inte låta bli att imponeras av receptionens exklusiva inredning i rosa marmor och mahogny. Sköterskan innanför disken bar en ljusgrön dräkt, vit blus och scarf, som en flygvärdinna. Håret var uppsatt i en avancerad frisyr och hon hade högklackade skor. Likadant var det med de andra sköterskorna. Välklädda. Mjuka röster. Mjuka behagfulla rörelser. Ingen brådska. Höga klackar som trippade mot golvet. Man bara väntade på att flygkaptenen skulle visa sig i full uniform med vingar av guld på sitt kavajslag. Men han dök aldrig upp och de manliga läkare som passerade verkade helt ha missat dresskoden där de hasade fram i träskor och skrynklig vit rock.

Maria frågade efter Jessika Wide och receptionisten bad dem sitta ned och vänta ett ögonblick. Efter tio långa minuter blev de guidade genom anläggningen bort till vaccinationsavdelningen och vidare in till ett stort ljust sammanträdesrum med mörkblå skinnfåtöljer kring ett bord med rökfärgad glasskiva. Det första Maria slogs av var den märkliga men säkert dyrbara konsten på väggarna. Taggtråd och fransiga tygremsor i symbios med tjocka lager färg lagda med grov pensel. Kunde ha varit hemskt fult, men det var det inte. Det fanns något genomtänkt och tilltalande i galenskapen. Vid skrivbordet satt en dam i femtiofemårsåldern. Hon reste sig upp och kom emot dem. Hela kroppshållningen utstrålade charm och säkerhet. Det askblonda håret var klippt i en djärv frisyr med slagsida åt höger. Läsglasögonen hängde i en kedja om halsen och hon var klädd i en kritstrecksrandig dräkt i svart och hade en vit scarf i halsen. Tanken på att detta var Jessika Wide som skrivit mejlen dagen-efter-krogen fick Maria att knipa ihop läpparna för att leendet inte skulle läcka ut. Människor är inte alltid de man vid en första anblick tror att de är. Att kvinnan som just nu stod framför dem skulle beskriva mäns bakdelar och andra företräden i de ordalag de just tagit del av på nätet var näst intill absurt.

"Viktoria Hammar, managing director, här på Vigoris Health Center." Chefen alltså, översatte Maria för sig själv. Varför kunde hon inte säga det på svenska? Jag är chef här på kliniken.

"Ni söker Jessika Wide. Jag kanske kan hjälpa till att besvara era frågor så länge. Jessika är strax klar med sitt arbete och då kommer hon hit. Ni är från polisen om jag är rätt underrättad. Vad gäller saken?" Viktoria visade med en gest att de var välkomna att slå sig ned vid bordet.

"Vi har det sorgliga uppdraget att meddela att en av era anställda, Sandra Hägg, hittades död i sin lägenhet i morse."

"Jag fick höra det i dag på morgonen av hennes syster Clary. Det var starkt gjort av systern och omtänksamt av henne att tänka på att vi undrade vart Sandra hade tagit vägen. Det är ju alldeles förfärligt."

"Vi skulle gärna vilja ställa några frågor."

"Hur menar ni? Tror ni att hon har blivit mördad? Att någon skulle ha … Varför? Hon umgicks inte i sådana kretsar. Jag menar, när man läser om kvinnor som mördats i sin lägenhet är det ofta missbruk inblandat, social misär och jaa … Ni vet vad jag menar", fortsatte Viktoria oberörd när hon såg Marias min.

"Sandra var en mycket kompetent sköterska. Vi är väldigt noggranna när vi anställer våra medarbetare. Det måste man vara, särskilt när man etablerar sig i ett land som Sverige, med ett så destruktivt företagsklimat, där man inte har möjlighet att på samma sätt byta ut personal som visar sig vara direkt olämplig för arbete inom vården." Viktoria Hammar gjorde en gest med handen i luften och en diskret varelse ställde ett fruktfat och några flaskor mineralvatten framför dem och försvann. "Sandra har arbetat hos oss sedan starten. Innan dess var hon på lasarettet i femton år, på infektionskliniken. Egentligen hade vi velat ha någon med bredare erfarenhet, men Sandra hade ett väldigt vinnande sätt och lärde sig snabbt."

"Vad gjorde hon för arbete här på centret?" undrade Maria.

"Vi har den policyn att alla ska vara utbytbara i sina funktioner. Det gör systemet mindre sårbart. Alla sköterskor ska kunna assistera vid operationer och ta hand om patienter på läkarmottagningen och arbeta med kost- och hälsorådgivning. Vi tar emot överviktiga patienter för vård och behandling och har väldigt goda resultat. I senaste numret av Läkartidningen tar man upp vår klinik som ett exempel på …"

"Vilka arbetsuppgifter hade Sandra den senaste tiden?"

"Det har jag inte i huvudet, men jag kan ta reda på det under dagen. Det har varit väldigt mycket att göra här sedan min make, Reine, hamnade på Follingbo sanatorium för observation. Vi har inte fler läkare anställda än att det är kännbart om någon är borta. Mycket kännbart. Det är så när man är ett vinstbärande företag som ska klara sig i konkurrensen, medan skatte- och avgiftssystemet gör allt för att kväva verksamhetens expansion. Man måste arbeta med små marginaler för att klara lönsamheten."

Hartman gjorde ett försök att avbryta monologen, men misslyckades. Viktoria höjde rösten och talade utan att göra paus. Hon var van att få tala till punkt. "Jag hoppas att han snart kan återvända. Vi har inte råd att betala hans frånvaro och avlöna någon annan i hans ställe. Jag ska säga dej att socialism är inget annat än ren avundsjuka. Varför ska man dela med sej till dem som inte gör ett handtag? Och den här rädslan för fågelinfluensa tar sig alldeles orimliga proportioner, som kan återverka på näringslivet."

Maria kunde inte längre hålla inne med sin kommentar. Oron för Emil gjorde att hon inte kunde behärska sig som annars. "Märkligt att du säger det. Jag trodde att en läkare först och främst tänkte på sina patienter."

"Men precis." Viktoria verkade inte alls förstå skillnaden eller höra kritiken. "Hade man i god tid sett till att det funnits läkemedel till förebyggande behandling hade det aldrig behövt ske. Det är sådana inkompetenta myndighetspersoner vi avlönar med våra skattepengar. Men där har vi Jessika. Kom in du och stå inte bara där i dörren. Kom och sätt dej."

En rödhårig kvinna runt de trettio steg in i rummet. Håret var långt och hopdraget i en lös hästsvans. Frisyren lyfte fram det hjärtformade ansiktet. Ett vackert reklamansikte som förde tanken till friskvård och röda äpplen.

"Vi skulle vilja tala med Jessika i enrum." Maria såg missnöjet i Viktoria Hammars ansikte. En liten skiftning bara. På den här kliniken har vi inga hemligheter för varandra. Inför den auktoritära blicken krympte Jessika och blev en lydig skolflicka som måste förklara sig för fröken och nästan be om ursäkt för att få lämna rummet.

"Det är så vi arbetar", sa Hartman. Han tycktes inte känna något behov av att förklara sig. Han förväntade sig respekt.

De valde att slå sig ned på en bänk bakom restaurangen, utom hörhåll för serveringspersonalen. Det var ett önskemål från Viktoria Hammar, som inte gärna ville att polisen skulle synas på hennes anläggning och få folk att fundera. Även om de var civilklädda kunde ju någon känna igen dem och undra vad Vigoris Health Center hade med polisen att göra. Naturligtvis uttryckte hon det inte på det viset, men det var andemeningen.

"Inredningen är verkligen flott. Det måste vara roligt att få arbeta i så fräscha lokaler."

"Ja, och ändå har de bytt ut varenda dörrkarm. Det var ek förut och sedan fick Viktoria för sej att det var snyggare med körsbärsträ. Från ena dagen till den andra, en nyck bara. Det var jättejobbigt, för hantverkarna höll på överallt samtidigt, men det är färdigt nu tack och lov."

Efter några allmänna fraser kom de in på Sandras död. Jessika Wide grät utan att skyla sitt ansikte. De stora grå ögonen fylldes med tårar och svämmade över. Maria räckte henne en pappersnäsduk, men det blev inte av att hon torkade sitt ansikte med den. Istället kramade hon pappret i sin hand till en boll. "Sandra var min bästa vän här på kliniken. Jag kan inte förstå det … jag kan inte begripa …"

"Ni umgicks en del på fritiden, om jag har förstått rätt." Maria kunde inte låta bli att se på Hartman när han ställde frågan. Hans ansikte avslöjade inte något om de mejl han läst. "Vet du om det fanns någon man i hennes liv? Någon vän, eller närmare än så?"

"Vet inte, men jag tror det. Anledningen till att det tog slut med Lennie var nog att hon blev förälskad i någon annan. Det var så uppenbart. Hon svarade knappt på tilltal och smög undan för att prata i sin mobil, och när man kom i närheten avslutade hon samtalet tvärt. Likadant när hon satt vid datorn. När man kom in bytte hon program. Man märker sådant. Jag kunde bara gratulera. Lennie var ingenting för en tjej som Sandra. De var så omaka på något sätt. Hon var allmänbildad och intellektuell. Jag tror hon tyckte att han var rätt kort i roten ibland och skämdes när han sa dumheter. Han kände nog det. Jag tror man måste kunna vara stolt över den man är ihop med för att det ska hålla i längden."

"Vet du vem hon var förälskad i?"

"Nja." Jessika drog in luft och såg ängslig ut. "Jag vet någon som gillade Sandra. Fast jag är inte säker. Det kanske bara är som jag tror – en ren gissning."

"Det kan ändå vara av värde. Vem tror du att det var?"

"Reine Hammar var lite svag för henne. Hon fick blickar av honom ibland som … ja, du fattar inte vad förälskad han var. Han kunde hitta på tusen ärenden för att få svansa in på hennes rum och så färgade han håret svart för hon sa att hon gillade mörka män." Jessika skrattade och skrattet övergick i en ny gråtattack. "Han är klinikchef här och är gift med storchefen. Herregud, det kommer väl inte fram att jag har sagt det? Han var hemma hos Sandra en gång när jag ringde till henne. Jag hörde hans röst och kände igen den. Men jag tror inte hon var så särskilt intresserad av honom, det var någon annan. Hon ville inte att jag skulle veta vem. Och Reine är som han är … vänstrade med en tjej som städade här förut och sedan var det en av tjejerna i restaurangen … och sedan sa Mimmi i köket att hon sett honom ute på krogen med en blond tjej. De tog taxi tillsammans, antagligen hem till henne. Men jag vet inte om det är sant, det var bara som Mimmi sa." Jessika snörvlade till, torkade sig i ögonen och om näsan och satte sig rakare i ryggen.

"Jag frågade faktiskt Sandra om det var något mellan henne och Reine, men hon blånekade till det. Erkänn, din fegis, sa jag men hon bara skrattade." Plötsligt spärrade Jessika upp ögonen och stirrade rakt igenom Maria som om hon sett ett spöke. "Reine vet alltså inte om det. Han är ju på sanatoriet och vet inte om att Sandra är död. Så hemskt. Vem ska säga det till honom? Jag? Det klarar jag inte. Jag tror inte jag skulle få fram ett ord. Stackars Reine. Men nej, det var någon annan. En journalist. Hon pratade en gång om en journalist hon träffat på en fest och jag förstod att det här, det var något allvarligt."

"Vet du vad det var för en fest?"

"En födelsedagsfest för någon som fyllde fyrtio. Hans syster, hon arbetade på infektionskliniken. Han hette Torbjörn, tror jag."

"Du är säker på det? Att han hette Torbjörn", frågade Hartman.

"Nja – han kan ha hetat Tobias. Fast det var ett tag sedan, jag tror inte det blev något. Sedan nätdejtade hon – hon kan ju ha träffat någon på det viset."

"Vet du om hon kände någon som heter Hans Moberg, Mubbe?"

"Vet inte. Men jag fick en känsla av att det var någon som skulle komma då, i går kväll. Jag frågade om hon ville att jag skulle vara med. Du vet, första dejten ska man vara försiktig och inte träffas ensamma och så. Men hon sa att det fick jag absolut inte. Hon var jättekonstig, arg, fast jag inte gjort något. Jag vill vara ifred, nästan skrek hon åt mej. Jag blev lite orolig och tänkte faktiskt dyka upp ändå, men så blev jag inbeordrad att jobba kväll på operationsavdelningen efter dagturen och sedan orkade jag bara inte. Jag ringde flera gånger, men hon svarade inte. Hjälp, jag har inte tänkt på det … hade jag varit där kanske hon hade levt nu!"

"Jag tänkte på lägenheten som Sandra hade, den måste ha varit dyr för henne." Hartman följde två unga sköterskor med blicken och harklade sig när han kände Marias blick på sig. "Jag menar, ni har väl inte mer i lön än sköterskorna som är anställda av landstinget?"

"Nej, vi har ungefär samma lön. Jag frågade faktiskt Sandra hur hon hade råd och då log hon på ett klurigt sätt och sa att hon hade ett ess i ärmen och att hon så småningom kanske skulle kunna skaffa en trea eller ett eget hus."

"Hon räknade alltså med att snart få mycket pengar. Sa hon hur det skulle gå till?"

"Nej", Jessika ruskade på huvudet och bet sig i underläppen medan hon funderade. "Nej, det sa hon inte."

"Hur ofta hade Sandra migrän?" undrade Maria.

"Vadå migrän? Sandra hade aldrig ont i huvudet. Hon var vältränad och aldrig sjuk och faktiskt Viktorias favorit på det viset. Viktoria brukade lyfta fram henne som ett exempel på hur man bör sköta sin hälsa för att orka med ett krävande arbete." Det sista sa Jessika med en grimas.

"En sista fråga: Vad arbetade Sandra med just nu?"

"Hon var också på operationsavdelningen, men hon ville till vaccinationsmottagningen. Flera gånger var hon på Viktoria om det."

KAPITEL 24

Hans Moberg passerade just Tingstäde på väg 148 när han
hörde efterlysningen på radio. Namn, bilens registrerings-
nummer och en föga smickrande beskrivning av hans
utseende och ljusa röst följdes av en sjörapport. Han märkte hur
händerna började skaka på ratten innan han förstod det han just
hört. Hur kunde de veta vem han var? Och att han hade varit där,
hos Sandra Hägg? Hade någon sett honom och känt igen honom?
Inte troligt i den förklädnad han bar. Förihelvete, de måste ha gått
in på datorn och sedan kontaktat Telia. Helvetes jävlar! Datorn
hade varit på och han hade lekt med tangentbordet. Det gick inte
att andas i bilen, luften stod stilla, det susade för öronen, ett brus
som av ett vattenfall och vägen dansade framför hans ögon så att
han inte visste på vilken väghalva han befann sig. En suddig grön
dikesren och gråa fält snurrade för hans blick. Han måste samla
sig. Lugna ned sitt vilda hjärta. Sakta farten, bedöma läget och ta
förnuftiga beslut. Bensinmätarens visare närmade sig nollpunkten.
Han måste tanka i Lärbro, försöka gömma husvagnen på ett säkert
ställe och sedan byta bil. Inte hyra en bil, för då måste man legiti-
mera sig, utan sno en bil från någon som var bortrest på semester.
I stan stod det bilar på var och varannan uppfart dagtid. Var skulle
han göra av husvagnen? Landskapet var så platt. En liten skogsväg
dit ingen någonsin kom? Nej, sådana vägar finns inte, för då skulle
de inte längre vara vägar utan vildvuxen urskog. Det krampade till
i magen. Illamåendet kom utan förvarning och Hans Moberg var
tvungen att stanna bilen och kräkas vid dikeskanten.

Han skakade i hela kroppen nu och bilderna av den döda kvin-
nan gick inte längre att mota bort. Det svarta håret mot det vita

lakanet och munnen som han velat kyssa fast allt liv hade flytt och ersatts av en fuktig kyla. En så vacker kvinna hade livet aldrig unnat honom, men i döden kunde han få äga henne en liten stund. De späda axlarna. Kurvan just vid nyckelbenet som han bara måste smeka. De rörande små brösten han helt hade kunnat dölja med sin ena hand. Han hade lagt sig bredvid henne och tänkt att de hörde ihop och att de just hade gått och lagt sig, precis som de brukade vid den tiden på kvällen när de stängt av teven. Om han bara hade varit nykter skulle inte världarna ha flutit ihop. Då hade han kunnat stoppa det i tid. Hon hade lagt sig först och väntade på honom. Dukat ett bord för två.

Önskekvinnan, den drömda som han sökte i alla dessa kvinnor. Precis som hon alltid hade väntat på honom. Alltid skulle vänta på honom. Allt annat var en lek. Med nya förklädnader och nya mötesplatser, men det var hon som väntade. Alltid hon. Om han bara hade låtit bli att dricka av vinet hos Sandra Hägg skulle han ha upptäckt faran i tid. Då skulle världarna inte ha lagts i lager på varandra, blandats och blivit till en outhärdlig verklighet som sedan slukats i den svarta tomheten från vilken han inget kunde minnas. Att inte minnas vad som hänt var det svåraste av allt. Det gav en outhärdlig ångest som bara kunde dövas med en ny fylla.

Det var då, när han med näven full av gräs gned sina nötta gymnastikskor rena från spyor, som han kom att tänka på Cecilia med hästansiktet. De hade träffats på Gutekällaren i början av sommaren. Mejlat ett tag innan de sågs, och mötet hade varit nöjsamt för dem båda. De hade talat om ett återseende, men återseenden blir sällan lika bra som första gången. De får något begagnat över sig. All nyfikenhet är redan förbrukad när erövringen är gjord. Cecilia var precis som de andra kvinnorna, på flera punkter en besvikelse. Slank, hade hon skrivit. Slank var en grov underdrift. Han kunde ha skurit sig på hennes höftbenskammar och kindknotorna hade stuckit ut som två kraftiga bromsbett på vardera kinden. Men det faktum att hon befann sig alldeles i närheten nu när han behövde henne var en förmildrande omständighet. Ett återseende var med tanke på det ingen dum idé. Dessutom hade hon en stor lada och ett dubbelgarage på tomten. Det passade utmärkt.

Hans Moberg valde att betala kontant för bensinen. Visst hände det att bilens registreringsnummer antecknades tills bensinen var betald, men sedan sparades inte den papperslappen längre. Kvinnan i Lärbromackens kassa verkade inte ha hört efterlysningen på radio. Hon såg knappt på honom, men följde med vaksam blick två buspojkar som smög omkring mellan bilarna och viftade med vattenpistoler. Hon var väl rädd att någon skulle backa på dem medan de gömde sig för varandra. Hade han bara haft lite bättre med tid var kvinnan i kassan inte helt oäven. En annan gång kanske. Efter att ha köpt öl, cigaretter och en blomkvast på Konsum fortsatte Hans Moberg 149:an mot Kappelshamn. Vid Storungs stannade han vid vägkanten en kort stund. Det kanske var bäst att han ringde hästansiktet och kontrollerade att hon inte hade främmande hos sig. Ingen svarade och det slog honom plötsligt att hon kanske hade farit på semester. Nog hade hon talat om att göra det. Han måste nog läsa hennes senaste mejl lite mera noggrant. Hans Moberg baxade in husvagnen i ett buskage vid den gamla dansbanan i Kappelshamn, i väntan på mörkret. Han värmde en burk med ärtsoppa på spisen och åt direkt ur burken, tog sedan ett dopp i det kalla, långgrunda vattnet på andra sidan vägen innan han satte på kaffehurran och kontrollerade inkorgens mejl. Kramgo Skånska hade han sparat med flit. Det fanns en värme i hennes brev som han ville uppleva igen. Och där … mejlet som Sandra Hägg hade skickat. Han kunde ha svurit på att han raderat det. Va fan skulle han där att göra i fyllan? Så inihelvete onödigt och nu var polisen efter honom. Om han bara hade varit vid sina sunda fem skulle han inte ha slagit sönder hennes möbler. Hur kunde hjärnan komma upp med en så sjuk idé? Panik, så klart. Han borde ha rusat därifrån. Han borde ha … Varför, varför, varför gick han inte bara hem och la sig efter den misslyckade träffen med skånskan? Nu var polisen efter honom och det var fan så obehagligt.

I skydd av mörkret körde Hans Moberg in husvagnen och bilen i Cecilia Granbergs lada. Han kände sig mera samlad nu. Kanske skulle han kunna klara sig om han höll sig undan ett tag. Blev det en kraftig spridning av fågelinfluensa skulle polisen knappast ha tid att söka efter honom. Då skulle de ha fullt upp med att skydda livsmedelstransporter, affärer och apotek från inbrott, och en och annan kriminalare skulle säkert stryka med. Då skulle man kunna ta sig till fastlandet och sedan … ja vem vet om världen alls består i morgon. Var dag har nog av sin egen plåga, som morsan brukade säga.

Det märktes tydligt att fastigheten beboddes av en ensam kvinna utan intresse för motorfordon. Ladan var tom så när som på en vävstol, en stenmangel och en binge med björkved. Det här var bättre än han vågat hoppas på i sitt elände. En helvetes knipa. Men inte jordens undergång. Cecilia hade rest till Grekland på semester i fjorton dagar. Mubbe hade försiktigt lossat kittet till en ruta på södersidan, lyft ut rutan och klättrat in. Hon hade inte kunnat vara mer välkomnande ens om hon varit hemma. Skafferiet var fullt av konserver. I källaren fanns ett femtiotal flaskor med Gotlandsdricka och i frysen ett präktigt lager med hemlagat i enportionsförpackningar. Dillkött, kalops, kåldolmar, lammkotletter, kroppkakor och fårsmäckar. Livet var inte alltid på tvärs, ibland stryker det en medhårs. Det enda han egentligen saknade var nycklarna till Cecilias bil. Tanken på att hon skulle ha tagit dem med sig kändes lite oroande. Han mumlade en tyst besvärjelse för sig själv medan han grävde runt i hennes väskor som hängde i sovrummet. Skor och handväskor ska matcha, hade han läst i en damtidning på nätet, och nog fanns det både skor och väskor till förbannelse. Hur kunde hon hitta två likadana skor i den här högen? Det borde vara som att leta efter en nål i en höstack. Var kunde hon ha lagt nycklarna? Han vågade inte tända lyset i fall någon granne visste att hon var bortrest och kom in för att se vad som stod på. I hallen nedanför trappan hängde ytterkläder. Han trevade igenom fickorna och där skramlade något plötsligt till. Han kände längs med knappraden. I fickan på en lång ljus kappa låg den nyckelknippa han hoppats på. Bilnyckel, husnyckel och ett par, tre nycklar till, som han inte visste vart de gick. Klockan var närmare midnatt när Hans Moberg satte sig för att läsa de senaste nyheterna på nätet.

Stadsministerns vädjan till världshälsoorganisationen om bistånd och hjälp med läkemedel var den stora rubriken i kvällspressen. Ytterligare två personer hade dött i fågelinfluensa, en av dem en liten pojke. Zebastian, hette han. Föräldrarna var på bild.

Utanför skolan i Klintehamn hade en konflikt uppstått mellan polis och föräldrar som velat hämta hem sina barn. Det fanns en bild på smittskyddsläkaren där hon stod rak och full av pondus på trappan ovanför den upprretade hopen. I förgrunden en man med stenar i sina båda händer. Polisen vegeterar som en svart massa i bakgrunden och ser ut som de verkliga fångarna bakom avspärrningens band. En liten notis fanns i nättidningen om en 33-årig kvinna som hittats död i sin lägenhet i Visby. Inget rikslarm efter en överviktig tunnhårig man i 45-årsåldern. Han kollade för säkerhets skull de lokala nyheterna och där fanns efterlysningen med. Det gick som en ilning av obehag genom hans kropp. Rubriken var stor och kröp liksom inpå honom och naglade fast hans blick vid skärmen, anklagande honom för mordet på Sandra Hägg. Nu var de honom på spåren. En liten frist hade han fått. Bara han fick sova ut ordentligt och sedan tänka utan att bli störd skulle han finna en lösning. Hans Moberg drack en klunk av Gotlandsdrickan och grimaserade. Cecilia hade skrutit med att hon kom trea i mästerskapstävlingen i Gotlandsdricka. Fy tusan. Hur den icke prisbelönta drickan smakade ville han inte ens tänka på. Livet var ett helvete. Det kändes så outsägligt ensamt och sorgligt alltihop. Han behövde verkligen någon att tala med. Kramgo Skånska fanns online. Hon hade bytt hotmejladress, la han märke till. En professionell nättjuserska var hon, precis som han tänkt redan från början. En vänlig famn var vad han behövde. Skit samma att hon hade skrattat åt honom. Det fanns en mjukhet han tyckte mycket om. Hennes sätt att skriva: Mitt hjärta och min goaste vän. Han slängde iväg en krok och hon nappade direkt.

"Ville bara snacka lite, det känns så ensamt utan dej."

"Det säger du till alla kvinnor."

"Inte alls. Det finns många kvinnor jag ännu inte hunnit säga det till. Jag längtar efter just precis dej. Jag tänker på dej hela tiden. I morse stoppade jag smutstvätten i kylskåpet och hällde maskindiskmedel i kaffefiltret och bara satt och drömde bort hela förmiddagen och fantiserade om vad jag ville göra med dej om du var här. Jag tror att jag håller på att bli dödskär. Säg något snällt till mej, jag behöver det. Jag längtar. Svara, annars dör jag!"

"Så illa får det ju inte bli. Var är du?"

"Bor hos en kompis, han sover just nu, så jag försöker vara lite tyst."

"Hos en kompis. Var då? Är du kvar på Gotland?"

"Ja, för fan. Jag är i Kappelshamn. Kan du inte komma hit, det är ensamt och tråkigt."

"Så då har du inte hört de senaste nyheterna? Jag har teven på nu. Det är bara inte sant."

"Nej, vad då?" Han kände hur det susade för öronen och hur en kraftig rodnad spred sig över ansiktet. Svara då, säg det med en gång. Du vet att de är efter mej, eller hur?

"Helvetet har brakat löst. All trafik till och från Gotland är avstängd. Smittan är inte längre under kontroll. Tjugofyra nya fall, antagligen är de smittade av en kvinna på Jungmansgatan i Visby. De i sin tur har träffat hur många människor som helst under de här dagarna, som i sin tur har träffat andra människor. Föräldrarna har brutit sig in på lägret i Klintehamn och hämtat sina barn. Allt är kaos. Almedalsveckan kommer att avbrytas och politikerna flygs i morgon bitti tillbaka till fastlandet. När råttorna lämnar skeppet, vet du."

"Kan vi ses?" Det var en ren chansning. Han hade inte stort hopp om det, men ibland har man mer tur än man kan tro.

"Vid midnatt i industrihamnen i Kappelshamn."

"Vid midnatt."

Efteråt kände han sig nästan glad, och lite mindre modstulen trots allt. Kramgo Skånska förstod sig på diskretion. Det kunde bli ett trevligt avbrott i ensamheten – den började gå honom på nerverna.

KAPITEL 25

Jonatan Eriksson tog av sig masken och föll ihop över skrivbordet. När han var ensam vågade han låta de underträngda känslorna komma. Han grät som han inte gjort sedan han var barn och blivit mobbad och tvingats dra ned brallorna inför de stora grabbarna i nian. Känslan av maktlöshet var lika stark nu som då och han önskade sig långt bort från sin kropp och livets helvete. Tanken på att slippa ifrån alltihop, att bara försvinna i ett intet, kändes inte längre skrämmande utan faktiskt som en reell möjlighet. Dödslängtan. Det förvånade honom att tanken kändes så tilltalande. Han lät den bara komma utan att värdera den. Vad fanns det att leva för? Malte förstås. Men annars ... ingenting alls. Att möta Zebastians far och berätta för honom att pojken var död och se hela förloppet speglas i hans ögon – misstron, vreden och den fruktansvärda sorgen – hade fått sorgen i honom själv att bryta ut med full kraft. Men just i den stunden handlade det inte om honom själv utan om de anhöriga. Och detta var bara början. För en dryg timme sedan hade han suttit i möte med Morgan och de personer i krisledningsnämnden som inte farit på semester. Socialstyrelsens ordförande fanns med dem per telefon och tillsammans hade de tagit det oerhörda beslutet att stänga Gotlands gränser med hjälp av polis och militär. Kustbevakningen skulle få extra resurser. Hamnarna i Visby, Slite, Kappelshamn, Klintehamn och Ronehamn var redan satta under bevakning och Visby flygplats var stängd. Avgörandet hade skett i nationella pandemigruppen. Regeringen var informerad.

"Och om någon trotsar förbudet, vilka befogenheter har då polis och militär att stoppa dem", hade han frågat Åsa.

"Alla befogenheter", hade hon svarat och hennes röst hade varit väldigt tunn och försvunnit helt innan hon samlat sig till en fortsättning. "Vi har misslyckats. Vi skulle, så här med facit i hand, ha varit bättre på att spåra Malin Bergs kontakter. Det som kan sägas till vårt försvar är att vi inte fick de resurser vi krävde. Vi har inte fått personell hjälp från något annat landsting. Inte en enda läkare, sjuksköterska eller undersköterska. Ingen antiviral medicin med effekt på den här typen av fågelinfluensa, ett fåtal respiratorer, otillräckligt med andningsskydd, otillräckligt med medicinsk sprit, leveransen av antibiotika är starkt försenad och vi har inte fått tillräckligt med rent linne och andra förrådsvaror även om de är på gång. Vi behöver stora resurser nu omedelbart, inte om en vecka eller fjorton dagar. Nu! Och städerskorna vägrar komma hit. De vill inte hantera risksoporna och inte städa på patienternas salar, för de tycker inte att de har fått tillräckliga direktiv och garantier för att de inte ska bli smittade. Vi kommer att drunkna i sopor och smuts och någon måste omedelbart ta tag i det här."

"Ja, det är verkligen illa. Jag har sett soporna. Det är skrämmande", sa Morgan och gned sin svullna kind, där en sten hade träffat honom vid bråket på Klinte skola.

Åsa lutade sig tillbaka på stolen med en tung suck. "När Malin Bergs grannar med säkerhet hävdade att hon inte varit utanför sin lägenhet på hela helgen ville jag gärna tro det. Det var en lättnad att få släppa taget och fokusera på annat, som var minst lika viktigt, att få fram läkemedel, inte minst. I nuläget skulle vi behöva ge medicin i profylaktiskt syfte till hela befolkningen, och helst kunna påbörja massvaccinationer över hela landet om vi ska ha en chans."

"Folkhälsoministern gick faktiskt ut och lovade vaccin till alla redan i februari, när beredskapsplanen presenterades", inflikade Morgan.

"Skrattretande, om det inte var så allvarligt. I nuläget skulle vi behöva vaccinera hela befolkningen två gånger, det är 18 miljoner doser. Var det vaccinet skulle komma ifrån sa han inget om." Åsa suckade igen och gned sina bultande tinningar.

"Nej, det var rent skitsnack för att lugna folk. Lugna! Finns det något som skapar förvirring så är det dubbla budskap. Tidningarna gick samtidigt ut med att det tar från ett halvår till ett år att få fram ett säkert vaccin, och när det väl finns betyder det inte att vi kan köpa det. Produktionsländerna vill med all sannolikhet vaccinera sin egen befolkning först. Det är väl därför vi inte får några klara besked från dem. Vad gör vi nu? Hur möter vi på bästa sätt den nya situationen med de katastrofalt dåliga resurser vi har?" Jonatan hade känt att vreden över den övermäktiga situationen nästan fick honom att tappa kontrollen och skrika åt sina kollegor.

"Det gäller fortfarande att försöka undvika panik", sa Åsa. "Först och främst måste vi se till att folk håller sig lugna och lyder de direktiv vi ger. Jag drömmer mardrömmar om det här på nätterna, tro inget annat."

"Det måste gå att få fram mer administrativ personal som kan hjälpa till att skaffa och samordna resurser. Pensionerade läkarsekreterare, sköterskor, undersköterskor som går arbetslösa. Man måste kunna beordra in dem i ett sådant här läge, inte bara i händelse av krig eller force majeure." Morgan, som annars brukade befinna sig i gränslandet mellan dagdrömmeri och sömndrucken vaka, hade de senaste dagarna fått en helt ny skärpa och intensitet. Som om han gått på sparlåga i flera år i väntan på att hans fulla kapacitet skulle behöva tas i bruk, hade Jonatan tänkt. Men han sa inget om det. Den mest brännande frågan förutom att skaffa läkemedel och personal handlade om sängplatser.

"Sanatoriet kommer inte att räcka till om det blir en massepidemi. Vi behöver funktionella lokaler, syrgas, sängar. Jag vet inte hur vi ska komma åt sjukskrivningarna. Folk är rädda för smittan och håller sig hemma. Det kommer att gå åt helvete om vi inte lyckas göra något åt arbetsmoralen. De som arbetar nu kommer inte att orka hur länge som helst." Jonatan såg Agnetas trötta ansikte framför sig och kände en klump i halsen. Han måste få tid att tala med henne. Bara det här mötet var över skulle inget få komma emellan.

"Förr, när tuberkulosen härjade, gick folk till arbetet", sa Morgan. "Men det var andra tider, man hade en annan respekt för auktoriteter och det ansågs ädelt att tänka på andra och glömma sig själv."

"Man fick inga pengar och kunde inte klara sitt uppehälle om man inte arbetade. Fast det är väl knappast politiskt korrekt att komma med den aspekten." Åsa gav till ett kort skratt som mer liknade en hostattack. "Antingen svalt man ihjäl eller så dog man av tbc."

"Om det finns en möjlighet för anhöriga att ta hem sina gamla kan vi ta de lokalerna i anspråk. St Göransgården, Mariahemmet, tänkte jag först", sa Jonatan, "… men de ligger i tätort och det innebär en risk. Det bästa är om vi kan få tag i lokaler på landsbygden."

"Jag har varit i kontakt med en representant för länets begravningsentreprenörer nu på morgonen", sa Åsa. "De befarar att det kommer att bli problem med att ta hand om alla döda. Det finns inte kylrum så det räcker och deras medarbetare vet inte hur de ska skydda sig mot smitta. Vi måste se över den biten också, snarast. De anhöriga vet inte om man kan ha begravning eller om den avlidne fortfarande kan smitta dem osv. Det behövs information. Tror du att du kan ta hand om det, Morgan?"

"Går det att avbryta er?" En sköterska stod i dörröppningen. "Landshövdingen i telefon, Åsa. Kan du ta det?"

"Vi får ta ett nytt möte med krisledningsnämnden i morgon bitti. Klockan nio på mitt rum", sa hon och vände sig mot sina kollegor.

Jonatan hörde knackningen på dörren, men svarade inte. Det knackade igen och han mumlade ett vänta medan han satte på sig sin mask.

"Det är en kvinna som söker dej. Hon heter Maria Wern. Orkar du tala med henne?" Det var Lenas röst inne i skyddsmunderingen den här gången.

"Ja, jag kommer om ett ögonblick." Jonatan gick fram till handfatet och sköljde sitt ansikte i kallt vatten, såg sig själv i spegeln och stönade högt. Ansiktet var flammigt och ögonen svullna. För en gångs skull kändes det bra att ta på sig masken. I samtalet med Agneta hade han inte varit den starke. Han hade försökt säga något, men rösten hade försvunnit i gråt och hon hade sagt de ord han mest av allt behövde höra, att det inte var hans fel, att han verkligen gjort sitt bästa. Efteråt skämdes han.

När Jonatan visade sig på andra sidan glasväggen reste Maria sig och kom honom till mötes i det rum man inrättat för samtal. Ett rum med en öppen spis, en enkel soffgrupp och stora fönster med utsikt över slätten nedanför sanatoriet.

"Jag har hört om Zebastian." Mer sa hon inte innan hon plösligt fanns i hans famn och han fick uppbåda all sin kraft för att inte ta den tröst han själv så väl behövde, gå över gränsen för det passande och låta kroppen leva sitt eget liv. Han fattade om hennes axlar och föste henne milt ifrån sig för att kunna se hennes ögon ovanför masken.

"Hur tar Emil det?" frågade han.

"Han är ledsen, men han kan prata om det. Jag kom för att berätta för dej att Malte och din mamma är hemma hos mej just nu. Hon stannar över natten och tar hand om båda barnen. Nina finns någonstans på sjukhuset. Jag vet inte hur det är med henne. Jag menar, jag inte kan bedöma om hon är sjuk eller om hon druckit för mycket, eller hur allvarligt det är."

"Tack, jag vet inte hur jag ska kunna ..."

"Jag skulle vilja stanna hos Emil i natt. Jag vet att ni inte har den policyn att föräldrarna får stanna kvar, men han behöver mej nu. Jag måste få vara hos honom, du får inte neka mej det." Marias ögon blev stora och runda och svämmade över. "Jag måste få vara hos honom. Febern har stigit och ... det finns fortfarande ingen medicin att ge, eller hur? Vad kommer att hända, Jonatan? Jag är rädd och jag ser att du också är rädd, och det skrämmer mej."

"Är det så tydligt?"

"Ja. Varför kommer det ingen hjälp utifrån? Andra länder måste ju ha beredskapslager så att de kan hjälpa oss. Av ren självbevarelsedrift, om inte annat. Varför händer det ingenting?" Maria hörde själv att rösten blev anklagande och hård. Hon märkte att han drog sig undan, att han la armarna i kors över bröstet och undvek henne med blicken.

"Administrativa kvarnar mal långsamt. Vi har ett halvt löfte om att få en liten mängd läkemedel när de startar upp produktionen igen. Men det kommer inte att räcka till alla. Inte på långa vägar. Vi skulle behöva läkemedel till hela Gotlands befolkning så länge fågelinfluensan pågår."

"När det har tillverkats och vi äntligen får hit det, hur många har insjuknat då? Hur många kommer att dö, finns det någon prognos för det? Förlåt mej, Jonatan, jag ser att du är trött. Det är inte min mening att … men jag är så orolig så jag kan inte riktigt styra över vad jag säger. Förlåt mej."

"Stanna hos Emil över natten, men tala inte om det för någon. Vi har inte plats för de föräldrar som vill sova över hos sina barn, inte skyddsutrustning eller sängkläder, och risken för smitta är överhängande även för dej, inser du det?"

"Jag inser det, men jag kan inte göra på annat sätt." Hon öppnade sin famn igen för att ge honom en kram och den här gången lät han sig omfamnas. Det fanns en tröst i hennes mjukhet, i värmen och också i gråten.

"Jag läste en bok om pesten förra sommaren", sa hon när hon lugnat sig och satt sig ned i soffan. "Det lät mest som en spännande saga, jag tänkte aldrig på det som levande människors verklighet. Kanske kan man inte förstå historien utan att uppleva den. Det är därför misstagen upprepas gång på gång. Det handlar inte enbart om förnuft. Författaren hade en teori om att pesten spreds så snabbt för att människorna flydde undan döden. De visste inte att de själva var smittade och så spred det sej som en löpeld. Det är precis det misstaget ni försöker förhindra genom att stänga öns gränser. Kommer det att finnas en gräddfil ut ur det här för dem som kan betala för sej? Jag hörde att regeringen kommer att evakueras tidigt i morgon bitti, de gick ut med det på nyheterna. Vilka fler?"

"Jag vet inte, Maria, jag är bara en vanlig doktor. Sådana beslut ligger högt ovanför mitt huvud." Han kunde inte låta bli att röra vid en slinga av hennes hår som fallit ned i ansiktet, han smekte den och lät den glida mellan tummen och pekfingret. "Gå nu. Jag tror du kan hitta en madrass i förrådet på rummet, men filtarna är tyvärr slut."

Maria reste sig och gick mot dörren, där blev hon stående en stund utan att riktigt kunna få fram det hon ville säga. Han såg forskande på henne. Undrade om hon log inne i masken eller om hon tänkte börja gråta igen.

"Jag tycker om dej, Jonatan Eriksson, ville bara säga det, alltså
… hm, så dumt det blev."
"Jag tycker mycket om dej också, Maria."

Salen låg i mörker. Bara en liten nattlampa lyste över Emils säng-
bord. Han hade sparkat av sig täcket. Pannan var blank och luggen
svettigt bakåtstruken, ändå knottrade sig huden. Maria hindrade
en impuls att krama om honom. Han kunde vakna och han be-
hövde så väl sin sömn. Han måste ändå ha känt hennes närvaro
och slog upp ögonen.
"Det är bara jag, Emil. Jag sover här hos dej i natt."
"Ska jag dö nu, mamma?"
"Nej, det låter du bli."
"Föräldrar får bara vara här om man ska dö."
"Jag fick specialtillstånd av Jonatan att vara här fast du inte är så
sjuk, men det är hemligt. Vi får inte berätta det för någon."
"Jag såg Zebastian. Han kom och satte sej precis där på stolen
där du sitter nu. Han sa ingenting, bara satt där."
"Drömde du det? Tyckte du det var otäckt?"
"Jag drömde det inte. Jag såg honom, fast han var liten – inte
mer än en förstaklassare. Jag frågade hur han hade kommit hit. Om
han hade flugit. Och då skrattade han. Inte så det hördes, men jag
såg att han skrattade. Jag blev inte rädd, jag blev glad för det. Han
såg inte sjuk ut. Han såg ut typ som vanligt. Jag undrar hur man är
när man är död. Om man är en sorts ånga, om man kan välja själv
om man vill vara dimma eller en människa eller som ett moln som
kan bli vad som helst – ett gubbansikte med stor näsa eller en häxa
eller en gräddtårta eller en smal stråle som kan ta sig genom ett
nyckelhål. Undrar om man kan bestämma själv var man ska vara
när man är död. Då vill jag ut härifrån. Vad tror du, mamma?"
"Jag hoppas att man är, finns till alltså, för jag hoppas att man
ska kunna mötas igen när man har dött. Jag skulle vilja möta min
mormor Vendela igen. Jag tyckte så mycket om henne. Fast på slutet
var hon väldigt glömsk och förvirrad, men snäll. Jag skulle vilja möta
henne som hon var när jag var liten och då skulle jag krypa upp i
hennes famn och ingenting skulle vara farligt mer eller otäckt."
"Tycker du att det är farligt och otäckt nu, mamma?"

"Ja, Emil, det här är inte alls som jag ville att den här sommaren skulle bli."

"Om du är rädd, mamma, kan du få sova bredvid mej. Jag fryser lite. Blir det bra då?" Hon hörde honom skratta inne i masken.

"Ja, det blir bra då."

När Emil somnat kurade Maria ihop sig på den knöliga madrassen på golvet. Det var kallt fast hon hade jackan på sig och det knakade på ett kusligt sätt i fönsterkarmarna på det gamla huset när det blåste. Här hade Emil legat ensam och lyssnat till ljuden. Nu när Maria inte längre kände hans varma kropp mot sin kom oron över henne utan förskoning. Febern var högre nu. Han var som en kamin och ändå frös han. Maria hade bett att få tala med Jonatan igen, men sköterskan sa att han sov, att han måste få sova de få timmar det gick att komma ifrån för att orka med morgondagen. Och visst förstod Maria det, fast oron fick henne att vrida sig av och an på madrassen och lyssna till varje andetag från pojken. Han andades alldeles för snabbt. Han kastade sig av och an och gnydde i sömnen och yrade om Zebastian. Maria gick upp och kände på hans panna. Han svettades ymnigt, men kändes lite svalare. Hon försökte lugna sig men kunde inte vara stilla längre. Hon gick av och an i rummet och ställde sig till slut vid fönstret. Hon såg ut över trädgården som lystes upp av månljus. En vit rock fladdrade till mellan tallarna. Jonatan. På väg till en av barackerna. Hur länge hade han fått vila innan han blev väckt, två timmar, kanske tre? Jag tycker mycket om dej, Jonatan Eriksson, kan du känna det? Kan du känna min hand i ryggen och min arm om dina axlar nu när du behöver kraft?

Maria hade tidigare under kvällen försökt ringa Krister för att få ventilera sin oro, men han hade inte varit mottaglig. Bara full och dum och feg som vanligt. Fattar du att det är allvar, att din son är sjuk? Då hade han slagit om och blivit grätmild och liten och larvig och behövt tusen försäkringar om att allt skulle bli bra igen. Större än så skulle han aldrig komma att bli. Nu när hon verkligen behövde honom var han inte ens i skick att se efter Linda.

Maria såg strålkastarljuset från en bil på väg till sanatoriet. När den körde förbi parkeringen och upp mot baracken dit Jonatan hade halvsprungit såg Maria i skenet från gatlyktan att det var en ambulans utan blåljus och sirener. Två personer i något som liknade rymddräkter gick in i huset och kom efter en liten stund tillbaka med någon liggande på en bår. Jonatan följde efter med en droppflaska i handen. Hon såg honom gå med långsamma steg över gårdsplanen när bilen lämnat området i högsta fart. Han såg ensam ut. Huvudet hängde. Hon hade önskat att han skulle se upp mot fönstret, att han skulle se henne och veta att hon tänkte på honom. Om han nu brydde sig om det.

Sakta kröp timmarna mot gryning. Redan vid tvåtiden kunde man ana en ljusare ton på himmelen. Maria kunde inte sova när oron rusade i blodet och fick det att sticka i fingrarna. Krampaktigt öppnade hon och knöt sina iskalla händer. Spänningshuvudvärken fick henne att må illa. Gode Gud, låt Emil klara sig. Ingenting annat är viktigt. Emil och Linda, bara vi kommer levande ur det här helvetet ska jag bli en mycket bättre mamma. Jag ska bli mer närvarande för mina barn och aldrig mer bråka på dem om småsaker och jag ska aldrig mer ... Vad skulle hända om en fågelinfluensaepidemi drog fram över ön med full kraft? Hur många skulle insjukna då? Hur många skulle överleva? Skulle man våga gå till platser där det samlades mycket folk? Man måste ju förstås gå till sitt arbete, till affären. Det skulle bli väldiga köer till allting om nästan all personal i livsmedelsbutikerna var sängliggande. Var skulle man göra av alla sjuka och döda? Alla gamla som behövde vård? – om personalen inte längre kunde komma till arbetet eller vårdade sina anhöriga med influensa. Hur skulle man våga lämna sina barn på dagis och sedan i skolan? Vem skulle våga åka buss där alla andas samma luft och sitter tätt tillsammans, eller gå på konsert eller på ett idrottsevenemang? Och om smittan spreds vidare över resten av Sverige och Europa – hur skulle det bli med livsmedelstransporter när vi gjort oss så beroende och inte längre producerade vår egen mat? Det låg något i det Arvidsson brukade säga att han tänkte satsa på pensionsförsäkring i form av höns och potatis och egen vedspis och eget vatten. Ja, inte just höns kanske – men nog låg det något i det. Maria satte sig försiktigt på Emils sängkant och lutade huvudet mot hans rygg. Bara du klarar dej, mitt hjärta, spelar ingenting annat i världen någon roll.

KAPITEL 26

När morgonen kom var Emil i det närmaste feberfri och Maria fick inte längre stanna hos honom. Ett munskydd är effektivt i åtta timmar och tillgången var begränsad. Det hjälpte inte att hon vädjade och grät och bad att få stanna. Nu var det någon annans tur att få sitta hos sitt barn och syster Agneta lovade ringa om det blev någon förändring. Maria befann sig därför på arbetet när hon fick höra nyheten. Teven stod på i personalrummet och alla hade samlats för att få det som sagts i morgonens tidiga nyhetssändning bekräftat ännu en gång. Maria blev stående med kaffekoppen i handen och skrek rakt ut när hon fick höra vad som hänt. Tillgången på medicin var säkrad. Viktoria Hammar fanns med i närbild. Hon log in i kameran och hennes leende var som solen när hon berättade att man samma morgon fått en stor sändning av ett effektivt läkemedel, Tamivir, som genom Vigoris Health Centers försorg skulle kunna delas ut i samråd med smitt-skyddsläkaren i länet. Godkänt och klart. Vigoris Health Center kunde även tillhandahålla ett verksamt vaccin.

"Det är inte möjligt! Det skulle ju ta minst ett halvår att få fram ett vaccin?" Reporterns ivriga ansikte skymtade fram i en sidobild.

"Vi vågade inte släppa nyheten förrän vi var helt säkra på att vaccinet skulle fungera på den epidemi som just nu brutit ut på Gotland. Men lyckligtvis är det här samma virus som ställde till bekymmer i Vietnam och sedan i Vitryssland för ett år sedan. Företaget som tillverkade Tamivir gick i konkurs och koncernen köpte då in patentet och de läkemedel som fanns i lager, eftersom epidemin dog ut av sig själv. Själva hade vi sedan tidigare vaccin-tillverkning, men någon massvaccinering kom alltså inte heller till stånd och vaccinet fanns kvar i avsevärd mängd."

"Ni menar att det bara är för allmänheten att beställa tid för vaccination och eventuell medicinering? Det är ju fantastiskt." Reporterns röst var gäll och upphetsad.

"Vi vill i första hand diskutera saken med Socialstyrelsen och ansvarig smittskyddsläkare, och ge hälso- och sjukvårdsförvaltningen på Gotland ett erbjudande. En paketlösning. Och parallellt med den kommer vi att bedriva vår vaccinationsmottagning här på Vigoris Health Center som vanligt."

"Hur menar du då? Vill du förtydliga det lite."

"Man kommer att kunna köpa vaccin och läkemedel till marknadspris utan att invänta beslut från Socialstyrelsen för att få recept av sin landstingsläkare. Tillverkningen av våra produkter är ju inte gratis. Naturligtvis har koncernen kostnader för det här, produktutveckling, administration, tester. Utlägg vi måste se till att få igen, enkelt uttryckt. Men vi kommer säkert att hitta en lösning tillsammans med de berörda myndigheterna."

"Man kommer alltså att kunna betala för medicin och vaccination och få det utan att någon av landstingets läkare har skrivit ut det? Är det så du menar?"

"Så har det fungerat hela tiden hos oss. Det sker naturligtvis inte okontrollerat. Vi har våra egna privatläkare som i varje enskilt fall rekommenderar vilka vaccinationer patienten bör få."

"Hur mycket kommer en vaccination att kosta då?"

"Vi hade tänkt oss 25 000 per injektion. Skyddet beräknas vara åttiofemprocentigt och man kan räkna med fullgod effekt efter två till tre veckor."

"Det är en hög summa. Jag undrar om vanligt folk har råd med så mycket. Slår det inte väldigt orättvist om de som kan betala för sej får gå före i kön?"

"Nu räknar vi ju med att staten går in och subventionerar det här. För den enskilde kan det vara mycket pengar. Men om några vill betala för sej och inte belasta skattesystemet ser jag ingen orättvisa i det, tvärtom. Då blir det ju mer pengar över för hälso- och sjukvårdsförvaltningen att köpa medicin för. Vi tänker oss samma sak med den antivirala medicinen. En kur med Tamivir 75 milligram morgon och kväll i fem dagar kommer att kosta 10 000 kronor. Sedan får vi se hur mycket som kan behövas, det beror på hur länge epidemin pågår."

"10 000? Om jag inte missminner mej har priset för en kur med Tamiflu tidigare legat under tusenlappen. Varför är Tamivir så mycket dyrare?"

"Vi har som sagt våra utvecklings- och produktionskostnader och det här är det aktuella priset på marknaden. Jag är glad att vi kan erbjuda det här. Det såg verkligen mörkt ut. Om Vigoris Health Center genom sin insats kan rädda människors liv och hälsa och hindra att ett helt samhälle isoleras från omvärlden, med stora ekonomiska och rent privata förluster som följd, är vi glada att få erbjuda vår hjälp."

I sin glädje försökte Maria omedelbart kontakta Jonatan Eriksson. Det var upptaget förstås. Vad hade hon förväntat sig? Att hon skulle få vara den första som talade med honom om nyheten? Klart att han hade fått förhandsinformation. Egentligen var det lika bra att han inte svarade, det skulle bara bli dumt. Hon var bara så oerhört lättad och tacksam över att det mörka helvete hon målat upp när hon låg på golvet bredvid Emil såg ut att ha fått ett slut. Hon hade velat dela sin glädje med Jonatan. Urfånigt och tonårsaktigt, om man tänker efter, han hade väl annat att göra. Istället fick hon tala med syster Lena, som bekräftade att en första sändning Tamivir hade kommit till sanatoriet och att Emil hade fått sin dos.

"Maria, du har telefon." Hartmans grålockiga huvud blev synligt i dörröppningen och Maria följde med honom bort i korridoren. "Yrsa Westberg, vet du vem det är?"

"Nej, inte en aning." Ett ögonblick hade hon hoppats på att det skulle vara Jonatan. Varför tänkte hon så? Kanske är det bara på det viset att om någon har ens barns väl och ve i sina händer, om man befinner sej i en beroendeställning på det sättet, ger det en tillgivenhet som gränsar till förälskelse. Mer hann Maria inte fundera på den saken.

"Ja, det är kriminalinspektör Maria Wern."

"Jag heter Yrsa Westberg. Jag har varit bortrest en vecka och har sett att någon ringt från skyddat nummer flera gånger, och på min makes arbete säger de att polisen söker honom, är det riktigt?"

"Ja, vi har försökt få tag i honom."

"Han är inte hemma. Jag kom hem i går kväll och han finns inte här. Han har inte skrivit någon lapp och inte ringt och jag vet inte var han finns. Han har inte sovit hemma i natt ... och ja, han är inte den typen som skulle ... sova borta ... och så."

"Vad tror du om det?" sa Hartman en stund senare när de satt i bilen. "Förlupna äkta män brukar komma tillrätta i gryningen när de vaknat i fel säng med rätt dam, men det här är kanske något annat."

"Tror du att han hade ett förhållande med Sandra Hägg, jag menar finns det några belägg för det?" Maria plockade fram färdbeskrivningen till villan i Kappelshamn, fast hon knappast trodde den skulle behövas. Hartman kände området väl. Han var uppvuxen i Martebo.

"Vi har ingenting som tyder på att de kände varandra, egentligen. Inte mer än de misstankar Lennie uttalade och det Jessika antydde, fast hon var ju inte ens säker på namnet. Med jämna mellanrum finns ett T i Sandras almanacka. T och en tidsangivelse. T kan ju i praktiken lika gärna stå för tandläkare, tänkte jag, och kollade med systern vem Sandra brukade gå till. Fick ett namn och undersökte den saken, men så var det inte. T kan vara Tobias eller något annat. Och om det är så, att det är honom hon träffat, hade de en träff för en dryg vecka sedan och en den 4 juli. Vi vet inte om han har ett dugg att göra med att hon blev mördad. Vi vet inte ens om han kom dit."

"Blev hon våldtagen?" Maria undrade hur mycket av viktig information hon kunde ha missat när hon var hos Emil. "Du får nog ta det från början", sa hon.

"Rättsmedicinskas preliminära utlåtande säger att Sandra Hägg blev strypt. Det finns inga spår av sexuellt våld, ingen sperma. På vänster överarm hade hon ett litet skärsår. Vi får alltså anta att gärningsmannen även bar kniv. Hon hade precis som Lennie sa en streckkod på ena skinkan. Inget hudavskrap under naglarna. Det verkar inte som om hon gjort särskilt mycket motstånd i närkamp. Men som du såg var inredningen sönderslagen. Vi vet inte hur länge mördaren jagade henne runt i lägenheten. Min första tanke var att hon fick ett slag i huvudet med något trubbigt föremål och sedan blev strypt. Rättsläkaren bekräftar den teorin. Hon har blivit slagen i bakhuvudet. Det finns en krosskada."

"Men ingen hörde henne skrika på hjälp. Om hon blev jagad där inne borde hon ha försökt påkalla uppmärksamhet, eller hur? Hans Moberg då? Han som sålde läkemedel på nätet? Var finns han?"

"Han är som uppslukad av jorden. Vi har registreringsnummer både på husvagnen och bilen och vi har bevakning nere i hamnen nu, men han kan ju ha givit sig av innan, förstås. Förr fick man alltid uppge registreringsnummer när man bokade bilplats på färjan över till fastlandet, då kunde man ha gått tillbaka och tittat på bokningen, men så är det inte längre. Han kan alltså ha tagit sej till Nynäshamn eller Oskarshamn under falskt namn eller också är han kvar här på ön och ligger och lurar någonstans, och då har vi honom nog snart."

Yrsa Westberg bodde i ett litet vitputsat hus i Kappelshamns samhälle några vackra mil norr om Visby, förbi Lummelundagrottorna, Lickershamns raukområde och Ireviken med sitt grönblå vatten. På håll kunde de se henne springa med sina tre bordercollier på en hinderbana i den lummiga trädgården. En idyll sprungen ur morgonljuset som silade mellan träden och lekte i hennes ljusa hår. En energisk kvinna runt de fyrtio med det blonda håret i hästsvans, iförd jeans och en stor hemstickad ylletröja. Hundarna lydde hennes minsta vink och stod blick stilla när Hartman och Maria steg ur bilen och gick fram mot dem. Inte förrän Yrsa frågat om de tyckte om hundar och ville hälsa på dem gav hon hundarna tecken att röra sig och försiktigt nosa på dem. De blev visade in i ett hemtrevligt kök där doften av nybakat bröd dröjde sig kvar. Morgonens limpor låg under rutiga handdukar för att svalna. Medan Yrsa dukade fram kaffe och hembakad surdegslimpa berättade hon lugnt och behärskat varför hon kontaktat dem.

"Tobias är frilansjournalist. Ibland reser han iväg för att göra ett reportage, men den här veckan skulle han vara hemma. Vi har sms:at varandra kväll och sagt god natt. Han har varit hemma eller i stan eller i alla fall skickat sms från sin mobil. Jag kom hem i går kväll och jag väntade att han skulle komma när som helst, så jag lagade osso bucco och öppnade en flaska vin. Men han kom inte och jag kunde inte nå honom på telefonen heller. Det märkliga är att han har haft hundarna bortlämnade till sin syster hela tiden medan jag var på fastlandet. Hon ringde i går kväll och då fick jag klart för mej att hon hade hundarna. Hon har inte sett Tobias på hela veckan – inte sedan den dagen jag for. Han måste ha åkt direkt dit och lämnat av dem. Direkt, utan att säga det till mej. Jag är bildkonstnär och har haft en utställning i Skagen den här veckan."

"Brukade han lämna bort hundarna när han hade mycket arbete?"

"Bara om han reste, aldrig om han var hemma. Han skulle aldrig besvära sin syster med det i onödan. Förresten tyckte Tobias att han behövde den motion det gav att ta en sväng med dem morgon och kväll. Jag är så orolig att det har hänt honom någonting. Folk kör som galningar och jag antar att fler är berusade så här på sommaren. Man inbillar sej allt möjligt. Att någon har mejat ned honom i ett dike och smitit eller att han fått en hjärtinfarkt och blivit liggande. Jag är så vansinnigt orolig."

"Vet du vad han höll på med för arbete just nu?"

"Vi pratade sällan arbete. Han var inte särskilt intresserad av min konst och jag måste ärligen säga att jag inte var direkt intresserad av hans medicinska artiklar heller. Jo, en sak är märklig. Datorn är borta. Bara borta, alltså. Det är tomt på bänken. Tangentbordet och skärmen är kvar." Yrsa reste sig från bordet och gick före dem in i arbetsrummet. "Jag tänkte på det precis efter att jag ringt er, sedan gick jag ut med hundarna och då försvann det. Jag tänkte, vad konstigt att han har tagit med sej datorn när han har en bärbar. Men den kanske är inlämnad på lagning någonstans. Den har några år på nacken. Fast Tobias har inte nämnt att det skulle vara något fel på den. Jag tycker att han borde ha sagt det."

Maria såg sig om i rummet. Det fanns en altandörr på ena kortsidan. Framför den hängde ett märkligt draperi av kapsyler och korkar. Maria kunde inte riktigt bestämma sig för om det var fräckt eller hemskt fult.

"Ni har inte haft inbrott, vad du har märkt?" Hon synade dörrkarmen och gav dörren en lätt knuff med axeln. Den gled upp. På utsidans altangolv syntes en hög med spånor och det fanns tydliga täljmärken i träkarmen.

"Nej." Yrsa såg bestört ut. "Vi bor ju på landet. Jag brukar inte ens låsa cykeln. Här händer det aldrig något."

"Saknar du något mer än datorn?" Hartman synade skadan på dörren. "Ser ut som om de använt kniv och ett bräckjärn."

"Fattar inte vad de skulle med datorn till, den är över tio år gammal, när jag tänker efter. Man kan säkert få en sådan gratis. Nej, ingenting verkar vara rört", sa hon när hon hade känt efter om bankböckerna låg kvar i översta skrivbordslådan. Vi har inget som är värdefullt på det sättet. Jag har aldrig varit mycket för smycken. Tobias enda stora intresse är musik. Han har flera hyllor med cd-skivor, men det verkar inte som om något försvunnit där heller. De kanske inte hittade något annat att ta, helt enkelt."

"Du har ingen aning om vad han arbetade med just nu, inte för vilken tidning eller vilket ämne det rörde sig om?" frågade Maria.

"Inte en aning, men ni kan få telefonnumren till de arbetsgivare som brukade anlita honom." Yrsa var just på väg att sätta på datorn när hon kom på att den ju inte längre fanns. "Den vanliga adressboken måste han ha tagit med sej, den ligger inte heller här."

"Har han någon almanacka vi kunde få se på?" Hartman fick syn på den lilla blå boken just när Yrsa tog upp den i sin hand. Hon bläddrade förstrött i den tills hon hittade dagens datum.

"Nej, det står ingenting inprickat – inget han skrivit upp att han skulle göra den här veckan. Varför söker ni honom? Vet ni något som jag inte vet?" Yrsas ansikte genomgick en förvandling. "Om det har hänt honom något måste ni säga det rent ut, allt annat är grymt och hänsynslöst."

"Vi vet inte var han är", skyndade sig Maria att säga. "Men vi skulle gärna vilja få tag i honom för att få veta om han kände en kvinna som hette Sandra Hägg."

"Hette, vad menar ni?" Yrsa stirrade på dem, från den ena till den andra. Hon såg ut som ett barn som slagit sig och tappat luften, sekunden innan skriket kom.

"Sandra Hägg är död. Vi försöker ta reda på hur det gick till. Kände din man Sandra?" Yrsa sjönk ned på stolen vid skrivbordet. Hon blev med ens mycket blek. "Jag vet att de träffades. De hade något ihop. Han var inte som vanligt. Inte alls. Han var uppe och gick i vardagsrummet på nätterna och sov ibland i soffan där inne. Så klart jag blev orolig. Jag frågade honom om det var något mellan dem, men det förnekade han bestämt. Herre Gud, är hon död! Och Tobias är borta …"

"Det behöver inte ha ett samband." Maria la försiktigt sin hand på Yrsas axel. "Kan han ha rest någonstans och glömt att säga vart han skulle?"

Yrsa skakade på huvudet så att hästsvansen guppade, oförmögen att få fram ett ljud.

"Vet du var han brukar förvara sitt pass?" Yrsa nickade och reste sig ljudlöst. Efter en stund kom hon tillbaka från sängkammaren. Hennes ansiktsuttryck var sammanbitet, hon blinkade kraftigt för att hålla tårarna tillbaka.

"Hans pass är borta. Han har inte sagt att han skulle resa någonstans. Om han hade rest utomlands skulle han ha berättat det för mej." Yrsa brast i gråt. "Här har man levt med någon hela sitt vuxna liv och tror att man känner honom lika väl som man känner sej själv. Och så är det inte alls så."

"Finns det någon du kan be komma hit, någon som kan vara hos dej? Jag förstår att det här är svårt."

"Tobias syster. Gode Gud, vad kan ha hänt? Ni tror väl inte att han kan ha … neej, neej … så kan det inte vara. Tobias skulle aldrig göra någon fysiskt illa. Han är inte så stark och han har alltid skytt våldsamma sporter och fysisk träning, han är inte den typen alls. Han brukar skämta och säga att svett är muskler som gråter."

"Vad tror du?" sa Hartman när de åter satt i bilen på väg in mot stan.

"Jag jämförde nyss Tobias almanacka med tiderna i Sandras. Tobias har skrivit X och datumen stämmer med Sandras almanacka i samtliga fall. En kärlekshistoria eller kan det vara något annat? Tider för massage kanske? Det finns en tid samma kväll hon blev mördad. Det står T på raden för 24.00. Lite udda för att vara en massagetid." Maria öppnade sidorutan och lät luften strömma in. Vilken sommar!

KAPITEL 27

Yrsa Westberg såg poliserna försvinna i den vita Forden bort mot huvudleden. En sista skymt uppfattade hon när bilen passerade grannens lönnar och den höga ligusterhäcken. Sedan fanns den inte mer. Hundarna sökte sig tätt intill henne, la sina nosar i hennes knä och såg på henne med milda ögon. Instinktivt kände de hennes oro och försökte ge tröst. Hon borrade in huvudet i Rex svartvita päls och lät tårarna rinna. Kände värmen och tillgivenheten, hans tysta närvarande tröst, som människor är så dåliga på att ge. Ord skapar avstånd och utestänger, avgränsar och stjäl uppmärksamhet från känslorna. Bara i det ordlösa och i värmen från en annan kropp finns lindring. Hundar ifrågasätter inte, värderar inte, de bara är.

Redan när hon for till Skagen hade ängslan funnits där som en ond aning. Det var något i Tobias sätt att hastigt kyssa henne farväl. Hans blick som oavlåtligt gick till armbandsuret. Han hade hjälpt henne att packa in tavlorna i folkvagnsbussen och det hade blivit en stund över innan det var dags att fara. Hon var ju alltid ute i så god tid. Han brukade småretas om det. Kanske var det just den där sista halvtimmen som fick henne att sedan undra och att ännu en gång ifrågasätta sitt äktenskap. Så fort Tobias hade gjort det som förväntades av honom – burit ut tavlorna, kysst henne hastigt och slarvigt bredvid munnen, redan på väg i tanken – hade han slagit sig ned vid datorn. Loggat in och suttit med händerna startberedda i väntan på … att hon skulle ge sig av. Det var så tydligt att han önskade att hon skulle försvinna hemifrån. Hon hade stått vid fönstret och iakttagit honom, mannen hon hade valt att leva med. För hans skull hade hon brutit upp från byn i Kalix, där hela hennes släkt bodde, där hon hade sina bästa vänner, där hon var Yrsa utan att behöva bevisa något. Vi håller kontakten, hade de lovat varandra. Vi hörs! Men det blir inte detsamma att hälsa på en gång om året som att dela det vardagliga. Hon hade varit så vansinnigt förälskad och ung och full av förväntningar. Hade aldrig träffat en man som Tobias – aldrig älskat så mycket och blivit så bekräftad och känt sig så hel. Just då hade valet varit lätt. Sedan kom det svåra. Tobias hade inte velat ha barn. Han kunde inte tänka sig det och han var grundmurad i sin övertygelse.

Yrsa mötte sitt ansikte i hallspegeln och strök över sin platta mage. Snart skulle det vara för sent. I år fyllde hon fyrtio. Det var hennes livs största kompromiss och i början hade hon hoppats att han skulle ändra sig. Tänkt att det var en fråga om mognad, att längtan skulle komma när folk i omgivningen skaffade barn. Varför vill du inte ha barn med mej? Hur kan du missunna mej det när jag så gärna vill? Förstår du inte hur viktigt det är för mej? Svara då! Jag måste få veta varför. Han hade försökt förklara det i termer av ovilja och ansvar men för henne räckte det inte. Det var inte hela sanningen. Bit hade fogats till bit. En plötsligt påkommen tystnad när hon frågade om hans mamma. Fotografier på familjen som borde ha funnits. Vad har det gamla med nuet att göra, dina föräldrars liv med våra liv att skaffa?

Han hade inte kunnat sätta ord på det förrän hon konfronterade honom med det. Tobias mamma hade dött när han föddes. Tobias pappa kom aldrig någonsin över det. Det hade legat som en tystnad, en bråddjup avgrund, över hela hans barndom. Du borde söka hjälp. Det var inte ditt fel. Du kan inte göra så här mot mej bara för att du är rädd. Tobias, lyssna på mej! Ögonblicket när allt kunde ha hänt och hon trodde att de kommit till ett genombrott. Hans bleka ansikte som låg i randig skugga från persiennen. Hans mun som öppnade sig. Svaret som aldrig kom. Istället hade han lämnat henne ensam. Hon hade hört ytterdörren slå igen och sedan … hade hon väntat, först arg sedan ängslig och förtvivlat ledsen i timmar innan han kom hem igen, och då hade hon inte vågat ta upp saken. Inte då och inte senare. Nästan ordagrant kunde hon minnas vad han sa. Om det är så viktigt för dej får du hitta en annan pappa till ditt barn. Du är fri att gå – gå om det är så viktigt för dej. Jag vill inte stå i vägen om det skulle göra dej lycklig. Sluta med ditt sinnessjuka psykologiserande och grävande i min barndom. Det angår dej inte och du har fel. Han rörde inte vid henne. När hon hade försökt få tröst i hans famn hade han skjutit henne ifrån sig för att hon skulle förstå att han menade allvar. Och allvaret fanns kvar där som en vaksamhet i hans blick när han såg hur hon längtansfullt följde barnens lek vid vattnet eller vände sig bort med blanka ögon när hon såg en gravid mage. Gå då om det är så viktigt för dej, Yrsa, men anklaga inte mej. Och nu, var fanns han nu? Tant Edla i huset bredvid hade undrande tagit in tidningen till sig för att brevlådan blev överfull. Jag ville inte att någon skulle se att ingen var hemma, med tanke på inbrott och så, hade hon sagt i förbigående. Nej, hon hade inte sett till honom på hela veckan. Inte bilen heller.

Yrsa gick fram till förrådet under trappan och öppnade för att se om hans resväska var borta. Nej, den kantstötta gamla väskan han ärvt av sin syster när hon köpte ny stod kvar, men Yrsas egen lilla svarta weekendväska var borta. Hon fortsatte in i hans garderob, försökte se vad som fattades. Den svarta kostymen hängde kvar och blazern med skinnlappar på ärmarna. Han måste ha haft jeans och skinnkavaj. Ett par svarta t-shirts saknades också, och gymnastikskorna. Polisen hade bett henne fundera över hur han kunde vara klädd när de bad om ett foto. Vad var det frågan om? Var kunde han finnas och varför hade han tagit med sig passet? Hans doft fanns kvar i kläderna. Yrsa tryckte hans tröja mot sitt ansikte och blundade. Lät sig omfamnas av hans doft. I den fanns en smula trygghet. En känsla av att hon när som helst skulle höra ljudet av bildäcken mot grusvägen och att han ögonblicket därpå skulle hålla henne i sin famn och komma med en förklaring. En hastig impuls fick henne att gräva igenom fickorna på hans byxor och kavajer för att hitta en papperslapp med en adress eller ett telefonnummer eller ett kvitto från någon främmande plats. Hon visste inte vad hon sökte egentligen. Ingenting. Hon hade ringt runt till alla hon kunde komma på innan hon kontaktade polisen. Utan resultat. Ingen visste något. Polisen hade sagt att de sökte honom för att Sandra Hägg var död. Först nu klarade hon att ta till sig den tanken. Sandra Kassandra med det pojkklippta svarta håret och leendet som fick alla att smälta. Hon hade själv blivit alldeles trollbunden och inte kunnat släppa henne med blicken. Det var inte bara leendet, det var hela hennes sätt att röra sig. Hon utstrålade självförtroende, sensualitet och livsglädje. Tobias hade inte varit opåverkad. Det hände bara. Mitt framför ögonen på henne hände det och hon hade inte haft makt att göra någonting åt det.

Yrsa slog upp en mugg kaffe till. Det hade stått en stund på kokplattan och smakade strävt i munnen. Hon satte sig vid köksbordet men reste sig hastigt igen. Det gick inte att finna någon ro. Hon tog muggen med sig och gick in i vardagsrummet. Letade igenom lådan med fotografier och hittade en porträttbild som tagits på Tobias för något år sedan. Han log in i kameran och blottade sin guldtand. Hon hade alltid tyckt att det såg busigt ut, lite fräckt. När hon såg bilden kom oron över henne på nytt som ett knytnävsslag i magen. Tobias, var finns du? Hon slängde fotografiet ifrån sig, orkade inte se det.

Skärmen och tangentbordet stod kvar. Det var därför hon inte märkt att datorn var borta. Just i denna stund dök ett minne upp ur glömskan. Förra veckan hade Tobias suttit vid datorn och när hon kom in i rummet, precis som hon gjorde nu, hade han bytt program. Hon hade provat att gå ut ur rummet och sedan hastigt komma tillbaka igen. Samma sak hade hänt. Han bytte program. Vem skriver du till? hade hon frågat och han hade undvikande mumlat något om jobbet och sekretessbelagd information.

Sandra Hägg. Första gången de träffades hade varit hemma hos Tobias syster. Ebba arbetade på lasarettet och hade bjudit hem sina arbetskamrater med anledning av sin fyrtioårsdag. Yrsa hade hjälpt henne med buffén. Ebba var inte särskilt huslig och hade tänkt låta en cateringfirma ta hand om maten, men Yrsa hade framhärdat. Det var onödigt dyrt. Tjänster och gentjänster. Ett par pajer och lite kallskuret och en stor sallad var inga problem. Det hade så klart blivit mycket sjukvårdsprat, kroppsvätskor och uttömningar och andra intimiteter som människor utan en fot i vården brukar undvika att tala om vid bordet. De inbjudna verkade vara helt i avsaknad av sådana spärrar. Sandra hade livfullt beskrivit en man som pinkade in i sterilförrådet och sedan fortsatte ett varv runt expeditionen för att markera revir. Hon skrattade högt och alla skrattade med. Tobias hävdade att det var en alltigenom förnuftig handling och att revirpinkaren skulle vara en alldeles utmärkt förebild för den svenska läkemedelsindustrin, som för sin egen överlevnads skull borde ha pinkat in sitt revir istället för att sälja bort sin kunskap. Trots att diskussionen startat på kiss-och-bajs-nivå nådde den snart sådana intellektuella höjder att bara Sandra och Tobias öppnade munnen, men de hade desto mer att säga och de andra lyssnade tålmodigt, även om de inte riktigt begrep allt om vaccintillverkning, randomisering, ratificering och världspatent. Yrsa hade tröttnat rätt fort och försvunnit ut i köket till Ebba. Vem är hon, hon den mörka som Tobias pratar med? Ebba, som i nervositeten inför festen druckit lite för mycket av dunkvinet, talade djupt ur magen som ett orakel med tillgjord spökröst. Det är Kassandra, som av guden Apollon fick gåvan att se in i framtiden om hon blev hans kvinna. Hon tog emot siargåvan men ville inte ha honom som sängkamrat och därför straffade han henne med en hemsk förbannelse. Ebba hade nickat och knipit ihop munnen för att göra sig extra mystisk. Vilken förbannelse? hade Yrsa frågat. Ebba hade vid det laget börjat skära upp mera bröd. Det var fortfarande lite fruset och talet kom stötvis skiva för skiva. Förbannelsen är att ingen tror på hennes förutsägelser. Så säger myten om Kassandra. Ingen tror henne, utom möjligen Tobias, som hon fått helt i sitt våld, den häxan. Nej, mitt hjärta, det är lugnt. Han älskar dej, jag vet att han gör det, och skulle inte byta ut dej ens mot en natt med Cindy Crawford. Kassandra ska man nog ta med en nypa salt. Hon är en riktig Krösa-Maja som ser faror och onda tecken överallt. Vid millennieskiftet fick hon hela avdelningen att hamstra jodtabletter, ifall det skulle ske en kärnvapensprängning av misstag. Sedan skrämde hon upp oss med ebolavirus och multiresistent tbc och nu är det fågelinfluensan. Fågelinfluensa, pha! Vad ska hon komma med härnäst? Gräshoppor och nyckelpigor och ragnarök?

När de dukat fram kaffet och Yrsa skulle säga att nu kunde de hämta tårta i köket upptäckte hon att gästerna öppnat altandörren och spritt ut sig i trädgården. Hon ropade till dem att kaffet var klart och snart hade alla tagit tårta och satt sig vid bordet. Sandra och Tobias saknades. Det var inte bara pinsamt, det var ett rent svek. De var borta och ingen visste vart de hade tagit vägen. Kommentarerna uteblev inte. Små elaka gliringar. Du får se till att hålla din man under uppsikt. Sandra äter män. Biter huvudet av dem. Har du hört talas om Svarta Änkan? Fick de huvudvärk och gick hem samtidigt? Sa de inte ens tack och hej då till Ebba?

Ebba var vid den tidpunkten på natten inte i skick att svara på den frågan eller några andra frågor heller för den delen. Hon satt på en pall i köket och skrattade åt allting som om någon hade kittlat henne. Hon kiknade av skratt för att disktrasan föll på golvet och sedan försökte hon använda den som handdocka och gjorde den till ett bräkande lamm.

När gästerna var redo att bryta upp hade Tobias och Sandra kommit vandrande med armarna om varandra, ivrigt diskuterande ute på vägen. Yrsa hade tryckt ansiktet mot rutan fast hon egentligen inte ville se det hon såg. Var har ni varit? Hon hann inte fråga själv utan blev förekommen av de andra gästerna. Varit? upprepade Tobias. Måste man redovisa varje strategisk förflyttning för gruppchefen? Vi var hemma hos mej en stund bara. Jag var tvungen att visa Sandra en forskningsrapport. Det skämtades rått om den saken också. Forskning? Undrar vad ni har utforskat? Anatomiska olikheter? Ebba hade flabbat så hon kissade på sig och måste byta byxor, vuxna människan. Tobias hade blivit högröd i ansiktet och plockat fram pappren ur Sandras portfölj, som bevis. Men allt han fick fram var en tidningsartikel om chipmärkning av husdjur, som inte bevisade något alls. En dålig bortförklaring bara.

Det var två år sedan nu, men när Yrsa stod vid den trasiga altandörren i sitt vardagsrum var det som om det hade hänt i går. Det gjorde fortfarande ont. Det fanns där som något ouppklarat. Tobias hade sagt att han inte träffade Sandra längre och hon hade litat på det.

KAPITEL 28

"Här är det snabba ryck. Vi ska vaccinera oss. Det sitter en sköterska i personalrummet. Det är bara att gå dit och få det gjort. Pettersson svimmade nästan. Det är jävligt grova kanyler. Jo, det gjorde du visst." Haraldson rufsade om sin kollega i håret och nickade åt Maria. "Damerna först?"

"Vadå, hur menar du?"

"Alla poliser ska vaccineras mot fågelinfluensan. Poliserna och statsministern och hans polare, man är i fint sällskap. Javisst. Det är bara att fortsätta rakt fram till personalrummet, det är där Syster Yster håller till. Vi får det gratis. Fattar du vilken satsning på polisväsendet. De anser att vi är värda 25 000 per man + tabletterna, låt se ... det är 35 000, du. Kände jag mej inte lite snyggare när jag såg mej i spegeln i omklädningsrummet, lite intelligentare och definitivt mer uppskattad som människa. Man är värd att satsa på, minsann. Vi kommer att få Tamivir så länge fågelinfluensan pågår. Man räknar med sex veckor till. Det är pengar, det. Fast jag hade gärna tagit det i en klumpsumma och rest till ett paradis vid Medelhavet i stället."

Maria fortsatte korridoren fram och det var precis så som han sagt. En sköterska iklädd den ljusgröna dräkt Maria kommit att förknippa med Vigoris Health Center hade dukat upp med sprutor på en liten rostfri vagn.

"Var så god och kom fram. Du vet vad det gäller, eller hur?"

"Vaccination." Maria erfor en lätt känsla av obehag, som hos skolsköterskan. Lukten av desinfektionsmedel. Att man aldrig riktigt vänjer sig. Ett litet stick så är det över. Förr luktade det eter, vilket förstärkte skräcken, och så var det alla rykten om vassa nålar som kom ut på andra sidan armen och svidande, frätande vätskor som gav äggstora bulnader och feber.

"Du är inte allergisk mot ägg?"

"Va?"

"Vid framställningen av vaccinet använder man hönsägg och om man är allergisk mot proteinet i ägg kan man få en reaktion, det är därför vi frågar." Sköterskan log ett rart litet leende.

"Nej, jag är inte allergisk."

"Höger- eller vänsterhänt?"

"Höger." Maria kavlade upp skjortärmen på vänstra sidan och fäste blicken på anslagstavlan på den motsatta väggen. Hon kände kylan från den spritsudd som tvättade överarmen och sedan sticket, och den svidande känslan när vätskan pressades in under huden. Kroppen minns – det var så här det kändes. Maria vände på huvudet för att se när kanylen drogs ut. Var den inte ovanligt grov?

"Om någon dag kan du känna att det blir en lokal reaktion, en liten svullnad, och du kan få en lätt tempstegring. Man kan känna sig lite ruggig och vara öm i musklerna, men det är inget farligt." Det rara lilla leendet igen. "Är det något du undrar över?"

Maria, som först blivit överrumplad av att de så snabbt skulle få tillgång till vaccin, hade samlat sig något.

"Det stod i tidningen i dag att man befarar att också Tamivir kommer att bli verkningslöst om det skrivs ut alltför frikostigt. Är det så?"

"Viruset som en människa bär på kan bli resistent om läkemedlet används under längre tid och när det inte behövs, i onödan alltså. Men en människa blir inte resistent, som de skrev i tidningen. Ibland har de så bråttom att de inte riktigt lyssnar på vad man säger innan de skriver."

"Tror du att det blir så – att läkemedlet blir verkningslöst?" Maria såg att frågan besvärade henne. Det rara lilla leendet bleknade en aning och hon såg hastigt på klockan. Säkert tillsagd att hinna med X antal vaccinationer före lunch. Hon sneglade mot dörren, där Hartman stod beredd med uppkavlad skjortärm.

"Jag tror du får ta den frågan med Jonatan Eriksson. Du kan nå honom på telefon …"

"Jag vet." Maria kände sig besvärlig som upptog sköterskans tid i onödan och hindrade sina kollegor från att komma in.

"Tack ska du ha. Då var det väl din tur då, Hartman."

"De har haft inbrott på Vigoris Health Center sent på kvällen den 4 juli utan att anmäla saken", sa Hartman när han kom ut från personalrummet och de tillsammans gick korridoren bort mot tekniska avdelningen. "Tydligen blev ingenting stulet. De ville inte ha uppmärksamhet kring det. Jag fick veta det alldeles nyss när jag ställde ett par kompletterande frågor till Lennie Hellström. Han gick vakt den natten och fick ett larm från kliniken. När han gick sin runda upptäckte han att ett fönster var trasigt och då ringde han upp Viktoria Hammar istället för säkerhetsansvarig, som det var överenskommet. De drar tydligen inte jämnt."

"Det är flera vårdcentraler som har haft inbrott innan vi satte in polisbevakning. Folk är desperata." Och det är inte konstigt, tänkte Maria. Det står om dödshot i tidningarna och innan beskedet kom om läkemedel till hela öns befolkning fanns ingen hjälp att få, mer än den man själv lyckades skaffa via kontakter. Konstigt att det inte händer mer än det gör. Att inte fler läkare hotats till livet för att skriva ut medicin, eller för att man tror att de hamstrat medicin i hemmet. Tidigare i veckan hade Maria tagit emot en anmälan från en distriktsläkare som blivit misshandlad i sitt hem av en desperat granne. Hans fru hade feber och ingen läkare hade kommit för att se till henne som det var överenskommet och telefonlinjen var blockerad. Läkaren hade sagt att han inte var i tjänst och grannen hade försökt tvinga honom att komma, trots att han arbetat natt och behövde sova.

"När kommer folk att kunna resa fritt igen?"

"I sista nyhetssändningen talade man om fem dagar och att man måste ha ett intyg som visar att man medicinerat. Antagligen blir det en massflykt från ön när utreseförbudet hävs."

"Det tror jag med." Maria tänkte på Krister som skulle börja jobba igen om ett par dagar. Hans situation var knappast unik. De flesta var faktiskt här på semester. "Men regeringen fick ge sig av."

"Jag hörde diskussionen på Nyhetsmorgon. Man har i detalj gått igenom varje regeringsmedlems kontakter och inte kunnat spåra dem till någon smittkälla. Men så kan man inte göra med oss vanliga dödliga, det kräver för mycket resurser."

De slog sig ned i teknikernas rum för en snabb genomgång. Mårtenson gäspade och sträckte ut sig i sin fulla längd. Det knakade i hans leder efter att han i timmar suttit hopkrupen och granskat små fragment av textilier och hud. Det gällde de fynd som gjorts i Sandra Häggs lägenhet.

"Vi har funnit något intressant i soporna i Sandra Häggs kök. Ett SIM-kort till en mobiltelefon. Jag kollade de senaste samtalen med teleoperatören. Telia. Samtliga utgående samtal den senaste veckan har gått till Yrsa Westberg och de flesta inkommande samtal är från henne."

Hartman gungade på stolen medan han lyssnade, som om han inte tillräckligt fort fick veta det han behövde utan med rörelsen kunde skynda på teknikerns redogörelse. Mårtenson fortsatte:

"Man får en känsla av att det kan ha suttit i Tobias Westbergs mobil. Ett samtal var från en tidigare arbetsgivare på en landsortstidning, ett från ett medicinskt magasin och ett från en försäljare av teletjänster som ville tala med företagets inköpsansvarige – det måste ju vara Tobias själv, inte hade han några anställda."

"Yrsa?" Maria kände hur tanken rusade. "Kortet hittades i Sandras lägenhet, men inte mobilen. Antingen har Tobias varit där hela tiden och sms:at sin fru som om han varit hemma. Samtalen har enligt teleoperatören sänts från det området. Eller också har han inte alls varit där utan låtit Sandra skicka sms till Yrsa. Men var finns Tobias? Hans pass var borta och både den stationära och den bärbara datorn."

"Jag talade nyss med Yrsa i telefon", sa Hartman. "Hon berättade hur hon tror att maken var klädd vid försvinnandet. Hon gissar att han bar jeans, svart t-shirt, brun skinnkavaj och gymnastikskor. Jag tror att vi hinner få med det till nästa nyhetssändning. När hon fortsatte att söka igenom huset för att se om något mer kan ha blivit stulet vid inbrottet fann hon att det saknas kamerautrustning. Tobias brukar själv ta bilderna till sina reportage. Antingen har han med sig grejerna eller också får man anta att de har stulits. Yrsa är väldigt uppriven. Hon kommer att bo hos Tobias syster, Ebba Westberg. Jag har skrivit ned adressen, om vi behöver få kontakt med henne. Det är klart att det känns otryggt att bo ensam i ett hus där någon just har brutit sej in. Man lever ju lite till mans i en illusion av att ens hem är en ointaglig borg och plötsligt slår någonting hål på den myten."

"Har ni sett obduktionsprotokollet på Sandra Hägg? Jag fick en kopia i morse." Mårtenson sträckte sig efter pappren i hyllan framför sig.

Hartman skakade på huvudet. "Har inte varit på mitt rum. Kom det nu?" Han tog emot protokollet och ögnade igenom innan han lämnade det vidare till Maria. "Det bekräftar det vi antog preliminärt. Hon blev strypt, och innan dess slagen med ett trubbigt föremål i bakhuvudet. Nej, det är inget nytt. Jag ser inget motiv. Inte rån, inte våldtäkt. Vad handlar det här om? Vad var det nu hennes chef hette, den manliga?"

Hartman sökte i minnet men kunde inte komma på det. Så blev det alltid när sömnen var dålig. Namn och platser bara försvann. I natt hade han legat och grubblat på hur det skulle gå för Marias Emil och de andra barnen på sanatoriet. Snurrat av och an i sin säng från klockan två utan att få en blund i ögonen efter det.

"Reine Hammar. Väninnan antydde att han visat ett särskilt intresse för Sandra och att han var hemma hos henne en gång när hon ringde dit. Vad var det du ville säga om honom?"

"Vi borde höra honom så fort de släpper honom från sanatoriet, om de inte redan har gjort det."

"Jag tänkte på tavelförsäljaren", sa Mårtenson. "Har man kunnat identifiera honom?"

"Vi har slängt ut frågan till Europol och väntar på svar, men det kan dröja innan vi får besked. Visst skulle det underlätta om vi hade ett namn. De kännetecken vi hittat är ett ganska fult ärr under höger revbensbåge – det är inget operationsärr, snarare sviterna efter en misshandel. Fingeravtryck. Ansiktet är uppsvullet och illa tilltygat, det är inte lätt att känna igen någon från ett sådant foto."

KAPITEL 29

När Hans Moberg vaknade visste han inte först var han befann sig. Den främmande, kvinnliga doften hade smugit sig in i hans drömmar och i någon mån färgat dem. I drömmen hade han befunnit sig på en fest i en stor vit villa vid havet. Vinet hade flödat och alla var berusade, och på ett märkligt sätt hade han hamnat i värdinnans vattensäng med tre sköna kvinnor enbart iklädda färgglada långhåriga peruker av metallremsor. Men vattensängen hade läckt och blivit till ett hav och plötsligt fanns Sandra Hägg där och all lust och lekfullhet försvann. Han hade försökt fly från sin skuld. Vänt sig åt ett annat håll och försökt att hitta tillbaka till festen. Men musiken hade tystnat och runt omkring honom hade mörkret tätnat och pressat honom ut på bryggan igen. Kylan hade sökt sig in på bara kroppen och stjärnhimlen hade välvt sig över honom mäktig och anklagande. De iskalla stjärnögonen såg på honom och i månljuset hade hennes hud varit bländande vit. Han hade velat röra vid henne och kyssa hennes vackra hals. Sandra Hägg. Så stod det på dörrskylten.

Han hade varit besatt av att få smeka henne. Men hon hade blivit rädd, tagit ett steg bakåt. Han hade följt efter henne. Han hade gripit efter henne och hon hade tagit ytterligare ett steg bakåt och fallit ned i det svarta vattnet som i en öppen grav. Saltvattnet stänkte över hans ansikte och det krasande lätet när hennes huvudskål spräcktes mot stenen ekade fortfarande i dagsljuset. Kanske dämpades ljudet av vågorna, kanske nådde det aldrig luftens element, men i hans öra fanns ljudet av den krossade skallen som en rest från drömmarna. De förrädiska drömmarna som lockade honom och sedan blottade den vidriga sanningen när han var skyddslös och skör. Eller under rusets inverkan, när han inte heller förmådde skydda sin gräns och blev besatt av vrede och slog allt i bitar för att han själv inte skulle sprängas isär. Minut för minut av tystnad när hennes kropp vilade på botten. När han förstod att hon var död, att tiden hade tagit henne med våld, hade han sprungit därifrån. Sprungit i gyttjan utan att komma någon vart. Krupit tills han kom utom räckhåll för hennes vita smala armar. Den hemlighet som delas av två där den ena är död, är en väl bevarad hemlighet, hade han trott. Men vad som egentligen hände kunde han inte minnas. Han försökte andas lugnt och djupt, återta kontrollen över sin skenande andning och hjärtats hårda slag.

Nu låg han och stirrade på den fluffiga gardinuppsättningen och undrade var han hade hamnat. I bomullsgardinernas broderade helvete hemma hos hästansiktet Cecilia Granberg – så var det. Han måste få tag på något att dricka, nu med en gång. Den jästa smaken av Gotlandsdricka kom i sura uppstötningar och han undrade för sig själv om han verkligen hade varit så desperat att han druckit en hel flaska.

Hans Moberg stapplade ut i köket för att sätta på kaffe. En ny solig dag skar honom i ögonen så tårarna rann. Han såg ut över den prydliga villaträdgården med ansade rabatter och trädgårdsland där salladshuvuden och dill och morotsblast stod i trådraka rader. Vad kunde klockan vara? Bara fyra. Han hade sovit tre timmar. Det blev sällan bättre än så och han stönade högt av besvikelse. Gårdagens träff med Kramgo Skånska hade inte alls blivit som han önskat. Det måste ha skett ett missförstånd. Han hade tagit Cecilias bil och parkerat vid kalkbruket och väntat. När kvinnan inte kom hade han stigit ur och tagit en sväng nedåt hamnen. Månen hade speglat sig i vattnet. Kanske var det därför han sedan drömt så märkliga drömmar. Det var som om Sandras bleka ansikte fanns där i mångatan, alldeles under ytan, för att när som helst dyka upp och anklaga honom med sina mörka ögon. När han stod på kajkanten hörde han en bildörr slå igen. Han hade skyndat sig tillbaka för att se om skånskan hade kommit. Men någon annan bil såg han inte till, och när han la märke till poliserna som i halvslummer vaktade hamnen så att ingen skulle kunna ta sig från ön lämnade han raskt området. Det var först när han skulle gå och lägga sig som han kom på att plånboken var borta. Han letade i huset, men kom ihåg att han lagt den i bilen. Den hade varit tjock och knölig att sitta på och han hade tagit den ur fickan och lagt den bredvid sig. Men när han kom ut i garaget och letade igenom bilen fanns plånboken inte där. Tanken slog honom att han kunde ha haft den med sig när han steg ur bilen, eller också hade någon stulit den. Bilen var olåst. Så han hade återvänt till industrihamnen och finkammat området, men någon plånbok hade han inte hittat. Det var för jävligt.

Hans Moberg la sig på Cecilias säng och knäppte på radion. En hetsig debatt pågick om förbudet att träffas i större folksamlingar för att undvika smitta. Idrottsevenemang och konserter hade ställts in på hela ön och restauranger fick bara ta emot ett mycket begränsat antal gäster. Busstrafiken var inställd och all barnomsorg hade stängt. Smittskyddsläkaren försökte motivera sitt beslut – men folk var upprörda. Kärringar! Han orkade inte lyssna på dem utan slog över till P1. Programmet handlade dessvärre också om fågelinfluensa men samtalstonen var mjukare och mer saklig.

"En svenskfödd 73-årig läkare, Johan Hultin, gjorde för åtta år sedan en expedition till Alaska där han undersökte en massgrav från 1918. De begravda var alla offer för spanska sjukan. Syftet var att få med sig vävnadsprover från de avlidnas lungor för att man skulle kunna isolera och undersöka det virus som orsakade sjukdomen. Johan Hultin lyckades där andra misslyckats, och den virusstam man kunde få fram med hjälp av det frysta materialet förvaras nu på Center for Disease Control i USA ..." Där någonstans måste Hans Moberg ha somnat och när han vaknade stod en kvinna i dörröppningen med en vattenkanna i handen och såg på honom. Antagligen hade hon skrikit. Munnen var fortfarande öppen och vattenkannans pip slokade mot golvet. En liten rännil av vatten målade hennes bruna kjol i en mörkare nyans mitt fram.

"Vem är du?" frågade hon med stort läckage i rösten sedan hon ljudligt dragit in luft. Hennes ögon var runda och mycket blå bakom de starka plusglasen, och de tycktes växa ännu mer när han sakta reste sig upp till sittande. Varligt nu, han fick inte skrämma henne på flykten.

"Skulle väl fråga detsamma", sa han sedan och lät en aning bister. "Cecilia lovade mej att jag skulle få arbeta ostört här."

"Förlåt, jag …" Vattnet fortsatte att rinna ner i en liten pöl på golvet.

"Klas Strindberg", presenterade sig Hans och räckte fram handen. Han hade tidigare anlagt rollen av finlitterär författare vid en av sina nätdejter, så det var bara att ta på sig den måttbeställda kostymen. Ett surrande ljud på i:na, ett svagt skorrande på r:en och hakan arrogant insjunken i halsen gav den rätta framtoningen. Han hade övat framför spegeln och visste vilket intryck det gjorde. Håret borde ha varit kammat i sidbena med lite av den för långa luggen slängd över pannan i formade stripor, men det fick vara till nästa gång.

Hon tog emot hans hand i ett kallt fuktigt grepp och log ett försiktigt leende. Tänderna var ojämna och lite omlott. Det hade sin charm, tyckte han.

"Jag är bara granne. Skulle vattna. Cecilia har inte berättat för mej att …"

"Så klart hon inte har. Om varenda människa visste att jag fanns här skulle jag inte få någon arbetsro. Tidningarna ringer. Teve och radio vill ha intervjuer. Mina läsare missar inte en chans att få böckerna signerade och min förläggare svävar som en gam över mitt huvud och väntar på resultat." Kvinnan följde hans gest i luften. Enfaldiga människa, tänkte han. Inte såg hon så mycket ut heller. Alldeles för tillknäppt för att det skulle vara mödan värt att … men det är klart att man kunde missta sig. Bara för att hon såg ut som om hon kom från försäkringskassans blankettarkiv behövde det ju inte betyda att hon var helt ohanterlig för det.

"Hur gör vi med blommorna då?" frågade hon.

"Blommorna?" Först förstod han inte vad hon talade om. Blommor och bin, for det genom hans huvud. Hon kanske var nivåsänkt fast hon såg normal ut på utsidan. Så fick han syn på vattenkannan igen och förstod. "Dem kan du ta med hem till dej. Jag behöver lugn, förstår du. När jag skapar måste jag smaka på orden, låta dem rulla på tungan så jag känner vad de har för eftersmak. Har du tänkt på att ord har en eftersmak? Tiotusentals människor läser mina lyriksamlingar och jag får inte göra dem besvikna. Förväntningarna blir bara högre och högre."

"Fantastiskt! Säljer dina dikter i sådana upplagor? Klas Strindberg, var det så du hette? Jag har faktiskt aldrig hört talas om dej. Jag är ledsen." Hon fick något glupskt och nyfiket i blicken och slog sig oväntat ned på sängkanten. "Skriver du under pseudonym?"

"Det är många år sedan jag kom ut med något nu. Vanliga människor förstår inte vilken vånda det innebär att smälta samman sina innersta dynamiska intryck till statiska ord – det är som att servera sitt eget avhuggna huvud på silverbricka, om du förstår vad jag menar." Ett av morsans favorituttryck, hon var fan så litterär.

"Vilket förlag kommer du ut på då?"

"Varför en så ytlig fråga? Det kan rimligen inte intressera dej, eller hur? Du är en kvinna med helt andra djup och kvalitéer, sådant ser jag."

"Jaså, vad ser du då?" Hon lutade sig fram. Överläppen darrade lite grann, inte mycket, men han tyckte hon såg ut som en kanin och kunde inte låta bli att le.

"Vad är det som är så roligt?" frågade hon utan att släppa honom med blicken. Lite trumpen nu, han fick verkligen vara försiktig. "Vad har jag för kvalitéer, tror du?"

"Du är pålitlig och kan bevara en hemlighet. Hm, få se på dina vackra händer. De har inga valkar. De är mjuka. Man säger att ögonen är själens spegel, men det är fan så banalt. Jag skulle säga att händerna är själens spegel. Inga ringar – en kvinna med många möjligheter." Han strök med sin varma hand över hennes handrygg och vände upp hennes handflata. Livslinjen är stark. Men linjen för kärlek och lust är bruten på flera ställen." Han följde den med pekfingret och anade en rysning som fortplantade sig genom hennes kropp. Inte gå för fort fram. Det här borde vara lagom. Hon måste få tid att smälta beröringen och längta efter mer.

"Har du blivit översatt?" frågade hon och drog till sig handen efter en lätt besvärande tystnad.

"Men så klart, vilken fråga!"

"Och du skriver under ditt riktiga namn?" fortsatte hon. Anade han inte ett leende? Här måste han vara försiktig.

"Under pseudo … ja, du vet. Man måste ju ha ett privatliv."

"Vad kallar du dej då?"

"Jag vill helst behålla det för mej själv. När jag hyrde en våning på Strandvägen i Stockholm i våras råkade jag bara, liksom i förbigående, nämna mitt namn och sedan var det kört. Ryktet spred sig och jag kunde inte vara kvar. Förlorade tre månaders skrivro och hyran ska vi inte tala om. Nej – jag önskar faktiskt få vara här inkognito. Det är så min uppgörelse med Cecilia Granberg ser ut och hon går inte lottlös ur det kontraktet. Du förresten, du råkar inte ha vägarna förbi Systembolaget eller så? Jag bara undrar – kunde tänka mej att skicka med en liten beställning … ifall att."
Hon skakade på huvudet.

"Jag tror att man kan beställa via Pressbyrån på en del ställen, men jag vet inte. Jag har aldrig köpt ut."

När grannen försvunnit med den sista pelargonen kände Hans Moberg först lättnad, sedan kom olusten smygande. Hade hon anat något? Nej, då skulle hon inte ha satt sig på sängkanten. Men om hon pratade med andra grannar och de hade hört efterlysningen och började lägga ihop ett och annat, vart skulle han då ta vägen? Här fanns i alla fall mat och el och ett hyfsat badrum. Han måste fundera ut något. Kanske var det bäst att ta Cecilias oansenliga Saab och ge sig iväg snarast. Men vart? Risken fanns att han blev smittad av det där fågelinfluensaeländet om han träffade folk. Om han bara vandrade in på en vårdcentral och bad att få medicin så skulle de behöva personuppgifter, vilket var lika med en enkel biljett till tukthuset. Och utan medicin inget intyg, så att han kunde ta sig från ön. Det hade verkligen trasslat till sig. Allt var Sandra Häggs fel. Om hon bara hade låtit honom vara ifred, om hon aldrig hade bett honom komma skulle det inte ha hänt. Hon hade velat prata med honom om vaccin mot fågelinfluensan. Han hade kanske blivit lite yvig och kommit med uppgifter som inte helt hade täckning. Men som, om saker och ting utvecklades gynnsamt, kanske skulle komma att få täckning inom en icke alltför avlägsen framtid. Det var väl ungefär så han hade resonerat. Det lät på henne som om hon absolut ville veta varifrån han fått sprutorna. Varför det nu var så viktigt? I praktiken fanns det ju inga sprutor, men om han bearbetade sina kontakter i Hongkong var de sällan omöjliga. Egentligen var det ju nästan riskfritt att kränga vaccin som inte hade effekt förrän efter tre veckor. Om grejorna var undermåliga skulle han ha hunnit därifrån för länge sedan. Värre var det i så fall med Viagra, där man kunde förvänta sig en omedelbar effekt.

Hans Moberg smög ut längs häcken, till uthuset där han hade ställt upp sin parningsholk. Någonstans måste han väl ändå ha en sexpack öl – annars var livet inte värt att leva. Ett par öl och en stunds vila och sedan skulle han ta tag i sin situation.

KAPITEL 30

Maria beställde en bukett blommor som skulle levereras till kollegan Ek på Follingbo sanatorium, såg på klockan och loggade ut från datorn. Hon hade just kommit från det informationsmöte som utlysts med anledning av utegångsförbudet. All semester var återkallad och man kunde räkna med att få arbeta övertid framöver när flygplatsen och hamnarna skulle bevakas, men också apoteken, sjukhuset och vårdcentralerna, trots att man förberedde ett samarbete med beredskapspolis och väktare. För Maria som utredare skulle det inte innebära någon större skillnad, men situationen var skrämmande och arbetsfördelningen oklar. De två stora frågorna som inte hunnit få sin lösning var vem som skulle betala och vem som hade ansvaret.

När Maria sträckte sig efter jackan på hängaren vid dörren hörde hon Hartman tala med någon på engelska i telefon. Han var ingen större språkbegåvning. När man talar om riktigt allvarliga saker med fel språkmelodi och kraftiga gotländska diftonger blir det lite märkligt. Hartman hade växt upp i Martebo och dialekten fanns kvar trots alla år på fastlandet. Maria försökte låta bli att skratta – det de talade om var verkligen inget att skratta åt. Mest av allt kände hon att hon tyckte om honom. Han gjorde verkligen alltid sitt bästa och förutsatte att andra också gjorde det. Han hade en generositet i tanken på gränsen till det naiva, och ändå var det kanske just det som gjorde att han ofta lyckades där andra misslyckades. Den genuina välviljan lyste igenom och människor vågade anförtro sig åt honom.

Sergej Bykov, bokstaverade Hartman med stor möda. Ögonblicket efter var han synlig i dörröppningen. Svettig i pannan och med stora fuktfläckar under armarna av ansträngningen att tala på engelska, men glad och full av entusiasm.

"Tavelförsäljaren har fått ett namn. Vi tog det på ärret. Det uppstod vid ett personrån. Han heter Sergej Bykov och kommer från Vitryssland. Enligt hustrun skulle han på en kort tur till Sverige för att sälja tavlor och hon hade väntat honom åter söndagen den 1 juli. Hennes berättelse är så sorglig att man får en klump i halsen. Sergejs son är svårt njursjuk och han skulle få en njure av sin far, men operationen kostar pengar och det fattades någon tusenlapp. De pengarna försökte Sergej ordna i sista minuten genom att sälja sina tavlor. Operationsdagen var bestämd till i måndags, men Sergej kom aldrig."

"Vet vi något mer om honom? Var han bodde? Vad han jobbade med?" Maria hängde tillbaka jackan på kroken igen. Det här var ett genombrott och utan tvivel krävde det en mängd omedelbara åtgärder och övertid. Hon måste ringa hem till Marianne Hartman och höra om det gick bra för henne att ta hand om Linda och Malte ett tag till.

"Sergej kom från Bjaroza. Det ligger i Vitryssland, sydväst om Minsk. Han odlar laboratoriemöss och marsvin och andra försöksdjur till läkemedelsindustrins laboratorier där. Koncernen heter Demeterföretagen och läkemedelsindustrin är en del av den, liksom utveckling av system för livsmedels- och varutransportmärkning, och institut för föryngrande kirurgi. Vad jag förstår bedriver de även kliniker för överviktiga västerlänningar och amerikaner, som får komma och bo på deras SPA-anläggningar. De har sitt huvudkontor i Montreal men finns över hela västvärlden. Kolla börsnoteringarna nästa nyhetssändning får du se, det är en framgångsrik koncern."

"Och vad händer med Sergejs son nu?" Maria kunde inte låta bli att ställa frågan fast hon egentligen förstod vad svaret skulle bli.

"Han är mycket svårt sjuk. Jag vet inte hur den allmänna sjukvården ser ut i Vitryssland. De hade sparat pengar för att göra operationen på den privata klinik som hör till företaget där Sergej jobbade. Man kan bara hoppas att de har möjlighet att hjälpa pojken och att de kan hitta en annan donator."

"Pengarna de skulle ha haft till operationen kanske de måste använda för att köpa mat om inte Sergej försörjer dem längre." Maria blundade en stund och tänkte på hur hon alldeles nyss i fikarummet inför Mårtenson beklagat sig över att hon inte hade råd att köpa hus.

Maria slog en signal hem och Linda svarade.

"Du får inte komma redan för vi ska tälta. Vi ska bo i tält i natt i trädgården, det har vi fått lov till av Marianne. Det är jättemysigt och Marianne tänker också sova i tältet och vakta så inga spöken kommer."

"Får jag prata med henne?" Maria väntade och hörde hur Linda sprang ned för trappan till den andra lägenheten.

"Jo, jag tänkte att du kanske ville ha en kväll för dej själv. Tomas är snart hemma och barnen vill så gärna tälta, så om det är okej för dej räcker det att Askungen lämnar balen vid midnatt", skrattade hon.

"Jag måste säga att jag blir lite överrumplad. Vad säger Maltes pappa om det? Jag måste nog ringa Jonatan och fråga honom först."

"Han har varit här och hälsat på i dag, och ja, egentligen var det hans idé."

Två timmar senare befann sig Jonatan och Maria på Bistra Haren i källaren under Frimurarlogen vid S:t Nikolai klosterruin. Enligt en vandringssägen kom namnet till sedan en kund på Bistro Baren frågat; Vad säger ni för slag, Trista Haren? Och så hade man funderat vidare och kommit fram till att Bistra Haren inte var så dumt. Restaurangen serverade helstekt lamm och annan medeltida mat, rotfrukter, bakad potatis, jordgubbssalsa och en kikärtsröra som var väldigt god.

Så du blev utsläppt från sjukhuset?" sa Maria.

"Provet visade att jag inte bär på smitta. Man kan inte hålla personalen som gisslan. Och kunde vi inte lita på skyddutrustningen skulle ingen våga jobba."

Först hade de tänkt sitta i den vackra trädgården, där borden skuggades av ett gigantiskt valnötsträd, men det var lite kyligt så de valde att gå ned i källaren, där en gång i tiden de munkar som arbetade med bygget av klostret hade bott. Bodde där fortfarande, enligt servitrisen. En munk blev kvar. Han brukar gå omkring här nere och se till att allt är i sin ordning. Om en dörr plötsligt är öppen, om ljuset slocknar eller tänds är det bara att säga: Hej, jag vet att du finns där.

De slog sig ned vid långbordet och beställde varsin öl som serverades i keramikbägare. De många ljusen i hållarna på väggarna och oljelamporna på borden spred ett varmt sken under de vita valven och speglade sig som små vita bloss i Jonatans glasögon. De småpratade om barnen en stund innan Maria kände att hon vågade fråga hur det var med Nina.

"Vet du, det känns så konstigt att inte ljuga om hennes alkoholberoende när man har kommit med osanningar och undanflykter i så många år. Nina ligger kvar på lasarettet. Hon har lunginflammation. Spydde och drog ned det i lungorna när hon låg på rygg. Hon kunde ha dött."

"Så hemskt." Maria såg smärtan speglas i hans ansikte. Han sa inget på en stund, såg bara på henne med outgrundlig blick. Maria fick en känsla av att hon blev bedömd. Borde hon ha sagt något annat? Frågat mer eller varit tyst? Hon önskade att han skulle våga anförtro sig åt henne.

"Det är värst för Malte. Det gör mej så ont och jag blir så förbannad. Han tror att det är så en mamma ska vara. Han har inget att jämföra med. Det är norm att ha en mamma som ligger till sängs halva dagen och så plötsligt återuppstår från de döda och lovar vattenlandskap och rutschbanor och dataspel och nya leksaker, och sedan blir det ingenting av med det hon lovat. Det svänger på några timmar. Hon blir bakfull och irriterad och snäser av honom och allt han gör är fel. Om hon hade haft ett jobb att gå till hade det kanske varit annorlunda, men nu är det inte så." Jonatan drog efter andan i ett långt darrande andetag och bet ihop tänderna. Maria la sin hand på hans. Hon sa inget nu heller. Det gick inte att hitta några passande ord.

Ett par slog sig ned vid andra änden av långbordet. De kysstes och deras händer sökte sig till varandra under bordet. Deras kinder blossade och ögonen blänkte och de såg bara varandra. Jonatan kunde inte låta bli att le åt dem. "Så länge sedan det var som man satt så där och …" Han la sin andra hand över Marias och hon drog inte undan den. Han såg henne i ögonen med stort allvar. "Det skulle ha varit en lättnad för mej om Nina hade dött. Jag vet att du tycker att jag inte borde säga så. Att jag inte borde känna så. Men det gör jag. Hon gör mitt liv till ett helvete och jag skulle inte stanna en minut om det inte var för att jag är rädd att inte få enskild vårdnad om Malte."

"Hon borde få hjälp."

"Hon vill inte ha hjälp. Hon anser inte att hon har några problem. Det är mitt problem, liksom. Det är jag som har svikit henne och därför måste hon supa sig redlöst berusad. Det finns förresten inget behandlingshem på Gotland. Det närmaste är Runnagården i Örebro. Jag har försökt prata med henne, men hon vägrar att lyssna. Blir hon tvångsintagen är det en stämpel som skulle ge mej en fördel vid en vårdnadstvist. Hon skulle inte förstå att jag vill hjälpa henne och hon vill inte ge mej trumf på hand. Vi har hamnat i ett ställningskrig där varje handling är strategisk. Vi sårar varandra medvetet och ingen av oss vill ha det så. Jag vet att det låter sjukt, men så är det."

"På vilket sätt tycker hon att du har svikit henne?"

Jonatan drog en djup suck, släppte Marias hand och lutade sig bakåt, som om han behövde distans och utrymme för att kunna tänka klart.

"Jag var otrogen. För ett par år sedan när vi var på kurs på fastlandet med infektionskliniken. Det hände en enda gång. Nina och jag hade inte haft något sexliv på över två år. Jag kan inte hjälpa det, men det äcklar mej att hon måste dricka sej berusad för att ha lust. Jag vill inte ta i henne då och alltså blir det inget. Hon fick veta att jag varit otrogen av en väninna, som hört det av en annan väninna. Jag fegade och sa att det inte var sant. Att vi bara satt på hotellrummet och pratade. Men det var mer än så – det var inte meningen att det skulle hända, inget planerat. Vi var utsvultna båda två. Det kändes redan när vi dansade. Vi kunde inte få nog av varandra och de andra började titta och kommentera, så vi bestämde oss för att ta en drink på mitt rum och sedan … Ärligt talat skulle jag ha gjort om det igen utan att tveka. Det var faktiskt värt det."

"Träffas ni fortfarande?" Maria kunde inte låta bli att fråga fast det egentligen inte angick henne. Inte alls. Ändå ville hon veta. Det fanns liksom i luften, en spirande känsla av att något skulle hända. Början på något som kunde bli? Maria slog bort tanken. Han var faktiskt gift! Och hon borde veta bättre än att huvudlöst tappa besinningen och låta sig duperas av en man som just erkänt att han varit otrogen för att hans fru inte förstod honom. Klassiskt och urdåligt! Intelligenta kvinnor går inte på så enkla finter. Ändå hade Maria frågat för att få veta mer, vädjat till hans dåliga samvete och längtan efter absolution. Snälla du, berätta för mej att alla andra kvinnor är oförstående och fula och obegåvade och att jag är den enda som *förstår* dej. "Träffar du den där kvinnan fortfarande?"

"Varför ler du så konstigt? Har jag sagt något roligt? Nej, vi har ingen kontakt alls. Hon ville inte. Det var inget mellan oss innan, vi var bara arbetskamrater … och inget efter. Det var bara just då, den stunden, och jag skulle inte vilja vara utan den upplevelsen för mitt liv. Tycker du att jag är hemsk?"

"Nej." Vad kunde hon annat säga när han gjorde sig så sårbar. Livet blir inte alltid som man skulle önska att det var. Det finns sällan några enkla svar på komplicerade frågor. Vem har rätt att döma någon annan som längtar efter kärlek och tar emot det som bjuds?

"Hur har du det själv då? Finns det någon man i ditt liv?" Han såg roat på henne när han märkte att frågan generade henne lite grann.

Maria tog en klunk öl och funderade. Så enkelt det skulle vara att säga: Ja, han heter Emil och är tio år. "Det fanns någon, men det blev inget. Han orkade inte vänta och sedan … det hände en grej. Han bad mej att jag skulle ge honom konfidentiell information om en utredning jag höll på med men jag vägrade, och sedan har vi inte träffats mer. Han heter Per."

"Men du tänker på honom? Han betyder fortfarande mycket för dej?" Jonatan log och knep ihop ena ögat och såg lurig ut. "Har jag fel?"

"Ja, jag har bestämt mej för att glömma honom. Det är liksom ingen idé. Han kommer inte tillbaka." Maria reste sig för att gå på toaletten. Hon värmde händerna en stund vid elden och när hon kom tillbaka var den förtroliga stämningen bruten. Ytterligare ett gäng hade slagit sig ned vid långbordet och ljudnivån hade blivit ganska hög.

"Vet du vad jag satt och tänkte på?" sa han när hon hade satt sig. "Den där brevduvan som kom till Ruben Nilssons duvslag bar på fågelinfluensa i muterad form och den var från Vitryssland. Fågelinfluensan har tidigare spritts med hönsfåglar, inte med duvor. Vad jag tror är att någon kan ha preparerat den, smittat den avsiktligt. Förstår du vart jag vill komma? Just innan jag mötte dej vid Österport hörde jag på nyheterna att mannen som hittades vid det där utedasset i Klintehamn var från Vitryssland. Är inte det lite märkligt?"

"Jag visste inte att Ruben Nilsson blivit smittad av en duva. Jag trodde att det var vildänder som smittat hans fåglar. Hur vet du att det var en duva från Vitryssland?" Maria lutade sig fram för att kunna höra bättre och Jonatan snuddade vid hennes kind när han svarade.

"Han hade tagit med duvans ring till biblioteket och bett en bibliotekarie om hjälp med att via brevduveförbundets hemsida ta reda på var den kom ifrån. Den var från Bjaroza i Vitryssland. Vad ni bör kolla upp är om Sergej, eller vad han nu hette, var smittad med fågelinfluensa. Vet du om ni tänkte på att ställa den frågan till rättsläkaren?"

"Hjälp, jag tror inte det. Jag menar, det var ingen som tänkte på fågelinfluensa då – tidningarna var fulla med skrämselreportage om multiresistent tbc och smittade dagisbarn. Så här skyddar du dej och din familj – hela listan! Larmet om fågelinfluensan kom senare. Jag tror inte man har kontrollerat det."

"När ni vet är jag förstås mycket angelägen om att få höra svaret. Kanske är det så att vi lägger samma pussel, och då har vi nytta av att få se varandras bitar. Har du hand om utredningen av mordet på Sandra Hägg?"

"Ja, vet du något om henne?" Maria såg förändringen i hans ansiktsuttryck när hon ställde frågan. Det här var angeläget för honom.

"Hon arbetade ett tag hos oss på infektionskliniken."

En tanke slog Maria. Hon kände att Jonatan iakttog henne medan hon försökte formulera sig.

"Vad är det?" frågade han.

"Den gången när du var på kurs, med ditt jobb. Kvinnan du tillbringade en kärleksnatt med. Var det Sandra Hägg?"

"Nej, men jag tyckte mycket om henne."

"Känner du en medicinsk journalist som heter Tobias Westberg?"

"Ja, varför frågar du det? Har han med utredningen av mordet på Sandra att göra? Vad du ser konstig ut, ni tror väl inte att Tobias … Vet du, jag kan inte tänka mej att han skulle ha tagit livet av henne. Inte en chans. Han har ingen aggression i sej. Vi gjorde lumpen ihop. Han kunde inte lyda order, ville diskutera och analysera och argumentera. Befälen blev vansinniga på honom, men han var bara mjuk och vänlig, liksom. Han gick under öknamnet Hamstern."

"Varför det namnet? Jag har sett foton på honom, han är ganska mager. Samlade han på persedlar?"

"Nej, han fick påssjuka. Det var egentligen inte så roligt. Han blev väldigt sjuk i hjärnhinneinflammation. Han slapp resten av militärtjänstgöringen. Men jag skulle inte ha velat byta med honom. När jag var där med blommor skulle hans tjej komma. Yrsa, hette hon. Jag kommer ihåg henne. Hon var en sådan där drömtjej med långt ljust hår och oskuldsfulla blå ögon som alla bara suktade efter. Naturligt söt – som du ungefär." Han log när han såg Marias grimas. Hon var verkligen inget vidare på att ta komplimanger.

De bröt upp och gick ut i trädgården för att se på eldslukarna och lyssna till gycklarnas musik. Porten till S:t Nikolai klosterruin stod lite öppen. De drogs in mot den överväldigande solnedgången som ramades in av de höga fönsterbågarna. Andäktiga vandrade de gången fram och kände hur mäktigt historien talade till dem från tiden före pest och plundringståg, när klostret varit levande och praktfullt.

"Under pestens tid trodde man att smittan berodde på dålig luft. Läkarna hade en skyddsdräkt med en mask som såg ut som en lång fågelnäbb och i näbben förvarade man aromatiska ämnen som ansågs rena luften. När man ser bilder av den gamla munderingen är det som att se fågelinfluensan personifierad."

Maria sa att hon kunde se det framför sig och Jonatan skulle just fortsätta när ett ljud hördes bakom dem och porten slogs igen. En nyckel vreds om i låset. De försökte ropa och bulta på träporten men ljudet dränktes i musiken utanför.

"Jag kan svepa min rock om dej så sover vi här i natt", föreslog Jonatan snabbt och la armen om henne. Maria skakade på huvudet. Tanken var lockande, men inte okomplicerad.

"Det måste gå att komma ut", sa hon. "Det är lägre på den östra sidan, bara man kunde få undan taggtråden." Hon började gå ned för gången. Han släppte inte taget om hennes axlar och när hon vände sig mot honom var hon i hans famn. Han la sin kind mot hennes, sökte hennes mun och gav henne en puss. Hon besvarade den inte utan stirrade på honom med uppspärrade ögon och indragna läppar. Han började skratta. Hon såg ganska rolig ut.

"Om vi flyttar en bänk hit och hjälps åt så kommer vi upp till fönstret. Bara man kunde klippa av taggtråden skulle det gå att komma emellan och hoppa ned på gatan, det är inte särskilt högt." Hon talade snabbt och forcerat. Det fick inte hända. Längtan fanns i kroppen och gjorde henne till ett lätt offer för beröring. Hur länge sedan var det någon rört vid henne på det sättet? Han är gift! Och det här kommer bara att göra mej illa, tänkte hon om och om igen som ett mantra. Jag vill inte ha ett komplicerat liv, vill inte bli sviken, orkar inte med en karl till, inte nu. Tänk på Nina, hon behöver honom mer än någonsin. Måste ut härifrån, nu!

"Om du tycker att det är helt nödvändigt så. Jag har en schweizisk armékniv. Fast jag tycker det är lite synd. Jag gillar att vara inlåst med dej. Jag kan faktiskt inte komma på någon jag hellre skulle vilja vara inlåst med. Kan du inte tycka att det är lite mysigt? Vi är båda offer för slumpen, ingen är skyldig. Det är ett gyllene tillfälle eller hur?"

"Om vi flyttar en av bänkarna kan vi lättare klättra ut."

Väl nere på marken igen skulle Maria just ringa efter en taxi när Jonatan tog henne i famnen i ett farväl och tack för en trevlig kväll. Hon märkte att han sniffade i hennes hår och att hans händer sakta gled ned över ryggen. Hon stod alldeles stilla, kunde inte motstå smekningen. Det kändes underbart.

"Du luktar rätt", sa han.

"Hur då rätt?" skrattade hon och släppte taget.

"Det har med feromoner att göra. Vill du följa med hem … jag menar … jag skulle gärna vilja det."

"Jag tror inte det är någon bra idé. Jag tycker om dej, Jonatan, och jag vill gärna träffa dej igen. Men du är gift och har en fru som behöver dej och en Malte som älskar både sin mamma och sin pappa."

"Oj, jag tänkte inte så – jag tänkte vi kunde spela Alfapet eller ta en fika eller så. Du trodde väl inget annat, hoppas jag." Han skrattade retsamt och hjälpte henne in i taxin. "Om du ångrar dej nu på direkten blir det billigare än om du reser till Klinte och ändrar dej på halva vägen."

"Kanske en annan gång, Jonatan." Hon kände sig stark och full av självdisciplin när hon sa det men redan innan taxin hunnit ut ur stan var hon i fantasin i hans famn, inlåst i ruinen där inga ögon och inga öron vakade över dem. Hans smekning efter ryggen fanns kvar som en längtan i huden och gav henne ingen ro. Länge låg hon och lyssnade till regnet den natten. Det kom som en gråt, obehärskat och otröstligt, och fram mot morgonen blev det som en stilla snyftning i dropparna från träden. Jag är *inte* singel. En singel har valt att klara sig själv och leva i frihet. Jag är faktiskt bara ensam, tänkte hon.

KAPITEL 31

Vindrutetorkarna svepte undan regnet i stora sömniga vågor och molntäcket låg tjockt över hustaken. Hartman var bekymrad. Marianne hade försökt komma i kontakt med sin läkare under hela gårdagen men inte lyckats.

"Hon är lungtransplanterad och står på en medicin som dämpar immunförsvaret. Hon borde ju höra till den kategori som först får vaccin och antivirala läkemedel", sa han upprörd till Maria när de samåkte in till polishuset i Visby. "Det verkar som om de med störst vårdbehov får stå tillbaka för det som politikerna kallar samhällsnyttan. Frågan är om det kommer att finnas läkemedel kvar när alla i viktiga positioner och de som kan köpa sej medicin har fått. Vi har faktiskt diskuterat att försöka få ett banklån. Det blir inte enkelt, för vi har redan topplån på huset. Men jag tycker inte att vi kan vänta. Jag skulle aldrig förlåta mej själv om Marianne blev sjuk och vi hade haft en möjlighet att undvika det. Kosta vad det vill."

"Det där med samhällsnytta kan man diskutera. Om inte Marianne tagit hand om min Linda skulle inte jag ha kunnat arbeta. Allt hör ihop. Vem är viktig och vem är mindre viktig? Du ska veta att jag är så glad åt Marianne och dej. Jag vet inte hur jag skulle ha löst det här med Linda annars, när hon inte vill vara hos sin pappa."

"Det är ömsesidigt. Marianne har inte varit så lycklig på många år." Han gav henne ett varmt leende och blev sedan allvarlig igen. "Sedan tror jag att det kan vara farligt att inge folk för stora förhoppningar om hur snabbt det går att få hjälp. Det lät i teveintervjun som om det bara var att komma och hämta medicin. Folk blir ju som tokiga när det inte stämmer. Vet du, jag känner själv att jag är beredd att slåss för att hon ska få medicin. Rent fysiskt slåss för att inte vaccinet ska ta slut och läkemedlen inte räcka till när det blir hennes tur. Jag känner att den spärr som gör att man inte löper amok är så skör, bara lite ytlig fernissa egentligen. Om det verkligen gäller är jag beredd att döda för att hon ska få leva. Så skrämmande primitiv är man när det kommer till väsentligheter."

"Antagligen är det så. Jag tycker det är underligt att folk håller sej så pass lugna som de gör. Det är som om allvaret inte riktigt vill tränga in. Det känns fortfarande som om det är något som händer långt borta när man ser det på teve och lyssnar på radions rapporter varje timme. Som om det handlade om några andra och bara är ytterligare en rapport från ett krisområde någonstans i världen. Vi kanske har blivit immuna av att ständigt få all världens elände rakt in i vardagsrummet."

"Eller också jäser det under ytan. Rädslan och känslan av orättvisa kommer att ta sej uttryck, det tror jag." Hartman hörde först nu ljudet från radion som stod och malde utan att någon av dem lyssnade. Samtal pågick mellan folkhälsoministern och en förespråkare för oppositionen, och handlade om hur man skulle tackla de gigantiska kostnader som följde med inköpen av läkemedel och vaccin. Oppositionen förespråkade en skolavgift på tusen kronor per barn och termin, ökade egenavgifter i storleksordningen fem hundra kronor per läkarbesök i öppenvården och tusen kronor för ett besök på akutmottagningen och hos specialist. Läkemedelssubventionerna skulle också behöva ses över och taxan för äldreboende måste anpassas till kostnadsläget. Inga heliga kor. Regeringen talade istället i termer av en mera generell skattehöjning och en tuffare progressiv beskattning för att låginkomsttagarna inte skulle drabbas alltför hårt.

"Tamiflu och Tamivir och Tamejfaan." Hartmans lugna röst hade fått en vass klang. Maria hade faktiskt aldrig hört honom så arg. "Varför hade vi inte en bättre beredskap än så här? Hur kunde det bara hända? Fågelinfluensan kom ju inte som en blixt från klar himmel. Vi har varit förvarnade i flera år. När vi med våra skattemedel anställer människor för att ta beslut i så viktiga frågor och till så höga löner förväntar man sej kompetens och ansvar. Tydliga direktiv för vem som ska få medicin och i vilken ordning. Det gäller ju att rädda liv."

"Jag läste en artikel i en medicinsk tidskrift i natt när jag inte kunde sova. Den var skriven av Tobias Westberg. Han har de senaste åren förespråkat att Sverige skulle starta en egen tillverkning av vaccin tillsammans med de andra nordiska länderna. I artikeln är han visserligen pessimistisk angående lönsamheten i reda pengar, men allt är inte pengar. Det handlar om vilken beredskap samhället borde ha. Ska man ha resurser att ta fram vaccin till hela befolkningen vid en pandemi innebär det en stor överkapacitet jämfört med vad som normalt behöver produceras vid influensaepidemier. Om projektet påbörjades nu skulle det ta fyra fem år innan man kunde få fram ett vaccin. Kanske längre tid ändå."

"Jag läste något om det. Det var problem med att odla fram vaccin mot fågelinfluensa."

"Han skrev om det i artikeln. Viruset odlas fram i befruktade hönsägg. Men fågelinfluensaviruset förstör äggen så att vaccinviruset inte kan växa där. Det krävs andra metoder och det har varit ett hinder, förutom att viruset hela tiden ändrar skepnad så att man inte kan tillverka det förrän man vet hur det ser ut. Precis som vanligt influensavirus ändrar karaktär och vaccinet måste skräddarsys varje år. Tobias Westberg har rest runt till produktionsanläggningar världen över. I Europa finns de i Storbritannien, Frankrike, Tyskland, Italien, Schweiz och Holland, och så finns det en nystartad anläggning i Vitryssland. Du, Tomas, jag diskuterade det här med hur fågelinfluensan bröt ut med Jonatan Eriksson i går kväll. Han sa att en duva som kom till Ruben Nilssons duvslag var från Vitryssland och vår man tavelförsäljaren var också därifrån. Sergej Bykov arbetade ju med försöksdjur. Vi måste ta reda på om han var smittad av fågelinfluensa. Han kanske hade den smittade duvan med sej. En helt vanvettig tanke, men anta att han var köpt av företaget för att plantera duvan här med flit. De satt ju på ett jättelager medicin och den håller sej väl inte hur länge som helst. Det behövdes en pandemi för att få tillbaka pengarna."

"Jävlar! Jag hoppas att rättsmedicinarna var noggranna med skyddskläder när de obducerade. Jag tar tag i det där så fort vi kommer fram. Vi ställde nog aldrig den frågan. Det du säger låter helt vrickat, så klart. Man blir lite paranoid. Så illa kan det knappast vara att man med flit sprider sjukdom för att tjäna pengar."

"Är du säkert på det?" frågade Maria i lätt trumpen ton. Men Hartman hade redan lämnat ämnet.

"Tobias Westberg har fortfarande inte hört av sej till sin fru, vad jag vet. Det skulle vara mycket intressant att få veta varför han håller sej undan."

"Människor mördar för pengar", sa Maria, som kände sig lite kränkt av att han så omedelbart slagit bort hennes fundering. Tänk om det faktiskt var så att duvan var utplacerad för att en pandemi skulle bryta ut och ge vinst åt läkemedelsindustrin?

Maria Wern skulle just gå ned i receptionen och hämta Reine Hammar till förhör när hon fick telefon.

"Jag tror det är angeläget", sa Patricia i receptionen. "Det gäller inbrottet på Vigoris Health Center som aldrig anmäldes. Vi har en person som vill vara anonym. Kan du ta det?"

"Jag tar det nu." Maria väntade medan samtalet kopplades fram. En svag röst med gotländsk accent presenterade sitt ärende.

"Jag vill vara anonym. Annars kan jag inte berätta något för dej."

"Det är okej, jag lyssnar."

"Jag städar på Vigoris Health Center och jag börjar mitt arbete vid 22-tiden för att inte vara i vägen när det är full rusch på dagen. Jag städar på kvällen och håller på en stund in på natten. Jag får göra som jag vill bara jag gör mitt beting. I tisdags kväll märkte jag att ett fönster på mottagningen stod öppet. Det var uppbrutet. Sedan hörde jag ljud ifrån ett av behandlingsrummen där patienter brukar tas emot för vaccination. Jag vågade inte gå in utan gömde mej i förrådet och hade dörren lite på glänt. Jag hörde kylskåpsdörren öppnas inne på behandlingsrummet – den har liksom ett smackande ljud. Sedan såg jag Sandra Hägg. Ett kort ögonblick bara. Hon hade något i en vit plastpåse i handen och hon sprang mot det öppna fönstret och kröp ut där fast hon har passerkort. Jag tillkallade inte vakten eftersom det var Sandra, tänkte att hon glömt koden eller något sådant."

"Var hon ensam eller såg du om hon hade sällskap av någon?"

"Jag såg ingen. Men Lennie, hennes före detta alltså, kom förbi strax efter på sin första vaktrunda. Vi brukar ta en kvällsfika ihop och ja – då blev det så att jag berättade det. Det var liksom inte första gången hon låste sej ute. Det var så romantiskt när Lennie och Sandra blev ihop och hon hade låst sej inne på laboratoriet."

"Hur reagerade Lennie på det här?"

"Har var trött och irriterad redan när han kom. Förbannad på Finn Olsson, säkerhetsansvarig alltså, de hade träffats strax innan. Han hade väl klagat på något, sagt att Lennie inte sköter sitt jobb eller så. En gång hade Finn ställt ett fönster öppet med flit på laboratoriet för att kolla om Lennie verkligen var vaksam, och Lennie missade det och Finn berättade det för Viktoria. Fattar du vilken utskällning han fick? Han nästan miste jobbet, och Finn var där och stod bakom chefen och hånlog när han fick bassning. Sådant sitter kvar. De kan inte vara på gymmet samtidigt, för då tävlar de så de knappt kan stå på benen nästa dag, och en gång slogs de så att Reine fick gå emellan. Det var på låtsas men sedan blev det allvar."

"Vad sa Lennie om att du hade sett Sandra?" frågade Maria.

"Han blev förbannad och trodde att jag ljög, så jag fick ta med honom och visa honom fönstret. Se själv då! sa jag till honom och då teg han. Sedan tog han tag i min rock och tryckte upp mej mot väggen. Du säger inte det här till någon, förstår du det. Jag tar det med chefen själv. Inte ett ord till Finn, så sa han."

"Vet du om han berättade för Viktoria Hammar att Sandra brutit sej in? Det kanske inte var alldeles enkelt för honom att sätta dit henne, även om det var slut mellan dem?"

"Jag hörde inget mer om det. Det är klart att han måste ha talat om det, fönstret var ju trasigt. Det kom en glasmästare nästa dag. Det gick ju inte att dölja. Men nu när hon är död … jag har tänkt så mycket på det här. Jag vet inte om jag gjorde rätt nu, men jag får väl vara anonym?"

"Du gjorde rätt", sa Maria utan att ge något löfte och tänkte samtidigt att det ju inte kunde finnas särskilt många städerskor på Vigoris som jobbade den aktuella natten. "Om du kommer på något mer är jag förstås väldigt angelägen om att du kontaktar mej igen. Det var bra att du berättade det här."

Reine Hammar slog sig besvärad ned i besöksstolen framför Maria. I varje rörelse fanns motviljan.

"Jag hoppas verkligen att det här samtalet är nödvändigt. Jag har varit borta från kliniken och inspärrad på det där dårhuset i Follingbo. Med lite fantasi kanske du kan föreställa dej att det finns en del att göra när man kommer tillbaka. Jag har inte ens riktigt klart för mej vad det gäller. Är man misstänkt för något eller va fan är det om?"

"En av dina anställda, Sandra Hägg, är mördad. Mitt jobb är att ta reda på vem som gjorde det och varför."

"Det är verkligen fruktansvärt. Måste bandspelarjäveln vara på?" frågade han och tog på sig en högdragen min som Maria fann ganska irriterande.

"Helst. Annars måste vi lita på mitt bristfälliga minne."

Han gav henne en avmätt blick och skuggan av ett leende svepte över hans ansikte. "Av två onda ting får man väl välja det minst onda. Kör."

"Vad kan du berätta om Sandra, hur var hon som sjuksköterska?"

"Lilla Sandra", sa han tankfullt. "Den perfekta sköterskan. Alltid så vänlig och alltid steget före. När man skulle be henne ordna något hade hon i regel redan tänkt på det och brickan stod dukad. Provsvaren var framplockade. Tiden bokad. Remisserna stämplade och klara. Det kommer att bli svårt att fylla hennes plats. Det är alltid jobbigt att lära upp någon ny, man måste tänka själv då."

"Privat ... vad kände du till om hur hon hade det hemma?" Maria tyckte att han verkade sänka garden något nu, men väntade ändå med den mest brännande frågan tills han helt slappnat av.

"Sandra var ensamstående. Inga barn." Han gjorde ett ljud, någonting mellan en harkling och ett snörvlande, och Maria fick be honom upprepa sig för att det han sa skulle höras på bandet. "Hon hade just brutit upp från ett förhållande med en av våra andra anställda. När det gäller förhållanden på jobbet har vi nyligen fått riktlinjer från koncernen. Vi ser helst att de anställda inte är personligt engagerade i varandra på det sättet. Fortsättningsvis kommer vi att kalla in parterna till ett samtal om en romans skulle

uppstå på jobbet och sedan kommer vederbörande att få ta konse-
kvensen av sitt engagemang."

"Hur menar du då?" Maria hade svårt att dölja sin förvåning
och hålla inne med sin indignation.

"Man får komma överens om vem som är mest nyttig för före-
taget och den andra får sluta. Arbetet här är så viktigt att vi krä-
ver fullständig lojalitet. Om man samtidigt har en bindning till en
kollega blir det ju dubbla lojaliteter."

"Men du och Viktoria, ni är ju gifta", flög det ur Maria innan
hon hann att hejda sig. Det här var inte den springande punkten
och risken att hamna i ett låst läge var överhängande om hon kom
med egna åsikter.

"Precis vad Sandra påpekade när vi kallade in henne och Len-
nie för en diskussion. Viktoria erbjöd Sandra ett spännande arbete
i Montreal, men hon avböjde och sa att det inte var aktuellt. De
hade redan beslutat sej för att separera. Och vad det gäller mej och
Viktoria är det mer av ett partnerskap än ett äktenskap. Tre minu-
ter på rådhuset för att slippa en massa pappersexercis är väl använd
tid. Nej, jag skojar. Vi är båda anställda av koncernen och de ser
inte vårt förhållande som en risk, vi har varit gifta för länge för att
det ska inverka menligt på produktionen. Viktoria älskar sitt ar-
bete." Han skrattade rått och gjorde en släng med luggen. "ATP-
äktenskap måste du väl ha hört talas om? Inte? Det spelar ingen
roll. Skit i det. Var det något mer, annars kallar plikten." Han log
mot henne och reste sig halvvägs upp.

"Ni har haft inbrott på kliniken. Men vi har inte fått in någon
anmälan om det. Vill du förklara varför?"

"Var har du fått den uppgiften ifrån?" Vaksamheten fanns plöts-
ligt där. Han slog sig ned på stolen igen. Ögonen blev till smala
springor och hans ansikte kom obehagligt nära. Maria sträckte på
sig och försökte att inte rygga tillbaka.

"Sandra bröt sej in", sa hon och rösten var stadig. "Jag antar att
du vet det. Vad var hon ute efter och varför anmälde ni det inte?"
Han vägde på stolen en lång stund innan han svarade. Det var
högst irriterande.

"Sanningen, menar du. Var mitt tal om Sandras förtjänster för
vackert? Varför kunde det inte få vara det? Man ska inte tala illa

om de döda. Det är sant att hon var en förträfflig sköterska, men sanningen var också den att hon var missbrukare. Vi tänkte sända henne till koncernens avgiftningsklinik i Montreal. Vårt tolvstegs-program har visat sig vara ett av de mest effektiva instrument som finns att tillgå. Det började med att en kollega rapporterade att det fattades morfinampuller och att uttaget av morfin ur läkemedels-förrådet inte stämde med vad som var ordinerat till de nyopererade patienterna. Vi höll ögonen på henne en tid och ställde henne se-dan till svars. Hon gick med på avgiftning, men sedan måste ändå begäret ha blivit starkare än förnuftet och hon bröt sej in."

"Kom hon över något?"

"Vi kontrollräknade allt. Hon fick med sej sprutor och kanyler men inget morfin."

"Är morfin för injektion en kylvara?"

"Nej, varför frågar du det? Vem har kontaktat polisen och be-rättat om inbrottet? Jag har för helvete rätt att få veta det! Lennie, är det han? Jag ska ta mej fan gå till botten med det här." Den harkling som följde fick Maria att nästan gå i taket av återhållen irritation. Det var rent osannolikt så han lät. Var han förkyld eller var det en form av tics – utlösta av nervositet?

"Det är inte Lennie och mer säger jag inte. Du kan gå nu och om du kommer på något mer som kan hjälpa oss att förstå vad som hände Sandra så hör av dej. I annat fall får du vara beredd på att vi kommer att behöva ställa en del kompletterande frågor."

"Det fattar du väl för fan att det var någon av hennes pundar-kompisar som gjorde det. Lever vi i samma verklighet eller? Vilka är det som begår brott, det borde ju du veta? Hon hade väl lovat några polare en liten fest och så blev det inget. Någon blev sur och okontrollerad, och ja – vad är det som brukar hända då? För vems skull vill ni rota i den här dyngan? Kan vi inte bara få min-nas Sandra som den duktiga sköterska hon var innan hon tappade greppet?"

När Maria hade följt Reine Hammar till utgången tog hon tele-fonen och ringde Jonatan Eriksson. Han blev uppenbart glad över att höra hennes röst.

"Jag har tänkt ringa dej hela förmiddagen. Jag har lyft luren och lagt på den igen säkert tio gånger. Fegt. Jag är inte så bra på sådant här. Ville säga tack. Vi kanske kan göra om det någon gång. Gå ut och äta, menar jag. Snart. Jag har inte haft så trevligt på länge."

"Inte jag heller. Hur mår Emil?"

"Bara bra. Men han börjar bli lite rastlös. Han har ingen feber."

"Skönt. Förlåt att jag tjatar på dej. Du, Jonatan, jag måste fråga dej om en annan sak. Förvarar man morfin för injektion i kylskåp?"

"Nej, det är inte en kylvara. Varför undrar du?"

"Jag kan inte säga det. Är vaccin sådant som måste förvaras kallt?"

Städerskan hade talat om ljudet av en kylskåpsdörr i det rum där man brukade ta emot patienter för vaccination. Sedan hade hon sett Sandra komma ut med en vit plastpåse i handen.

"Ja, influensavaccin är en kylvara. När har du tid att träffa mej igen? Rätt svar är NU med en gång. Jag har funderat på en sak, men jag vill ta det mellan fyra ögon."

"Det låter ganska intimt?" Maria märkte att hon blev fnittrig och försökte skärpa till sig.

"Gör dej inga förhoppningar, det gäller jobb", sa han, men det fanns ett skratt alldeles under allvaret. "Jag hade tänkt hämta Malte i kväll vid femtiden. Men Marianne har låtit dem bygga en koja i en garderob och ungarna tänker sova där. Ja, om det är okej för dej, alltså? Och eftersom vi båda blivit barnfria tyckte jag att det kunde vara trevligt att gå ut och äta lite gott. I kväll, om du inte tycker att det är för snart?" Han pratade väldigt fort på slutet och Maria kunde inte låta bli att le åt hans uppenbara nervositet.

"Det tycker jag blir perfekt."

Maria sträckte sig efter högen med post hon suttit och sorterat när hon fick samtalet från städerskan. Svaret från Rättsmedicinalverket på frågeställningen om Sandra Häggs blod innehållit droger borde finnas där. Maria bläddrade vidare och hittade kuvertet. Hon öppnade det och läste. Det var som hon anat. Sandra var ren – inga spår av alkohol eller narkotika.

KAPITEL 32

När Maria tackade ja till att träffa Jonatan Eriksson efter jobbet hade hon ännu inte fått samtalet från Nordkalk i Kappelshamn, ett samtal som skulle förändra alla planer för dagen och etsa sig fast i minnet för resten av livet. En kropp hade påträffats i kalkbrottet i den krater där man dumpar osläckt kalk.

Knappt fyrtio minuter senare befann hon sig tillsammans med Tomas Hartman utanför Nordkalks kontor. Ljudet från krossen och vinden som låg på från havet dränkte nästan deras röster. Nere i hamnen lastades ett fartyg. Ett fint lager av kalkdamm låg som pudersnö över hela området. Regnet till trots såg rosorna i rabatten onaturligt bleka ut i färgen. Trädens grå stammar såg ut att vara gjutna i cement. Högt över marken mellan de stora silobyggnaderna slingrade sig bandtransportörer. Maria följde deras väg med blicken bort mot de gigantiska högarna av kalksten. Hon bedömde dem som närmare tjugo meter höga. Platschefen, Karl Nilsson, som Maria talat med i telefon, skjutsade henne i sin jeep. Hartman följde efter upp i brottet på vägar som gick mellan klippkanter och grönskimrande sjöar, kantade av tallplantor i ett märkligt, kargt och mycket vackert månlandskap, upp för en brant backe där vindkraftverkens vita snurror susade i vinden. Han pekade ut odlingen med regnbågslax och havsöring och häcknings-platsen för flera arter av vilda fåglar. Solen låg insvept i dis och ljuset som reflekterades i den vita stenen var magnifikt och näs-tan övernaturligt, som det förklarade ljuset på en altartavla. Ma-ria ställde några allmänna frågor om kalkbruket och fick veta att kalksten bland annat används i stålverk och i sockerindustrin när sockret raffineras, och att exporten för närvarande låg på tre miljoner ton kalksten per år. De talade om risken för stendammlunga och Karl berättade att undersökningar på senare tid visat att risken var obefintlig när det gällde just kalkdamm. Det kändes lättare att hålla sig till neutrala ämnen innan de nådde själva platsen där likdelarna påträffats.

Teknikerna var redan där och en avspärrning var upprättad. När de stod vid kanten av tippen och hälsade på Sven-Åke Svensson som gjort det makabra fyndet var frågorna desto fler. Han visade dem benbitarna, kraniet och käken med tänder, varav ena framtanden var av guld, ett spänne som antagligen suttit på ett bälte och en dragkedja.

"Hur länge kan kroppen ha legat här?" Marias gissning låg på 5–10 år. Kraniet saknade hår och kroppsdelarna kläder.

"Ett dygn kanske. Det har regnat i natt. Processen går fortare vid fuktig väderlek. Textilier kan nästan självantända. En människokropp innehåller mycket vatten. När man tillsätter vatten till osläckt kalk sker en kemisk process med hög värmeutveckling. Ett dygn, kanske två – max. Det här kalkpulvret är som kvicksand, äter allt, utom ädelmetaller och diamanter. Ser du hur rent det är i de ljusa stråken med halvsläckt kalk? Jämför det med de grå stråken där kalken är släckt. Där sker ingen kemisk process. Folk dumpar olagligen sina sopor och de ligger kvar."

Maria gick närmare kraterns kant och såg den stelnade kalkvällingen på botten som övergick i ett vitare stråk som en inbjudande sandgrop på Tofta strand. Bedrägligt och farligt en bit från det smaragdgröna vattnet, som fått sin speciella färg av kalkstenens avlagringar, berättade Karl Nilsson när Maria undrade över färgen.

"Jag kom hit för en dryg timme sedan för att dumpa bränd kalk från ugnen, vi gör det en gång i veckan." Sven-Åke tog av sig hjälmen och torkade svetten ur pannan. Maria såg hur han svalde ett par gånger innan han fick rösten stadig och kunde fortsätta. "Jag såg att det liksom glimmade till och klev ur dumpern för att se vad det var." Han gjorde ett nytt uppehåll för att kunna fortsätta sin berättelse utan att rösten gav vika. "Det var en käke med en guldtand. Jag ringde produktionschefen med en gång och fick hit en skyddsdräkt så att jag kunde gå ut och hämta in det jag såg. Först tror man inte att det är sant. Det känns bättre när man är två som ser samma sak. Det är så overkligt."

"Och ändå var det tur att du upptäckte det", sa platschefen. "Det var uppmärksamt av dej – om ett par dagar hade vi inte sett något alls. Hade kroppen hamnat i sedimenteringsanläggningen för slamvatten som töms vart tredje år hade det varit kört. Eller om den släppts i krossen. Det är inte säkert att det hade upptäckts vid lastningen och delarna kunde ha skeppats vidare till Polen och Tyskland och Litauen." Han gjorde en grimas när han insåg vidden av sin egen tanke.

"Den som dumpade kroppen här måste ha haft bil, men området är avspärrat med bommar nattetid, eller hur?" Hartman hade tänkt på att vägen ut var avspärrad när de passerade de stora stenhögarna. "Och om någon främmande bil passerat dagtid borde ni ha sett det, antar jag?"

"Absolut. Vi tillåter inte någon att komma upp hit utan eskort av våra bilar med blinkande varningsljus. Men det går att komma från andra hållet." Platschefen pekade mot skogen framför dem. "Vi har inte tillåtelse att stänga av Takstensvägen för trafik. De som bor där måste få komma fram, men det innebär ju även en risk. Det här är ingen lekplats, precis."

"Hur många är det som arbetar här under natten?" undrade Maria. Det blåste kallt och hon kände hur fingrarna började domna fast hon försökt dra in dem i tröjärmarna. Håret svepte och hon förde undan det ur ansiktet.

"Gruvan och tipparna stängs klockan 22. Kalkugnen är bemannad dygnet runt och så har vi oftast två man som lastar ut till fartygen. I natt var det så. I morse avgick en båt till Polen."

"Är det någon som har iakttagit något märkligt under skiftet i natt eller i går natt? En främmande bil?"

"Sune Pettersson, som lastade nere i hamnen, hittade en plånbok när han gick av. Han skulle lämna den till polisen när han vaknar i dag sa han. Den låg precis innanför bommen. Han såg den när han körde ut bilen från parkeringen. En brun plånbok. Det fanns ett körkort i den så det ska inte vara så svårt att hitta ägaren. Han säger också att det stod en ljus bil på parkeringen strax efter tolv i natt och att de såg en man som gick ned till kajen. Sedan var han och bilen bara försvunna när de ville kontrollera vad han hade för ärende."

Hartman slog sig ned i sin Ford och gjorde några anteckningar innan han ringde upp den patrull som var på väg från Visby. Samma patrull som tjänstgjort de båda föregående nätterna i hamnen. I bästa fall hade de gjort iakttagelser de inte rapporterat. Det som var mest angeläget just nu var att knacka dörr längs Takstensvägen för att höra vilka bilar som kunde ha iakttagits under natten och eventuellt föregående natt.

"Det måste nästan vara Tobias Westberg vi har hittat, eller vad tror du? På fotot vi fick av hustrun har han en guldtand." Maria slog sig ned bredvid Hartman och gnuggade sina stelfrusna fingrar. "Vad handlar det här om, tror du? Ett svartsjukemord?"

"Jag har ingen större erfarenhet på det området. Minns bara ett fall och då skedde det i hastigt mod. Jag har inte under mina trettiofem år i tjänsten hört talas om ett svartsjukemord som varit ett planerat dåd. Men det betyder förstås inte att det är uteslutet. Det vanligaste är att offret och mördaren känner varandra. Om vi antar att samma person tog livet av Sandra och Tobias, var hamnar vi då?"

"Sandras före detta sambo, Lennie, eller Yrsa. Hans Moberg – fast vi vet inte om han kände Tobias."

"Yrsa måste underrättas. Det blir tufft. Och det värsta av allt är att vi inte vet om han var död när han hamnade i kalkbrottet eller om han levde när han kastades ned. Om han var bunden lär vi aldrig få veta. Ett rep av plast eller hampa förintas säkert på nolltid i en sådan process. Jag hoppas att hon inte tänker i de banorna." Hartman startade bilen och drog på värmen när han såg hur Maria satt och huttrade.

"Tavelförsäljaren då?" Maria nickade åt platschefen att de var redo att ge sig av och han körde före dem ned för backen. "Där har vi fortfarande inget motiv alls." Tanken på tavelförsäljaren och duvan lämnade henne ingen ro.

"Tydligen var han inte smittad av fågelinfluensa, men han hade antikroppar i blodet. Så han har haft sjukdomen, får vi anta. Det finns inget som tyder på att han kände vare sig Tobias eller Sandra.

Men vi bör ställa den frågan till hans hustru. Såg du förresten tavlan han hade målat som Berit Hoas köpte? Han var verkligen en skicklig konstnär. Det kändes som om havets vågor kom rullande emot en och man kunde riktigt känna värmen i sanden. Tänk om han hade fått möjlighet att arbeta med sin konst på heltid."

"Du har besök, Maria." Veronikas röst från receptionen på snabben.

"Vem är det?" Maria hade just bestämt med Hartman att de skulle göra ett oväntat nedslag hos Lennie Hellström för att fråga var han befunnit sig den gångna natten. En patrull hade nyligen åkt hem till Yrsa Westberg, det kändes som en lättnad att inte behöva ta det samtalet. Maria sände kollegorna en tacksam tanke.

"Han säger att han heter Jonatan Eriksson, ska jag skicka upp honom?"

"Jag kommer ned." Maria tittade på klockan. Redan halv sju. De hade bestämt att ses på parkeringen klockan fem. Var det möjligt att han suttit och väntat så länge?

"Jag är ledsen, Jonatan. Jag kommer inte loss. Om det är möjligt för dej att skjuta upp vår träff ett par timmar ..."

"Visst, ring mej när du är klar." Hon letade efter irritation och besvikelse i hans ansikte men han dolde det väl. Han hade en blå tröja på sig och vit skjorta. Det klädde honom. Maria drog handen genom sitt stripiga hår, som härjats av blåsten i Kappelshamn, och insåg att hon knappast var till sin fördel. Som om det spelade någon roll. Han är gift, han är gift, han är gift, och du måste sluta uppföra dej som en tonåring, sa hon till sig själv och bet sig i underläppen. När hon kände hans blick i ryggen kunde hon inte låta bli att vända sig om och ge honom en snabb kram innan han försvann.

På väg ut till bilen sa Hartman.

"Vem var det där, man blir ju lite nyfiken?"

"En vän."

"Jaha, en vän", sa han lite besviket. "Vet du förresten vem ägaren till plånboken som hittades vid kalkbrottet var?"

"Någon vi känner?" Maria rycktes ur sina självanklagelser,

hennes nyfikenhet var väckt. "Vem?"

"Säger namnet Hans Moberg dej någonting?" Hartman log räv-
aktigt. "Nu har vi honom snart."

KAPITEL 33

S edan Hans Moberg hade blivit överraskad av Cecilias granne
kände han inte längre någon ro i huset. När han gick in på
den mejladress som var kopplad till firmans försäljning på
nätet och märkte att polisen hade försökt få kontakt med honom
kände han sig än mer jagad. Han uppmanades omedelbart att ta
kontakt med kriminalinspektör Maria Wern. De var mycket ange-
lägna om att få tala med honom.

Brevet var vänligt skrivet. Inte så bistert som man kunde för-
vänta sig av en myndighet. Uppmaningen fick det ändå att vända
sig i magen på honom. Om han bara hade haft någon att rådgöra
med, någon han kunde lita på. Rimligen kunde polisen inte veta
var han befann sig, om de inte hade fått tips från skånskan förstås.
Det var bara henne han mejlat till från det telefonabonnemang
där han nu befann sig. Om de använt sig av henne som redskap
skulle de snart vara här. Nej, då borde de ha kommit redan under
natten. Men om de arbetade kontorstid och inte hade tid med bu-
set annat än mellan åtta och fem kunde de vara här när som helst.

Ju mer Mubbe tänkte på det, desto troligare verkade det. Han
måste ge sig av. Nu. Vart som helst. Anspänningen fick honom
att skaka. Tankarna virvlade utan att han lyckades samla sig till
ett riktigt beslut om vart han skulle ta vägen. Hjärtat pressade
i bröstet och han blev alldeles torr i munnen. Han öppnade en
burköl. Det var precis vad han behövde för att bli människa igen.
Nu började hjärnan fungera. Det var något i alkoholen som gjorde
blodet mera lättflytande hade han läst, och det var säkert sant. Sy-
regenomströmningen blev bättre och tanken löstes ur sitt trånga
fängelse av konventioner och fick en lägre densitet.

Husvagnens registreringsnummer hade de förstås på vindrutan i varenda polisbil, så Mubbe flyttade över det viktigaste till Cecilias rostfläckiga Saab och kysste instrumentbrädan när han såg att bilen var fulltankad. I källarförrådet fann han ett par burkar med Bullens pilsnerkorv, inlagd gurka och äppelmos. Det fick duga.

Han rafsade ihop de kalsonger han tänkt tvätta och i väntan på inspiration hängt över badkarskanten i Cecilias badrum, såg sig i spegeln och fattade ett hastigt beslut. I en burk på kommoden hittade han en rakhyvel, som Cecilia antagligen använde till benen – han hoppades att hon bara använt den till benen. Med den skalade han av sig det sista av sitt långa hår och skägget. Det föll ned i handfatet. Han iakttog sig själv igen. Förändringen var inte till hans fördel. Ett stort fult ärr på hjässan kom i dagen och han krympte liksom ihop ännu mer och blev oansenlig och gubbgrå och nästan lite kutryggig när håret inte längre hängde på hans axlar. Håret hade faktiskt varit hans stolthet. Men för stunden var det en fördel att vara oansenlig. Han tog på sig hatten igen och kände sig lite mer som sig själv, samlade ihop håret och skägget i en plastpåse och grävde ned det i trädgården. Grannfrun vinkade från sitt fönster, men han låtsades inte se henne. Förbaskat nyfiken människa det där, tänkte han och satte sig i Saaben.

Redan i Lärbro drack han sin sista öl och letade sedan frenetiskt efter plånboken för att handla mera. Visst fan, den var ju borta. Tanken på hur han skulle klara sig utan pengar skavde i hans hjärna och till sist kunde han inte låta bli att tulla på den falska Absolut vodka han tänkt spara tills han hittat ett nytt ställe att kampera på. Life is a hell, you know, but it still must go on, sa han till sig själv i backspegeln och svängde ut på 148:an mot Visby.

En tanke höll på att ta form. Antagligen var hans kompis Majonnäsen kvar i Tofta. Där fanns det mat, öl och möjlighet att surfa på nätet, och i bästa fall fanns det ett förtält där han kunde rulla in Cecilias bil efter mörkrets inbrott. Han tordes inte ringa Majonnäsen, det bästa var nog att bara dyka upp. Tanken på sällskap gjorde honom upprymd efter dagarna av ensamhet. Egentligen var det ett snilledrag att återvända till Tofta i ny skepnad, tvärt emot all logik. Där skulle han vara säker ett tag till.

I rena glädjen över att ha kommit på en lösning tog Mubbe

en klunk vodka till och knäppte på radion för att få lite musik. Den var av stenåldersmodell med kassettbandspelare, men den fungerade hjälpligt trots att det knastrade en del.

”… vi har inte fått några andra direktiv om var vi ska göra av hönskadavren. Det normala är att de går till en destruktionsanläggning på fastlandet när man befarar smitta, men ingen vill i nuläget åta sig den transporten och berget av djurkroppar växer. Det är ingen som vill ta i det här längre, inte sedan en av medarbetarna har blivit smittad.”

”För våra nya lyssnare vill vi berätta att vi har länsveterinär Håkan Broberg med oss i StudioX. Efter beslutet om att alla fjäderfän på ön ska avlivas står man nu inför problemet var man ska förvara kadavren. Hade det inte varit bättre att vänta med att avliva djuren tills man hade en lösning på det problemet? Vore det inte bättre med en förbränningsanläggning på plats än att transportera kadavren, med de risker en transport innebär? Som jag har förstått det råder det en stor rädsla hos länets veterinärer eftersom man inte får klara direktiv.”

Hans Moberg stönade högt för sig själv. Om allt hade varit som vanligt och polisen inte hade varit efter honom skulle han ha kunnat göra lysande affärer den här veckan. Efterfrågan på läkemedel var enorm. Att kalla pillren för Tamivir i stället för Tamiflu spelade egentligen ingen roll, skit samma. Tron gör allt. På sätt och vis kunde han faktiskt se sitt arbete som en mission. En välgärning kombinerad med god vinst.

Placeboeffekten är inte att förneka eller förakta. Om människor verkligen tror på den medicin man ger dem mobiliseras kroppens egna läkande krafter. Stressen minskar. Immunförsvaret förbättras. Den läkande sömnen infinner sig som ett resultat av minskad stress. Under sömnen reparerar kroppen sina trasiga celler, söker upp och destruerar cancerceller och låter hormonerna flöda och ge välbefinnande när själ och kropp samverkar. Någonstans hade han läst att placeboeffekten kunde vara närmare tjugofem procent. Motsatsen, den så kallade noceboeffekten, infann sig om patienten inte trodde på sin läkare och inte kände sig behandlad med respekt och vänlighet. Det borde vara straffbart att behandla människor utan att visa välvilja. Om ett sockerpiller med hjälp av placeboeffekten är effektivt till tjugofem procent måste det väl ändå ses som potent. Människor behöver hopp i tider av rädsla och skräck.

Mubbe lutade huvudet mot nackstödet och försökte slappna av. Han var inte en ond människa, ty hans syfte var gott, genomtänkt och vetenskapligt verifierat.

Radions diskussion om fjäderfän störde honom i hans tankar och han bytte kanal.

"... en kropp har påträffats vid kalkbrottet i Kappelshamn. Från polisens sida är man mycket förtegen om detaljerna kring fyndet. Det var i dag på förmiddagen som en anställd vid kalkbruket hittade delar av en kropp i osläckt kalk. Fyndet härrör från en människa. Polisen är mycket angelägen om att få upplysningar om en man som med stor sannolikhet befunnit sej på platsen natten till den 5 eller den 6 juli. Mannen är cirka 170 cm lång, kraftig, och hade senast han sågs långt ljust hår långa polisonger eller skägg. Hans röst beskrivs som ljus. Han färdas i en vit Chevrolet Van med en husvagn av märket Polar."

Hans Moberg kände hur händerna började skaka på ratten. Vägen framför honom tycktes plötsligt overklig som i ett tevespel med dålig grafik. Mötande bilar kom alldeles för nära, vägkanten svepte in under bilen och trots raksträckan tyckte han att bilen drog kraftigt åt höger. Han saktade in och stannade. Flaskan med vodka låg bredvid honom på sätet och han tog en rejäl klunk för att klara hjärnan. Han öppnade bildörren för att svalka sig. Värmen i bilen var på och det verkade inte som den gick att stänga av. Vindrutetorkarna for som skrämda fåglar över framrutan utom kontroll. Var de honom på spåret nu, snutjävlarna? Beslutet att lämna Kappelshamn tycktes honom fortfarande vara vettigt och tanken att fortsätta till Tofta camping var också förnuftig, så egentligen kunde han inte riktigt säga vad som gjorde honom så handlingsförlamad just nu. Ett diffust illamående, en märklig skakighet i kroppen. Han tog en klunk vodka till och fortsatte sin färd in mot Visby. I backspegeln kunde han se en mörk bil närma sig i hög fart och sedan lägga sig alldeles bakom honom. Det var inte en målad polisbil men något märkligt var det med den. Civilklädda snutar? Kör om då, förihelvete! Han bromsade in men bilen låg kvar i bakändan och ökade avståndet något. Irriterande var det. När de nådde Visby var bilen fortfarande kvar och följde med genom Öster Centrum, där Mubbe var nära att köra på en äldre kvinna med rollator. Så nära att det uppstod tumult. Kärringjävel, sådana som hon borde förihelvete hållas inlåsta. Han såg i backspegeln hur hon ramlat omkull och fick hjälp av andra fotgängare. Den svarta bilen hindrades i sin framfart och blev stående vid övergångsstället. Hans Moberg trevade efter plastflaskan med vodka och fann den. Han förde den till munnen och upptäckte att den var tom. Hade han inte fått på skruvkorken ordentligt? Vägen framför honom var rena hinderbanan och snart skulle den svarta bilen vara ifatt. En rondell kom emot honom utan förvarning och han tvingades köra rakt igenom den och ut mellan bilarna i kön från färjan. Om han inte hade varit en så skicklig förare skulle de ha rammat honom, de jävla hönsen. Vägen smalnade av och trädens kronor släpade över motorhuven. Det kom en bil rakt emot honom på fel sida och han gjorde en kraftig gir och lyckades ta sig förbi den på vänster sida genom att köra ned i gräset och upp igen. Jävla idioter! På vägen genom Vibble och förbi Tofta kyrka var trafiken lugnare. Egentligen borde man lägga sig i bakhåll och skjuta huvudet av de jävlarna. Flera gånger fick han påminna sig om vart han var på väg. Här någonstans borde infarten till campingen vara. Det fanns några husvagnar uppställda på gärdet och där var livsmedelsbutiken. Varför fanns det ingen tydlig markering om var man skulle köra in? Om han fick tag på den idioten som var ansvarig för skyltningen kunde de hämta hans fula huvud i bagageluckan senare. Alltför plötsligt, med alltför hög hastighet, insåg Hans Moberg att han höll på att missa infarten, och la om ratten helt. En röd bil kom emot honom. Han såg den under bråkdelen av en sekund innan kraschen slog världen i spillror. Jag dör, var Hans Mobergs sista medvetna tanke.

När han vaknade upp såg han en stålgrå himmel mellan alla de ansikten som lutade sig över honom. Ljudet av sirener kom och gick i vågor. Någon rörde vid hans axel, frågade hur han mådde, men han orkade inte svara. Sirener, var polisen på väg? Hur i helvete skulle han då klara sig ur det här? De skulle fråga vem han var och sedan skulle det vara kört. Riktigt jävla kört. Om han inte gjorde som den där pianisten som hade tappat minnet. Hur länge klarade han sig? – ett halvår eller i alla fall i flera månader innan sanningen kom fram.

"Har du ont?" frågade en kvinna i vit rock. "Han stirrade på henne och gjorde en obestämbar gest med huvudet. Varken ja eller nej – bäst att inte ens förstå kroppsspråket. "Kan du röra på armarna och benen? Kan du försöka lyfta vänster ben nu?" Han stirrade in i hennes vackra blå ögon. Munnen var så mjuk och inbjudande i formen. Det var nästan övermänskligt att inte kyssa henne när hon var så nära, så tillgänglig och så vänlig på rösten. Han lyfte huvudet lite grann. Aj som fasen vad det gjorde ont i ryggen. Han föll tillbaka och blundade. "Vad heter du?" frågade hon.

Hans Moberg mumlade en ramsa med konsonanter och såg frågande ut. Visste inte riktigt om man hade ett språk när man tappat minnet eller om det också borde falla bort.

"Finns det någon här som vet vem han är?" frågade en mansröst. Mubbe vände lite på huvudet och såg att det var en uniformerad polis. Nu gällde det att sköta sina kort rätt.

"Det är min kompis. Jag sa ju att det var Mubbe, fast han har klippt av sej håret. Hur är det med dej, Mubbe?" Majonnäsens ansikte kom alldeles nära när han satte sig på huk.

"Vad heter han, sa du?" Polisen var där igen och böjde sig fram för att höra bättre.

"Hans Moberg", sa Majonnäsen hjälpsamt. "Du, det där var ingen snygg klippning. Vad heter din frisör? Honom skulle jag passa mej jävligt noga för i fortsättningen, om jag var du."

KAPITEL 34

Maria hade återvänt från Rutegatan och förhöret med Lennie Hellström och ämnade just gå när kollegorna meddelade att man gripit Hans Moberg på Tofta camping. Han var dessvärre inte i skick för något förhör. Antagligen var han bara redlöst berusad, men för säkerhets skull tänkte man ta honom till läkare för att utesluta att han hade slagit i huvudet eller andra vitala delar. Maria drog en lättnadens suck och meddelade i receptionen att hon gick för dagen. Förhöret med Lennie hade tärt på tålamodet. Han var retlig och arrogant och Maria var tacksam över att hon inte hade behövt sitta med honom i enrum. Han hade varit i tjänst de båda föregående nätterna och kunde visa upp ett slimmat tidsschema. Det fanns ingen möjlighet att han skulle ha hunnit de fyra milen till Kappelshamn och åter mellan någon av sina vaktrundor, så vida han följt tidsplanen. Finn, som var säkerhetsansvarig på Vigoris Health Center, hade uppmanats att komma in med en lista över de tider då Lennie Hellström passerat med sitt kort.

"Han kommer att jävlas om det går, bara för att få sätta dit mej", hade Lennie ropat efter dem i trapphuset. Tills vidare hade Hartman satt en aspirant på att följa upp saken.

Jonatan väntade på henne med ett paraply vid entrén. Det var lite svårt att anpassa stegen efter hans långa kliv, men hon tordes inte hålla om hans arm. Det kunde verka för förtroligt och kanske genera honom om de skulle möta någon. De dividerade en stund om var de skulle äta och bestämde sig för att gå ned till Strandgatan. Jonatan hävdade att Lindgården hade den bästa maten, men dit ville Maria inte gå med honom. Lindgården var alldeles för full av minnen sedan hon suttit där en magisk kväll med Per Arvidsson och han hade frågat henne vad hon hade för drömmar i sitt liv. Den underliggande frågan hade varit: Vill du dela dem med mig? Men Maria hade börjat gräva i sin handväska för att slippa besvara hans fråga och sedan skämtat bort den. Vad hjälpte det att ångra sig sedan, gjort var gjort och stunden kom aldrig mer tillbaka, men minnena fanns där ute i den magiska trädgården under lyktorna. Därför var det omöjligt att gå dit igen med någon annan.

"Då har vi Burmeister, Dubbe eller Medeltidskrogen Clematis. Hoppas vi blir insläppta. Med bestämmelsen om två meter mellan borden och ett sällskap per bord fyller det på snabbt." De passerade marschallerna vid Clematis och såg nosen på ett uppstoppat vildsvin. På väggarna lyste bloss och en stor brasa var tänd i källarrummet. Jonatan berättade att krogen var inrymd i ett gammalt packhus från 1200-talet som varit mycket högre förr, innan branden. "Det fanns en osalig ande här som hette Hertvig. Han blev dräpt av sin egen bror när han var 21 år gammal. Hans hustru hette Maria, precis som du, hon dog i barnsäng 1383. Jag satt en kväll vid brasan här inne och hörde berättelsen om honom. Hans budskap till nutidens människor var: Vänj er inte vid ondskan, reagera medan tid är. Och han var mycket bekymrad över att det även i vår tid finns fattiga och rika."

"Varför blev han kvar på jorden som en osalig ande då?" frågade Maria när de blev anvisade bordet närmast eldstaden. Det var skönt med en brasa. Kvällen var ruggig och kall.

"Vem vet – kanske för att lära sej förlåta. Det kan inte vara särskilt lätt att försonas med en bror som har stuckit en i ryggen. Det kanske tar 700 år eller så."

De beställde in en kanna vin och en medeltida taffel bestående av bröd, äpplen, nötter, kanderade rosenblad, rökt fårfiol, korv, ost, honungsbrynt kål, lammkotletter, revbensspjäll och päronknäck. De skulle just hugga in med fingrarna när en gycklare slog upp dörren på vid gavel och skanderade med hög röst:

"En skugga lades över folket när basunen ljöd över staden i pestens år 1351. Invärtes rysningar och hetta, duvna ögon och svindel, en outsläcklig törst och andtäppa drabbade dig, du högmodiga stad.

Men det var icke nog. Svarta bölder så som gåsägg slog upp i dina armhålor, käkvinklar och ljumskar. Ditt tal blev oredigt, gången raglande, men ännu var det fler farsoter att skåda. Blodstörtning ur lunga, blod i avföring och urin. Så drabbade pesten dig då draken, djävulen, släpptes lös på jorden. Circulus vitiosus; skräcken utlöste vanvett och vanvettet ökade skräcken. Men tog du dig i akt? Jag ser genom murar, genom väggar av sten ditt slemma leverne, hur du mäter med oriktigt mått och väger upp på falska vågar. Ve dig, du förtappade stad, när jag hämtar din själ till rannsakan. Ve dig på domens dag då du skall vägas i min vågskål och din skörlevnad skall vara uppenbar. Ty ännu häckar ondskan i dina gränder, ännu flyger den på mörka vingar och sprider sin smittade spillning bland dina stolta kloster och rikemanshus, och dess näbb kommer inte att lämna dig utan sår …"

"Nu får du ge dej, Christoffer, kom och ta en öl med oss i stället." Maria högg tag i hans luva med bjällror och drog hans ansikte till sig. "Sluta! sa jag. Du är hemsk."

"Jag vet. Mina vänner kallar mej Pesten." Han hälsade avmätt på Jonatan. "Och vem är den där blekfisen du har förbarmat dej över? Han ser ut som om han suttit med näsan i en pergamentrulle sedan Magnus Ladulås tid. Jag slår vad om att hans manbarhet inte är mer imponerande än en metmask." Christoffer demonstrerade med lillfingret framför näsan på Jonatan. "Jag vet att du har ett gott hjärta, Maria, men man kan inte ständigt idka välgörenhet, ibland måste man förlusta sej. Vill du följa med upp på mitt enkla rum så ska jag göra dej till Visbys lyckligaste kvinna. Nej, tacka mej inte. Nöjet blir helt på min sida."

"Vem i helvete är det där?" sa Jonatan med bestörtning medan färgen steg i ansiktet. "Har du något emot att jag ger honom en smäll på käften?"

"Ge honom en smäll på käften, du, han är värd det. Hur är det med Mona och Olov?" frågade Maria i vänlig samtalston och Christoffer slog sig ogenerat ned i hennes knä och tog för sig från hennes tallrik. Han var inte särskilt stor till växten och i Marias famn såg han ut som en baby med de alltför långa skjortärmarna och narrmössan med bjällror. Med en halv lammkotlett kvar i munnen berättade han vad som hänt i Eksta sedan sist. Jonatan såg ut som åskguden själv, men de märkte honom inte.

"Mona är så lycklig med Henrik och det gör mej lite svartsjuk. Jag får inte den kärlek jag förtjänar ens av min mor."

"Du kompenserar dej nog på annat håll, eller hur?" skrattade Maria. "Något nytt på stan? Som polis är man alltid nyfiken på vad som rör sej."

Christoffer blev med ens allvarlig.

"När digerdöden härjade letade man syndabockar. Det var judarnas fel – de hade förgiftat brunnar och var därför orsak till pesten, ansåg man. Historien upprepar sej. Två restauranger har fått fönstren inslagna i kväll. Så fort det blev mörkt kom ett gäng i svarta kåpor med påkar och gav sej på de restauranger och livsmedelsbutiker som ägs av invandrare. De är inte kloka. Ryktet säger att smittan kom från en invandrare som sedan hittades död i Värsände och att restaurangerna köper in smittat fågelkött från sina hemländer. Det är full kalabalik i gränderna. Jag fick en jävla smäll när jag gick förbi och frågade vad det handlade om, och ännu mer stryk blev det när jag fick tag i en trädgårdsslang och spolade vatten på dem. Man är för snäll, helt enkelt. Hade det varit kokande olja hade det inte blivit så mycket saggande efteråt."

"Vad säger du? Händer det här på riktigt eller i din sjuka hjärna, Christoffer?" Maria tog tag i hans arm.

"Jag svär vid mina båda pungkulor och min mors heligt broderade korsstygnskuddar att det är sanning. Jag pratade med en murvel på tidningen nyss. Han sa att de fått in en driva riktigt sjuka insändare den senaste veckan. Alltså inget du skulle vilja ha på frukostbordet om du vill äta i lugn och ro."

"Vad står det i dem?" Maria kände sig plötsligt helt nykter.

"Att invandrare tjänar svarta pengar och köper sej före i kön för att få medicin och att smittan kommer att finnas så länge vi tillåter dem att komma innanför våra gränser. Samt förslag på åtgärder av mera blodigt slag, en provkarta över medeltida tortyrmetoder, typ."

"Men det är ju fruktansvärt." Jonatan reste sig upp. "Risken finns ju att fler personer blir skadade och dör i kravaller än av själva sjukdomen. Jag kan inte bara sitta här och äta, jag måste gå och se vad som händer. Men ni stannar väl kvar här förstås och talar minnen?"

"Jonatan vänta, vi måste betala." Maria ansåg sig ha blivit bjuden på middag och gjorde ett snabbt överslag, skulle pengarna i hennes plånbok räcka? Vad tog det åt honom?

"Betalning? En världslig sak för en så stor hertig som Blekfis. Maria, säg inte att du fastnat för den där typen. Han ser så trååååkig ut. Ta mej i stället eller Olov eller gå i kloster. Vad som helst måste vara bättre än att behöva se den där likmasken naken."

"Jag ska fundera på det." Maria kallade till sig servitrisen. Jonatan var redan utanför dörren och när hon hade betalat var han utom synhåll. Maria kände sig djupt oroad av det Christoffer hade berättat. På långt håll syntes rök och ljudet av sirener skar genom staden. Jonatan var långt framför och Maria fick springa för att hinna i kapp honom. Ett av de låga husen på Norra kyrkogatan brann för fullt. Brandkåren var på plats.

"Vad är det som pågår?" frågade Jonatan en man som stod i ringen av dem som samlats .

"De är smittade. De har ett barn som var på fotbollslägret. Hela familjen är säkert smittad. Det kom män i svarta kåpor och tände eld på deras hus. Jag vet inte vart de tog vägen. När polis och brandkår kom försvann de i trängseln. De skulle sanera området, sa de. Man måste ta saken i egna händer när myndigheterna inte gör sitt."

"Men vad är det du säger?" Maria kände att hon blev riktigt rädd. Där bor ju Andrej, en av Emils kompisar.

"Jag är läkare, finns det något jag kan göra?" Jonatan vände sig till en av brandmännen.

"Nej, håll er undan bara så vi kommer fram med bilarna."

De såg pojken och hans föräldrar försvinna i ambulans mot lasarettet. Sannolikt hade de andats in den farliga röken.

"Jaha, vad gör vi nu? Den här kvällen blev inte riktigt som jag önskat." Jonatan la armen om Maria och hjälpte henne förbi den upprörda folkmassan. "Det känns som en ond dröm alltihop. Så osannolikt." De passerade en affär där alla glasrutor krossats och där ägaren försökte täcka de gapande öppningarna med pappskivor. Gatan framför huset var full av glas.

"Som en mardröm man bara vill vakna upp ur. Är folk helt från vettet? Jag menar, de kunde ju lika gärna ha eldat upp vårt hus i Klinte."

"Ja, som en ond dröm är det. Bara i dag har jag talat med fyra läkare som alla blivit hotade till livet för att de inte kunnat skriva ut Tamivir innan prioriteringsordningen är klar och apoteken accepterar deras recept. Själv har jag blivit uppringd av hela släkten och har sällan känt mej så uppvaktad och ihågkommen som nu. Alla vill ha medicin. Helvete, vad jag är trött och förbannad! Det skulle ha känts bra att få spöa upp din kompis, förresten, men inte rättvist när han är så kort i rocken."

"Förlåt, Jonatan. Jag har inte träffat Christoffer på länge och jag blev så glad över att se honom igen."

"Har ni varit ihop, jag menar … har du …?"

"Varit tillsammans med Christoffer?" Maria gapskrattade. "Det går inte. Man är inte ihop med Christoffer, han älskar alla kvinnor rättvist och lika mycket, och då menar jag *alla*."

De vandrade genom gränderna upp mot Stora Torget. Hartman hade lovat att ringa Maria när han var redo att fara hem. Han hade ännu inte ringt. De såg förödelsen. Krossade fönster i en affär som sålde delikatesser från Italien och i en butik där ägaren var från Irak – där Maria hade varit inne och köpt oliver så sent som i går. Med en rysning associerade hon till Kristallnatten. Regnet hade upphört och månen lyste klar och speglade sig i de tusentals skärvorna. De talade med varandra om vad de såg och vad det kunde innebära för den närmaste framtiden, innan samtalet åter gled in på fågelinfluensan och Jonatans arbetssituation.

"Ett av de största problemen just nu är att få tag på personal som är villig att arbeta med dem som insjuknat. Det blir allt färre som kommer till jobbet. Fast i morse hände något som var ganska rörande. En nittioårig före detta sköterska stod plötsligt i mitt rum och anmälde sig som arbetsför. Hon hade haft spanska sjukan som spädbarn och överlevt. Jag är inte rädd, sa hon. Antagligen blir jag inte smittad, jag är immun. Och skulle det vara så att jag drar på mig något otyg så ska jag ändå snart dö. Jag kan vara hos barnen och prata med dem. Så mycket mer duger jag inte till. Men jag är inte rädd för döden och inte rädd för att svara på deras frågor. Jag har varit med förr."

"Fantastiskt! Hon har säkert en uppgift att fylla. Det var något du ville tala med mej om, Jonatan, och … jaa du får försöka förlåta Christoffer. Han är lajvare och har svårt att komma ur sitt rollspel. Det slår liksom över när han har varit på läger. Han menar inget illa."

"Antagligen har han komplex för sin daggmask. Vilket jävla påhopp! Vill du gå någonstans och ta en fika?" Jonatan såg på klockan, den var lite över elva. De bestämde sig för kaffe och saffranspannkaka på Munkkällaren. Det var nästan folktomt. Folk var väl rädda för att gå ut. De valde ett bord för två nära fönstret ut mot Lilla Torggränd.

"Du hade något som du ville berätta för mej", sa Maria och smuttade på sin calvados. Den var inte alls dum till saffranspannkakan som serverades med vispgrädde och mullbärssylt.

"Ja, det är en sak som har slagit mej när jag studerat hur smittan spred sej i början. Alla som satt i samma taxi som den smittade chauffören blev sjuka. Alla utom Reine Hammar. Han följde dessutom med Malin Berg hem och hon avled senare. När jag tänkt den tanken kunde jag inte låta bli att ta reda på varför. Det fanns ett provrör med blod från Reine som ännu inte skickats för analys. Det måste ha blivit kvarglömt i kylen. Jag bad labbet att analysera om han hade antikroppar mot viruset. Vet inte hur den tanken föll mej in, för den tedde sej ändå ganska långsökt."

"Men så var det, eller hur?" Maria stannade till i steget och väntade in svaret.

"Ja, så var det och då undrar man förstås hur det är möjligt."

"Vad tror du?" frågade Maria och lutade sig fram för att höra hans svar. Han kysste henne hastigt på kinden och gav henne ett retsamt leende när hon såg på honom med allvarligt rynkade ögonbryn.

"Det finns två alternativ, antingen har han haft sjukdomen eller också var han redan vaccinerad när han blev exponerad."

"Det märkliga är att tavelförsäljaren också hade antikroppar", sa Maria. "Vad ska vi tänka om det?"

KAPITEL 35

Klockan 04:23 vaknade Maria av en hård duns i trappan, som
följdes av i en lång serie ljud av samma studsande, fast lite
tystare. Hartmans katt. Hon försökte schasa iväg den, men
den jamade påträngande envist. Maria fick tag på den i mörkret
och bar den ned för trappan och stängde dörren. Sedan föll hon
i en ytlig slummer där hon letade efter Emil i ett stort hus med
ändlösa korridorer. Rummen ekade tomma. Han fanns ingenstans.
Vid ett tillfälle såg hon en skymt av honom genom ett fönster, han
vinkade, på väg till skolan ... på väg till evigheten. Hans leende
fick henne att gråta. Jag ska vara med Zebastian i dag.

När väckarklockan ringde en dryg timme senare hade hon glömt
bort katteländet. Hastigt slängde hon benen över sängkanten för
att inte somna om, och trampade på något mjukt och fuktigt. När
hon tände lampan kunde hon konstatera att det var en död mås.
Huvudet var avbitet och fjädrarna tilltufsade och blodiga. Hennes
skrik väckte Linda, som började gråta, och Hartman kom rusande
i bara pyjamasen för att se vad det var som stod på.

"Det måste ha varit katten, han var här uppe i natt." Maria
plockade bort dun från sin blodiga fotsula. De senaste veckornas
uppmaningar att höra av sig till länsveterinären om man påträffade
döda fåglar svepte förbi som en suddig uppmaning om att något
borde göras. Kvar i den stämningen anlände Maria till sitt arbete
klockan 08:00 för att höra Hans Moberg, också han en främman-
de fågel som livet hade tufsat till, tänkte hon när hon såg hans be-
drövliga uppenbarelse. Hans tätt sittande ögon hade svårt att tåla
dagsljuset. Han hade uppenbart svårt med att hålla dem öppna
utan att tårarna rann. Kläderna var smutsiga och skrynkliga och

han luktade förfärligt. Maria fällde ned persiennen och nickade åt Hartman att sätta på bandspelaren. Efter några inledande frågor tänkte Maria föra in samtalet på mordnatten men blev avbruten.

"Det är inte olagligt att sälja läkemedel på nätet. Det finns prejudikat på det om ni bara orkar lyfta luren och kolla. Jag är ren. Och om någon säger sej ha blivit sjuk av mitt immunförsvarshöjande elixir, som jag säljer under namnet Teriak, så ljuger de. Jag har kokat det själv och vet vad det innehåller. Bara kravodlade nyttigheter, aloe vera, mynta, rödklöver, blåklint och ringblomma som dragit tillsammans med svartvinbärsblad i sesamolja. Kan inte bli nyttigare än så. Har någon klagat på att det var för dyrt så är det för att de inte fattar hur mycket tid det tar att plocka blommorna och torka dem. Kan jag gå nu? Jag känner mej så instängd här, jag lider av klaustrofobi. Min läkare säger att jag kan få hjärtarytmier av att bli så här upprörd och att det påverkar blodtrycket och mina kortisol- och kolesterolvärden negativt. Jag kan dö i en hjärtsmäll. Vågar ni ta den risken?"

"Det är inte din försäljning vi ska tala om, det tror jag att du förstår. Till att börja med var du bevisligen rattfull i går. Utandningsprovet visade 1,6 mg alkohol per liter utandningsluft, vilket motsvarar 3,6 promille om vi ska prata hälsorisker. Men det är inte heller så mycket att orda om just nu. Frågan jag vill ställa till dej är: Hur kände du Sandra Hägg?"

"Jag träffar så många kvinnor, det är omöjligt för mej att minnas …"

"Du har säkert läst i tidningen att hon blivit mördad. Det kan knappast ha undgått dej. Enligt vittnen befann du dej utanför hennes dörr på mordkvällen. Vad ville du Sandra?"

"Jag vet inte vad ni pratar om." Mubbe skruvade på sig och klippte med ögonen. "Kan man inte få något lugnande? Jag mår fan så dåligt. Jag kan inte koncentrera mej på det här. Jag mår illa och det susar i öronen hela tiden, ljudet kommer och går. Det här är ju hemskt. Ni tror väl inte att jag har …" Hans Moberg sneglade på sin advokat för att få medhåll. Men lagmannens ansikte var uttryckslöst.

"Låt oss säga så här", bröt Hartman in. "Du ligger väldigt, väldigt pyrt till. Det enda som kan förbättra din situation är sanningen."

"Jag minns nästan ingenting. Var aspackad när jag körde dit. Ja, det spelar väl ingen roll om jag berättar det", sa han med en blick på advokaten. "En gång eller flera, gör det någon skillnad egentligen? Man kan inte mer än att sitta inne. Jag fick ett mejl om att den här kvinnan ville träffa mej. Hon hittade mej väl på nätet och ville veta varifrån jag fick mina varor. Vi gjorde upp om att jag skulle komma och presentera mitt sortiment. Hon hade nyckeln till dörren i ett snöre på insidan. Jag var så jäkla full. Hon var varm när jag rörde vid henne. Jag vet inte om hon sov eller var död. Det fanns en kanna vin. Jag kan ha druckit upp den. Minns inte. Jag tror att jag somnade till bredvid henne och när jag vaknade förstod jag att hon inte levde. Hela möblemanget var sönderslaget. Jag kan ha gjort det, men jag minns inte." Mubbe uppfattade en försiktig huvudskakning från sin advokat och tystnade.

"Dödade du Sandra Hägg?" Maria lät honom inte komma undan.

Mubbes svar var knappt hörbart. Han böjde ned huvudet och ärret på hans blanka hjässa blev synligt. "Jag tror att jag kan ha gjort det, men jag minns det inte. Det är hemskt, men det blir bara svart. Det är så otäckt. Jag kan inte minnas att jag gjorde det, men hur skulle det annars ha gått till?"

"Såg du någon annan människa i trapphuset den kvällen?"

"När jag kom såg jag att det satt två barn under trappan och jag tänkte att de nog rymt hemifrån. Det hade en stor plastpåse med polkagrisar. Jag låtsades inte se dem. Det var som om de hade en hemlig koja där, de hade spänt upp ett lakan. Sedan var det en äldre man, jag tror han bodde på våningen under, och en vithårig kvinna på samma våningsplan. Säg förihelvete inte att ni har hittat min plånbok vid kalkbrottet i Kappelshamn också?" Advokatens ansikte genomgick en förvandling från lugnt avståndstagande till ren bestörtning.

"Tappade du den där?" frågade Hartman.

"Den blev stulen ur bilen. Jag måste få tillbaka den."

"Vad gjorde du vid kalkbrottet?"

"Jag hade stämt träff med en kvinna på hamnområdet. Jag gick ur bilen en kort sväng, men hon var inte där. Jag vet faktiskt inte ens vad hon heter. Jag har bara träffat henne en enda gång."

"Du har träffat henne, men du vet inte vad hon heter? Det låter lite märkligt. Hur träffades ni?" Maria gav Hartman ett ögonkast, hon anade att han var rätt tillfreds med förhöret.

"Hon kallar sig Kramgo Skånska på nätet. Men vad hon heter på riktigt vet jag inte. Ni kan säkert kolla min dator och se vad hon har för IP-nummer."

"Vi har gjort det och vi har ett namn och en adress. Finns det något du vill tillägga innan vi talar med henne?"

"Hälsa henne att jag längtar efter henne. Det var något visst med henne ändå. Jag menar, om hon har tid att besöka en stackars man i hans fängelsehåla vore det en god gärning."

"Förstår du allvaret i det här? Jag får en känsla av att du inte riktigt förstår vad det här handlar om. Två personer är döda och du var bevisligen i närheten när morden skedde. Dödade du dem?" Hartman drog fram en stol och satte sig mitt framför Hans Moberg.

"Nej, förihelvete, nej. Hans Moberg torkade svetten ur ansiktet. Maria hade en god stund sett hur den samlades och rann över kinderna och näsan. Skjortan hade stora mörka fläckar under armarna. Han skakade och ryckte där han satt, och händerna vred sig och plockade oavbrutet i hans knä.

"Hur mycket hade du druckit när du kom till kalkbruket?"

"Inte mer än vanligt."

"Hur mycket är det?" frågade Maria.

"Ett par öl och en kvarter vodka kanske … jag minns inte."

"Hur ofta händer det att du dricker så att du får minnesluckor?"

När Hans Moberg under protester förts tillbaka till arresten blev de kvar i förhörsrummet. Maria öppnade fönstret och släppte in den friska luften från havet. Gårdagens regnväder letade sig långsamt söderut och ett lätt dis skymde en blå himmel. Nästa vecka skulle bli solig och varm hade meteorologerna lovat.

"Vad tror du, Tomas, är han skyldig?"

"Antagligen. Men vi har inget motiv mer än ren galenskap och fylla. Mordet på Tobias verkar planerat. Det stämmer inte med att det skedde i hastigt mod. Vi måste tala med distriktsläkarjouren så att han får hjälp med abstinensen, och kvarstår misstanken bör han nog genomgå en rättspsykiatrisk undersökning. Jag hörde hans kompis i går, Manfred Magnusson, med smeknamnet Majonnäsen. Han berättade att Hans Moberg då och då legat inne på psyk av oklar anledning. Han blir knäpp, helt enkelt. Han är väldens trevligaste kompis när han dricker lagom, men ibland slår det över. Då blir han för jävlig."

"Jag känner Majonnäsen sedan tidigare och är glad att jag slapp höra honom. Vad sa datateknikern om mejlen i hans dator då?" frågade Maria.

"Sandra har mejlat Hans Moberg från sin hemdator och frågat om hans produkter. Han svarade henne från Tofta camping. Sedan kommer det ett svarsmejl från Sandra där hon uppmanar honom att komma snarast och fiska upp nyckeln ur brevinkastet för att hon har migrän och inte orkar öppna."

"Nyckeln låg på golvet i hallen med snörstumpen kvar och ett böjt häftstift. Det fanns ett litet hål i dörrträet precis vid luckan. Jag funderade på det när vi såg bilderna. Det skulle förstås gå att sätta dit snöret med nyckeln även från utsidan. Rent teoretiskt, alltså. Antagligen är han skyldig. Fast det skulle kännas bättre om det fanns ett begripligt motiv. Vet du om datakillen hunnit kontrollera Elisabet Olssons dator ännu?"

"Kramgo Skånska, är det så hon kallar sig på nätet?" Hartman frustade till och gömde ett leende i handen.

"Vad skulle du själv kalla dej … Kramgo från Martebo? Hon bör vara här när som helst nu, jag ska säga till i receptionen att vi tar emot henne direkt."

Det är lätt gjort att skaffa sig fördomar. Kanske märker man det inte förrän man konfronteras med verkligheten och får en möjlighet att korrigera sig. Kramgo Skånska hade marinblå dräkt och pumps och det röda håret var klippt i en kort och lättskött frisyr. Marias bild hade varit en helt annan. En rund och fnittrig dam klädd i blommig klänning och halmhatt, med attribut som cykelkorg och stickning. Dessutom talade hon småländska och inte skånska.

"Man måste vara försiktig med sin identitet på nätet", sa hon. "Man vet ju inte vilka knäppgökar som kan finnas där ute."

Maria erbjöd kaffe och hon tackade ja till en kopp, svart utan socker.

"Jag skulle vilja att du berättar om din mejlkontakt med Hans Moberg, var och när ni har träffats eller stämt träff."

Elisabet Olsson skrattade och i det ögonblicket var hon riktigt vacker. "Förlåt mej. Jag vet inte riktigt varför jag är här."

"Vi vill ställa några frågor till dej som vittne. Du är inte misstänkt för något. Hur började du mejla med Hans Moberg?"

"Jag ville få tag på Tamiflu, min läkare vägrade att skriva ut det fast jag har astma och anser att jag borde ingå i riskgruppen hjärtlungsjuka. Samtidigt fick jag ryktesvis höra att han tidigare skrivit ut medicin till all personal i sin brors företag. Jag blev väldigt upprörd över det. Jag googlade Tamiflu på nätet och hamnade på Doktor M:s hemsida. Han delade min vrede och vi blev vänner och mer än så, kanske man kan säga. Vi flirtade lite och beslutade oss för att ses i verkligheten. På Tofta camping – så att det fanns andra människor omkring. Det kändes inte så farligt."

"Vad hände där?"

"Han visade sej vara en bluff på många sätt, men en charmig bluff."

Jo tack, Maria nickade för sig själv. Hon kände igen den typen.

"Jag berättade för Finn, min bror, hur Hans Moberg framlevde sitt liv i sviterna efter sin strabismus, och vi fick oss ett gott skratt."

"Finn?" Maria tänkte direkt på den säkerhetsansvarige på Vigoris Health Center. Det visade sig vara korrekt.

"Han har arbetat där sedan starten och antagligen skulle de inte klara sig utan honom. Han är väldigt noggrann och duktig. Hans chef säger att han har möjligheter att få avancera till huvudkontoret i Montreal. Jag tror att han är väldigt sugen på det. Fast jag skulle sakna honom. Vem skulle serva min dator om han var så långt borta?"

"Träffade du Hans Moberg vid något senare tillfälle?" Maria försökte att inte visa hur angelägen hon var om att få ett svar på den frågan.

"Nej, jag fick ett mejl om att han längtade efter mej – det var knappt läsbart för det var så många felslag. Jag antog att han var berusad. Kan tänka mej att han suttit en stund och försökt ragga och att det inte varit särskilt lyckosamt, och då hade han tröstat sej lite undan för undan och sedan kom han att tänka på mej när det inte nappade. Nej, jag svarade inte på det. Jag tror inte att han är mannen för mej, om du förstår vad jag menar."

"Mejlade du honom och bad honom att möta dej i industrihamnen i Kappelshamn?" Maria ställde frågan, mest för att få det tydligt på bandet. Själv var hon övertygad om vad svaret skulle bli.

"Nej, varför skulle jag göra det? Kappelshamn? Har Hans något med mordet där uppe att göra? Är det därför ni har bett mej komma hit? Förstår du att jag undrade när polisen kom i går för att 'låna' min dator ett par dagar?"

"Har någon annan tillgång till din dator?"

"Nej."

"Hur är det med lösenordet till din hotmejladress? Känner någon mer till det?"

KAPITEL 36

Maria Wern sorterade sin post. Det mesta fick läggas åt sidan. Mordutredningarna hade högsta prioritet. De artiklar av Tobias Westberg som Yrsa hade faxat över under förmiddagen hade handlat om läkemedelsföretag. Maria hade skummat igenom de flesta av dem och särskilt fastnat för det reportage Tobias gjort från staden Bjaroza i Vitryssland. Han hade varit där i april månad och beskrev folket och miljön på ett engagerat sätt. Det var uppenbart att han kunde språket. Han hade intervjuat flera arbetare vid fabriken, bland annat Sergej Bykov, och där hade man funnit den koppling som tydde på att de tre morden ändå hade ett samband. Maria hade rusat in med papperen i handen till Hartman och bankat ned dem framför honom på skrivbordet så att det protokoll han just satt och läste flög i väg över golvet.

"Kolla här! Det finns ett samband!"

Med hjälp av tolk hade man talat med Sergejs hustru i telefon. Hon bekräftade att Tobias Westberg hade träffat Sergej, men hon kunde inte minnas att journalisten hade velat honom något särskilt. De hade varit ute på en krog och när Sergej kom hem hade han behövt hjälp att komma i säng. De hade haft en trevlig kväll och vodkan hade flödat.

Tobias och Sergej hade mest talat om alldagliga saker, sa hon. Hur mycket lönen räckte till, jämfört med svenska förhållanden, det sociala skyddsnätet och framtidsmöjligheter för barnen. Sergej hade berättat om sitt arbete med försöksdjuren och Tobias hade ställt frågan om det fanns djurrättsaktivister i Bjaroza. Men det visste Sergej inte vad det var. Mer än så kunde hon inte säga om journalistens besök.

Maria hade refererat den sista delen av artikeln för Hartman. Den handlade om läkemedelsföretagens vinstintressen och var skriven i skarpa ordalag. Ju mer läkemedel som säljs, desto högre vinst. Tobias hade talat om spekulation i rädsla. Hur läkemedelsindustrin får politikerna att som lydiga redskap måla upp en hotbild som resulterar i merförsäljning av läkemedel för säkerhets skull. Den politiker som lovar mest läkemedel åt folket vinner.

I Vitryssland hade läkemedelsindustrins kampanj misslyckats. Det fanns inte pengar nog att köpa för och det stöd man förväntat sig från omvärlden uteblev. Istället isolerade man en by och fick bukt med fågelinfluensan, och läkemedelsproducenten gick i konkurs. Lagret av läkemedel och vaccin köptes då upp av Demeter-koncernen. I rent spekulationssyfte, ansåg Tobias. Men det var en felsatsning, då utbrotten av fågelinfluensa på senare tid varit av en annan typ och vaccinet och läkemedlen hade varit overksamma.

Sedan beskrev han hur villkoren hårdnat i konkurrensen från företag på den öppna världsmarknaden. Att vinna eller försvinna. Lägre löner, längre arbetstid, kortare semester, sämre anställnings-villkor, skiftarbete utan extra ersättning, tuffare marknadsförings-metoder. Kanske skapar vi själva de arbetsförhållanden vi inte vill ha genom att köpa aktier i de företag som är mest konkurrenskraf-tiga och inte i dem som har högst moral, var hans slutreplik.

"Tycker du fortfarande att det är så osannolikt att Sergej Bykov planterade en smittad duva hos Ruben Nilsson?" frågade Maria.

"Jag hoppas du har fel, men det kan vara som du säger. Hur går vi vidare? Hur hittar man bevis för en sådan sak?"

"Jag skulle vilja se Sandra Häggs lägenhet en gång till innan de bryter avspärrningen. Det kan vara att slösa bort dyrbar tid, men ibland måste man sakta ned för att tanken ska hinna med. Jag stämmer av med teknikerna om det är okej, sedan far jag dit."

Maria Wern skar av avspärrningstejpen och öppnade dörren till Sandra Häggs lägenhet. Den instängda lukten slog emot henne oväntat skarp. Hyresvärden hade bett om tillstånd att renovera lä-genheten och var angelägen om att familjen snarast skulle hämta Sandras kvarlåtenskap. Hyresintäkter gick förlorade för varje dag den stod outhyrd, och det var inga småpengar. Han hade ringt och diskuterat saken med Hartman, och Hartman var villig att släppa avspärrningen, men Maria hade velat vänta. En maggropskänsla bara.

Det var svårt att precisera vad hon förväntade sig att finna. Fortfarande låg möblerna trasiga och slängda över golvet, som de hade hamnat efter att Mubbe gick bärsärkagång. Maria öppnade luckan till det vackra gamla stjärnsundsuret som satt på väggen, utan att egentligen veta vad hon letade efter. I vardagsrummet var persiennerna neddragna. Maria fällde upp dem för att se bättre. Det var ännu mer fördärvat och tillstökat än hon kunde minnas. Rutorna på vitrinskåpet var trasiga och det låg skärvor på golvet. Gardinen var nedriven. De vita blommorna hade vissnat i sina vaser. Ett par sektioner böcker låg utväckta på golvet. Fruktfatet med druvor och körsbär var bara att slänga. Vem väntade du på Sandra? Var det på, Tobias eller kanske Reine Hammar? Inte var det väl på Hans Moberg? Inte hade du väl lagt ned sådan möda på ett affärsmöte med honom?

Massagebänken stod uppställd utmed ena väggen, en lyxig, bred modell med avtagbart huvudstöd och extra armstöd på sidorna. Bredvid stod en golvkandelaber i smide, med värmeljus i en spiralslinga. I köket var det dukat för två med tallrikar, brutna servetter och vinglas. Så inbjudande. Köttgrytan och hasselbackspotatisen hade någon ställt in i kylskåpet, och där stod den kvar orörd. Var det något du ville fira? Väntade du en älskare? Vinkaraffen hittades bredvid din säng. Vem var det som skulle komma till dej, Sandra? Du hade klätt dej fin. Hela lägenheten andades fest.

Maria ställde sig i dörröppningen till sängkammaren och såg på förödelsen. Den sönderslagna spegeln. Byrålådan, vars innehåll låg spritt över golvet: strumpbyxor, underkläder och linnen. Hon öppnade garderoben och kände på hyllorna. Allt var redan minutiöst genomgånget av teknikerna, men ändå hade hon en vag känsla av att något kunde ha undgått dem. Klädesplaggen i garderoben var få men noggrant utvalda, mest märkeskläder. På arbetet hade Sandra sin gröna dräkt. Det behövdes kanske inte så mycket kläder att ha på fritiden. Maria ställde sig på tå för att nå den översta hyllan och hittade en låda av metall med ett rött kors på, ett husapotek. Den var inte låst, men nyckeln var borta. Hon tittade på burkarna. Det var hostdämpande tabletter, näsdroppar, Alvedon, Magnecyl, åksjuketabletter, plåster, bandage, en tejprulle och en öppnad flaska Alsolsprit. Ingen speciell medicin mot migrän, vad Maria kunde se.

Varför var Sandra Hägg så angelägen om att få veta varifrån Hans Moberg fick sina leveranser av läkemedel? Varför var det så viktigt att hon lät honom komma hem till henne trots att hon hade migrän? Om hon alls hade migrän, ingen hade verifierat det. Om hon ens skickade det meddelandet själv? Datorn stod på och hon hade loggat in. Hans Mobergs fingeravtryck fanns på musen och tangentbordet men inga meddelanden hade raderats.

Maria bläddrade igenom bunten med papper bredvid Sandras dator. Medicinska tidskriftsartiklar om infektionssjukdomar, och ett par artiklar om stöldskyddsmärkning och märkning av de nya passen som snart skulle börja gälla. En artikel hade rubriken "Du blir din egen nyckel" och handlade om hur man kunde använda fingeravtryck istället för passerkort.

Maria öppnade dörren till balkongen och ställde sig i den friska luften från havet. Hon drog några djupa andetag. Från balkongen kunde hon se väderkvarnarna på klippkanten, den gamla gula fängelsebyggnaden med sin mur, hamnområdet och långt i söder Högklint som en skarp kontrast mot det gråblå havet. Tanken på inbrottet på Vigoris Health Center, som inte anmälts, upptog nu henne helt. Varför hade Sandra gjort inbrott på kliniken och vad hade hon med sig i plastpåsen därifrån? Vaccin? Varför och till vem? Inte förrän grannen Ingrid var alldeles inpå henne och ropade hej märkte hon att hon inte var ensam. Den äldre damens vita hår var nytvättat och såg ut som en dunig maskrosboll, färdig att flyga iväg om man blåste på den.

"Det ser ut att bli fint väder." Ingrid Svensson skuggade med handen över ögonen och lutade sig över balkongräcket. "Jag tänkte på en sak. De där barnen som sålde polkagrisar. Har ni fått tag på dem? Vet du, jag tycker det är rent ansvarslöst av föräldrar att låta barn springa ute så sent på nätterna. På min tid åt man en gemensam kvällsmat klockan sex på kvällen och sedan var det dags för barnen att gå i säng."

"Nej. Det har varit svårt. Vi har försökt kontakta varenda lärare i Visby som har tredjeklassare. Skolorna är stängda nu och vi har inte lyckats nå alla. En del har farit på semester. Vet du något om dem?"

"Ja, en bekant till Henriksson på första våningen som jag spelar bingo med på torsdagarna säger att de går på Solbergaskolan. Han har känt deras fröken sedan hon var en liten flicka. Hon heter Birgitta Lundström." Ingrid Svensson log ett förnöjt leende. Maria tog upp mobilen och sökte Hartman. Han skulle sätta någon att ringa med en gång. Det var högprioriterat. För Hans Moberg var det helt avgörande om barnen sett någon mer komma i trappan den ödesdigra kvällen.

Fortfarande i tankar på vad Sandra kunde ha fått med sig från kliniken vid inbrottet vände Maria tillbaka in i lägenheten. Inbrottet hade skett vid 22-tiden. Vid midnatt var hon inte längre vid liv. Maria ställde sig i hallen, som om hon var Sandra som just hade kommit hem med plastpåsen i handen. Antagligen trodde hon att hon klarat sig utan upptäckt. Städerskan trodde inte att Sandra lagt märke till henne. Varför krossade hon en ruta på mottagningen när hon lika gärna kunde ha tagit sig in genom ytterdörren? Hon behövde ju bara använda sitt passerkort. Ytterdörren stod öppen till klockan 22 och därifrån var det bara att ta korridoren bort mot vaccinationsavdelningen, där också personalrummet låg. Det skulle ha varit enkelt för henne att säga att hon glömt kvar en tidning eller sin matlåda om hon blivit ertappad. Såvida det inte fanns ett annat larmsystem, som Sandra visste om? Kunde det vara så?

Maria såg sig om i hallen. Hon föreställde sig att hon stod där med plastpåsen i handen när hon hörde ljud i trappan. Då skulle hon ha låst dörren. Maria såg sig om efter ett ställe i hallen att gömma plastpåsen på. Det fanns en låda i den lilla byrån under hallspegeln. Men det var för enkelt och för nära utgången. Hon gick vidare in i vardagsrummet. Var Sandra rädd för att någon ändå skulle ha följt efter henne? Kanske ringde mördaren i den stunden på dörren. Eller så var det inte alls så. Hon väntade att någon skulle komma, någon hon tänkte ge ett varmt mottagande med vin och god mat och kanske massage. Varför stod annars massagebänken framme? Maria gick närmare och tog bort filtarna och lakanen och vetekudden som teknikerna sprättat upp och tömt på sitt innehåll. Om Sandra snabbt hade velat gömma något innan hon öppnade dörren, hur skulle hon då ha gjort? Maria kände på dynan runt om massagebritsen. Den var ordentligt fastsatt, spikad och limmad i träkarmen. Huvudstödet gick att dra ut, det fanns inget gömt i hålen efter träpinnarna som höll det på plats och själva kudden var intakt. Maria lät händerna glida utefter brädan till armstöden på sidorna. Plötsligt kände hon att det gick att få in fingrarna mellan dynan och träkonstruktionen på ett ställe. Hon hämtade sin väska och tog på sig latexhandskarna. Där i den mjuka stoppningen kände hon något svalt mot sin hand, något cylinderformat. Hon hakade loss armstödet och fortsatte gräva fram innehållet – snart hade hon en spruta i sin hand. Den var fylld med en klar vätska och på sprutan fanns en text med ryska bokstäver.

Till form och utseende liknade den vaccinationssprutan Maria hade fått tidigare i veckan. Hon önskade att hon hade studerat den närmare då istället för att ha tittat bort. Maria tog sprutan ur sin plastförpackning och fann att kanylen inte gick att lossa.

Hans Moberg hade sagt att han slagit sönder lägenheten, men var det så säkert att han orsakat all skadegörelse själv? Kanske var det den här sprutan någon letat efter. Men varför? Vad innehöll den som var så farligt?

I detsamma hörde hon steg i trappan och någon som stannade vid dörren. Fortfarande inne i rollen som Sandra stoppade Maria tillbaka sprutan i armstödet och hängde tillbaka det. En nyckel i ytterdörrens lås fick adrenalinet att rusa genom kroppen. Självklart. Den som mördade Sandra Hägg kom in i lägenheten med egen nyckel och lät den sedan bli kvar i snöret så att vem som helst kunde ta sig in. Ingen skulle då fundera över hur mördaren kunnat öppna utan att bryta sig in. Resten var ett spel för gallerierna. Bara tanken att Sandra skulle ha lagt sig på sin säng i väntan på en okänd man, som skulle kunna ta sig in i lägenheten med en nyckel fastsatt i ett snöre, var ju helt absurd, särskilt sedan man tagit sig en titt på Hans Moberg. Nu vreds nyckeln om i låset. Maria hukade sig bakom soffan, som stod mitt i rummet, samtidigt som hon hörde dörren öppnas.

KAPITEL 37

Med ansiktet tryckt mot golvet såg Maria de stora bruna gymnastikskorna som rörde sig över parketten. Hon försökte vrida huvudet i en vinkel så att hon kunde se vem det var, försiktigt så att hon inte gav något ljud ifrån sig, men det var omöjligt. Hon hörde hur en låda drogs ut och sköts igen, och såg skorna och de jeansklädda benen röra sig framåt i rummet där hon låg hopkurad. Täckte den gröna växten ingången till mellanrummet mellan soffan och väggen? Hon försökte kontrollera sin andning så den knappt märktes. Hjärtat rusade. Bara han inte fick för sig att gå fram till bokhyllan, då skulle hon bli upptäckt. Hon borde naturligtvis inte ha farit hit ensam. Ljudet av stegen försvann bort mot köket. Flera lådor drogs ut och skåpdörrar öppnades och slogs igen. Hon hörde en svordom. Nu satte han på radion. Det gjorde det svårare att höra var han befann sig. Hårdrock på hög volym. Om hon skrek nu skulle det knappast höras. Det lät som om han gick in i sovrummet. Lådor drogs ut och dörrar slogs igen. Vad letade han efter? Hon måste försöka se vem det var. Maria satte sig försiktigt på huk och försökte kika fram bakom växten. Samtidigt lyftes fruktfatet framför henne på bordet av en senig hand.

"Vad i helvete!" Lennie backade bakåt i stapplande steg. "Vad i helvete. Jag trodde att jag var ensam här. Du skrämmer skiten ur mej!"

"Vad gör du här?"

"Hämtar mina saker innan Sandras gamar till släktingar påstår att det är deras. Jag har hämtat mina gitarrsträngar och metronomen och noterna som är mina, och om du flyttar dej kommer jag åt min elgitarr."

"Du har alltså kvar nyckeln till lägenheten."

"Ja, jag vattnade och tog in posten åt henne när hon var med Jessika i Turkiet i maj. Hon har bett att få igen den, men det har inte blivit av, jag ville ha den kvar. Hoppades på något sjukt sätt att hon skulle ta mej tillbaka. Vi hade bara två nycklar, ingen i reserv."

"Vilka fler kan ha nycklar?"

"Ingen. Får jag kolla på den du har?" frågade Lennie. "Den är i alla fall inte nygjord. De nyare är inte så här gula i metallen."

"Och Sandra hade bara två nycklar, varav du har den ena och den jag kom in med är den andra, som hon hade i jackfickan. Det är du säker på? Vems är då den som satt i snöret?" Maria vägde nyckeln i handen. "Är låset bytt sedan den förre ägaren?"

"Nej. Det fanns ingen anledning."

När Maria tillsammans med Tomas Hartman stannade till vid Vigoris Health Center var parkeringsplatsen full. Fast hon cirkulerade i tio minuter hittade de inte en ledig plats. Det stod bilar långt ut på gräsmattan på längden och tvären och däremellan cyklar och motorcyklar i en ostrukturerad blandning. Vid infarten var det kö och tjockt med folk i entrén, och stämningen var milt sagt aggressiv.

"Det finns inga fler tider för vaccination den här veckan. Var god och gå hem och boka en tid per telefon eller försök på er egen vårdcentral. Vi kan inte ta emot nya bokningar just nu." Den unga sköterskan försökte låta vänlig och saklig, men hennes röst darrade lätt och en präktig rodnad gjorde ansiktet flammigt.

"Jag tänker inte gå härifrån förrän jag har blivit vaccinerad. Jag kräver att få den hjälp jag har blivit lovad. Jag har betalat skatt hela mitt liv." En grånad man, mager och muskulös som en maratonlöpare, höll sig fast i en av pelarna vid ingången till entrén. Maria kunde inte låta bli att tänka på trädkramarna som försvarade almarna i Kungsträdgården, eller de miljöaktivister som kedjar fast sig för att få uppmärksamhet i en viktig fråga. "Jag går inte härifrån." Flera andra instämde och stämningen tätnade och blev allt mer hotfull.

"Jag är hjärtsjuk och skulle enligt allt vackert tal vara först på prioriteringslistan. I verkligheten är den listan inte mer värd än en näve skithuspapper. Vilka är det som får medicin? De som har kontakter och de som kan betala. Man skulle ta saken i egna händer." Den gamla damen var så upprörd att hon tappade andan och började väsa.

"Fram med medicin annars helvete!" skrek maratonmannen.

"Nu får ni lugna er." Sköterskan såg ut som om hon skulle ta till lipen när som helst. "Om ni inte skingrar er kommer vi att kalla på polis."

"Men så rädd man blir! Du, får jag tala med din chef?" Ytterligare en man steg fram ur mängden. Han hade ett kraftigt rött skägg och kal hjässa. Skinnjackan bar han uppknäppt utan något under och kring halsen hade han en kraftig länk av silver. Han trängde sig fram till informationsdisken, fattade tag om sköterskan och föste ut henne på golvet. "Vi menar allvar. Var är din chef?"

"Chefen! Chefen! Chefen!" skanderade flera människor i kör. De klappade taktfast i händerna och stampade med fötterna. På ett ögonblick fanns Viktoria Hammar där i dörröppningen.

"Vad är det frågan om?" Om hon var rädd fanns det inget i hennes kroppshållning som avslöjade det och rösten var lugn och välartikulerad.

"Alla kommer att få medicin och alla kommer att bli vaccinerade. Om ni följer de instruktioner vi har givit går det snabbt och smidigt. Vi här på Vigoris tar emot betalande kunder, och de som fått recept av sina läkare hämtar ut läkemedel på apoteket och får en tid för vaccination på respektive vårdcentral. Med den fördelningen flyter arbetet snabbt och alla får hjälp."

"Så i helvete heller. Det finns ingen medicin på apoteket. Den är slut och tiderna på vårdcentralerna är slut. Det är ju fan krig! Jag har mina kottar sittande i bilen. Jag vill att de blir vaccinerade. Nu!" Den rödskäggige gick fram och ställde sig bredvid Viktoria i hela sin längd. Men hon stod till synes oberörd kvar.

"Det kan bli så här till en början, men jag lovar att alla får hjälp. Det kommer sändningar med läkemedel dagligen och så fort man enats om en prioriteringsordning inom landstinget kommer alla att få läkemedel och vaccination i tur och ordning. Polis och sjukvårdspersonal och de som arbetar på teknisk förvaltning har redan fått behandling, och snart är turordningen för dem som tillhör riskgrupperna klar. Som ni förstår är det inte helt lätt att bestämma om människor med neurologiska sjukdomar bör ha företräde framför personer med hjärt-kärlsjukdomar eller cancer. Om ni är vänliga och skriver upp era namn och telefonnummer i receptionen så kommer vi att kontakta er så snart vi får nya tider eller återbud. Stannar ni här i trängseln riskerar ni att bli smittade." Viktoria lät blicken glida från den ena till den andra för att visa att vem som helst av dem kunde bära på smitta.

Inte utan viss beundran såg Maria hur Viktoria Hammar lyckades lugna de församlade och få dem att lämna lokalen. Rak i hållningen stod hon kvar tills maratonmannen släntrat ut sist av alla och med en hatfull blick visat att han inte var nöjd med hur situationen hade utvecklat sig.

"Jävla mesiga svenskar. Ni lyder order om så övermakten ber er äta er egen skit. Om det hade hänt i mitt hemland hade …" Mer hörde de inte innan dörren slog igen.

"Och vad kan jag hjälpa er med", frågade Viktoria i så lätt ton att Maria helt tappade målföret.

"Vi skulle vilja byta några ord med din make. Finns Reine Hammar här?" frågade Hartman.

"Ja, men han är mycket upptagen. Som ni nyss såg har vi en arbetsbelastning som trotsar alla kalkyler. Jag beräknar att han kan ta emot en patient var femte minut, och den tid ni tar i anspråk går alltså ut över patienterna. Har jag uttryckt mej tydligt nog?"

"Vi utreder mordet på Sandra Hägg. Som hennes arbetsgivare hoppas jag att det är viktigt för dej att få reda på vad som hände med henne." Jag förstår att det är kaotiskt just nu, ville Maria tillägga, men i en krissituation är det ännu viktigare med ett fungerande rättssystem. "Var kan vi träffa Reine?" Maria blev själv förvånad över sin barska ton, men Viktorias känslomässiga påtryckning var så tydlig och så obehaglig att hon tappade kontrollen. En variant vore ju att Reine jobbade över en kvart eller två i mänsklighetens tjänst.

Med en min av oändligt lidande slog sig Reine Hammar ned i fåtöljen bakom sitt skrivbord och bjöd dem att ta plats. Efter en lång serie harklingar vände han sig bort och hostade i armvecket.

"Max en kvart, mer kan jag inte ge er."

"Vi ska försöka fatta oss kort och vi har valt att träffa dej här och inte på stationen för att inte ta upp din tid i onödan. Av respekt för dina patienter." Hartmans min var outgrundlig när han satte på bandspelaren och tog de nödvändiga uppgifterna. "Vad vi främst skulle vilja veta är var du befann dej mellan klockan 22 och klockan 24 den 4 juni."

"Hur menar du? Det vet ni väl att jag satt i karantän?"

"Enligt uppgift avvek du från sanatoriet den natten. Man hade behövt din hjälp som läkare med ett akutfall, men du hade gått ut. Var var du?"

"Vad är det här för någonting? Det är Jonatan Eriksson som är ordningsman förstås, det kunde man ge sej fan på. Det är väl en sak mellan mej och ansvarsnämnden i så fall. Inget polisärende."

"Det är ett polisärende och jag vill att du svarar på min fråga: Var befann du dej?" Hartman lutade sig fram och Reine ryggade tillbaka, knäppte händerna bakom nacken och vägde på stolen.

"Då får du redovisa varför du vill veta det." Meningen följdes av en harkling och ett par grymtningar. Maria blev allt mer övertygad om att det handlade om nervösa tics.

"Sandra Hägg mördades den natten. Det vet du. Och vi vill veta var du befann dej", förtydligade Maria.

"Jag behövde få lite luft. Tog en promenad bara. Det är väl inte olagligt." Reine stirrade på väggen bakom dem som om han där kunde se vad som hänt under mordnatten. Han blinkade som om han fått något i ögat, tog av sig glasögonen och gned sig om näsan. En lätt rodnad spreds över hans ansikte.

"Kan någon intyga det? Träffade du någon?"

"Träffade och träffade. Ja, på sätt och vis. Måste någon få veta det här eller kan man ligga lite lågt med ... ja ni vet?" Han harklade sig igen.

"Vem träffade du? Kan någon ge dej alibi är det i ditt eget intresse." Hartmans tålamod var på gränsen att ta slut. "Om du har bråttom till dina patienter är det bäst att du svarar nu."

"Det var en sköterska. Vi ... var på hennes rum i huset på gården. Lena heter hon. Minns inte vad hon heter i efternamn."

"Vi kommer naturligtvis att kontrollera det. En sak till. Du har antikroppar mot fågelinfluensa. Du hade det redan innan det fanns tillgång till vaccin. Hur kan det komma sej?"

"Va? Nu förstår jag ingenting. Det måste vara ett misstag. Förresten, vad har polisen med det att göra? Provsvar är sekretessbelagda uppgifter. Var har ni fått de beskeden ifrån?"

"Provsvar är inte sekretessbelagda när brottet som utreds ger två års fängelse eller mer. Det gäller mord, Reine Hammar. Mord på tre personer, alla med koppling till vaccin mot fågelinfluensan. Vad var det Sandra försökte skaffa bevis för? Vi håller just nu på att analysera innehållet i den spruta Sandra tog med sej från kliniken när hon bröt sej in. Vill du berätta för oss vad det hela handlar om?"

Reine Hammar skakade på huvudet. Om hans förvåning var spelad var det mycket skickligt gjort.

"Jag fattar inte vad ni pratar om!"

"Vi återkommer i det här. En sak till innan du får gå: Har du nyligen haft en egen nyckel till Sandra Häggs lägenhet?"

"Nej, absolut inte, och den enda influensa jag är vaccinerad mot är den gamla vanliga. Hela kliniken vaccinerades i november i fjol. Jag vet fan inte vad ni pratar om för antikroppar!"

KAPITEL 38

Reine Hammar vek undan den tunga satingardinen och lät ögonen vila på utsikten över staden innanför ringmuren. S:ta Maria med sina spetsiga svarta torn stack upp ur den skira dimman och klosterruinernas spöklika fasader avtecknade sig oskarpt i dunklet. Han öppnade sovrumsfönstret och släppte in kvällens svalka och dofterna från havet, från pionerna och kaprifolen som slingrade på husväggen. Huset på Norderklint hade kostat 4,5 miljoner. Ett kap om livet skulle värderas i pengar, ett fängelse om man mätte med en annan måttstock. Var det här allt livet hade att erbjuda?

Han såg på klockan samtidigt som han hörde nyckeln i låset. Den var kvart över elva. Vi måste talas vid när jag kommer hem, hade Viktoria sagt och han hade känt marken skälva under fötterna. Han hatade hennes styrka. Hatade att först av dem behöva vika undan med blicken när hon ställde en fråga och sedan väntade ut honom med ett elakt leende lekande i mungipan, en liten ryckning bara, men så tydlig när man tolkar varje tecken och bedömer sina chanser till försoning. En gång hade de älskat varandra, tanken snuddade vid honom nu. I en svunnen tid, för så länge sedan, hade det faktiskt funnits en värme. De hade suttit och druckit te halva nätterna i studentkorridoren och talat om livet och döden och meningen med alltihop, och de hade varit överens om att kärleken är allt. Utan kärlek är livet meningslöst och tomt, man måste brinna för någon eller något. Så unga de hade varit då. Så uppfyllda av höga ideal och så säkra på vad som var ont och vad som var gott, vem som var vän och vem som var fiende. Med förakt hade de ironiserat över föräldragenerationens tillkortakommanden och trångsynthet. Och nu … Vad fanns det kvar av drömmarna? De sista sju åren hade de inte älskat en enda gång. Ett sista taffligt försök hade slutat i pinsam tystnad. Hastigt hade de klätt på sig, sårade och ängsliga. Där hade hon inte ägt orden. För en enda gångs skull hade hon inte kunnat formulera sig och rikta udden mot honom. Det var så tydligt att lusten inte fanns, så förskräckande tydligt för dem båda.

"Reine, är du hemma?" Hennes röst lät nasal och gnällig, helt olik den hon använde på arbetet.

Han svarade inte. Det ingick i maktkampen. Han dröjde sig kvar vid fönstret och lät sig föras bort av kvällsbrisen ut mot havet. Spjärnade emot det obehagliga samtalet som skulle komma. Jag är besviken, Reine, skulle hon säga och krypa alldeles inpå honom så att han kunde känna hennes andedräkt mot sitt ansikte. Samtidigt skulle hon röra vid håret i hans nacke. Det var inte en smekning utan en kränkning och hon visste det, visste att han hatade det, att hans mamma brukade lugga honom i nackhåren medan hon talade om för honom hurdan han borde vara. Han hade nämnt det för henne i en förtrolig stund när kontraktet mellan dem ännu höll. Kontrakt skrivs i fredstid för att gälla i strid. Hon hade inte varit sen att utnyttja varje övertag. Han hörde hennes hårda klackar smälla över golvet i korridoren. Nu stod hon i dörröppningen till sängkammaren.

"Jag är besviken, Reine." Han böjde sig undan så att hon inte skulle komma åt honom. "Hur kunde du göra det?"

"Göra vadå?" sa han dumt. Pulsslagen dunkade i öronen och han blev alldeles torr i munnen. Hon såg att han var nervös och han hatade henne för det. Han försökte spänna musklerna mot skakningen som vibrerade på insidan av kroppen.

"Göra vadå?" härmade hon. "Skriva ut Tamiflu i utbyte mot sexuella tjänster."

"Jag vet inte vad du pratar om. Det finns inga bevis." Det förvånade honom att rösten kunde låta så stadig. Kanske var det för att frågan kom så oväntat. Det var inte det han trodde att hon ville tala om.

"Jag har receptet här. Vill du se det?" Ryckningen i mungipan fanns där. Ett ögonblick fick han känslan av att hon skulle börja gråta. Men ögonen var kalla och blicken utan en blinkning. Ett önsketänkande bara.

"Det bevisar ingenting att jag skrivit ut Tamiflu till en kvinna. Även om hon råkar vara 24 år och otroligt vacker."

"På vilka indikationer gjorde du det, Reine? Av gubbsjuka? Vet du, jag är så jävla trött på dej. Förstår du vilken risk du utsätter oss för, hela klinikens rykte står på spel. Det här är sista gången jag skyddar dej. Sista gången, hör du det? Sådana som du skulle fan kastreras. Finn såg er. Försök inte neka. Ljug inte för mej. Du är sjuk i huvudet, Reine, du skulle behöva hjälp. Det finns läkemedel som dämpar …"

"Vad tänker du göra med receptet?" Han sträckte sig efter det. Viktoria vände sig bort och rev det i småbitar. Antagligen räckte det med den hållhake hon redan hade på honom. Receptet på morfin han sålt för pengar när han var nyutbildad. En enda förseelse, en enda vansinnig, vilsen handling när han var i desperat behov av pengar. Han blev hennes fånge på livstid om han ville fortsätta arbeta som läkare. Det var den jävla blodhunden Finn, som ständigt gick i hennes koppel, som skaffat bevis så klart. Vem annars? De kanske till och med hade ett förhållande, knähunden Finn och Viktoria. Han frustade till vid tanken. Det skulle vara värt en förmögenhet att se det live. Skyltdockan Viktoria påsatt av SäkerhetsHitler. Nej, fantasin räckte inte till. Det gick inte att se det framför sig … Jo, möjligen som en akt i vrede, med handfängsel och koppel.

"Varför flinar du så dumt … ett tack vore kanske på sin plats."

"Tack." Och så just när han trodde att faran var över, att det var allt och att hon sedan skulle lämna honom ifred och krypa ned på sin sänghalva med ryggen vänd som en sköld mot honom, ställde hon frågan.

"Vad ville polisen?" Han hade väntat sig det, men var ändå inte beredd.

"De frågade om jag var vaccinerad."

"Sluta fåna dej. Vad ville de?" Hon trampade otåligt i sina små vassa skor. Tramp, tramp, upp och ned sträckte hon sina vrister. Hon hade i sin vältränade ungdom haft problem med lågt blodtryck och trampet hade blivit kvar som en rest från den tiden.

"De ville veta var jag befann mej natten när Sandra blev mördad."

Tystnad. Hon väntade på en fortsättning, men han tänkte inte ge henne den. Länge mätte de varandra med blicken. Hon stirrade honom in i ögonen så att han blev yr och svajade med överkroppen där han stod. Inte heller detta undgick henne.

"Älskade du henne?" Viktorias ansikte genomgick en förvandling. Ögonen smalnade och rynkorna framträdde. Munnen drogs ihop till en ring, en röd sol med rynkorna som svarta strålar, och halsen sjönk ned i kroppen. "Du älskade henne?"

"Jag älskade dem allihop, allt som är mjukt och vänligt och varmt, Viktoria. Allt det du inte är och inte har. Vad ska du med mej till? Kan jag inte bara få tillbaka det där morfinreceptet. Kan du inte bara låta mej gå?" Nu fanns gråten i rösten, och han hatade, hatade, hatade henne för att hon hörde det.

"Nej. Var var du den natten, Reine? Gjorde det ont att du inte kunde få Sandra, att det fanns någon annan hon hellre ville ha?" Viktorias lilla vassa tungspets lekte i mungipan.

Han svarade henne inte. Vände henne ryggen och stirrade ut i den blågrå skymningen.

"Finn såg dej, Reine. Han såg att du stod nedanför hennes fönster. Hon hade dukat så fint med levande ljus och vin och tagit på sej en klänning, inte sant? En vit, djupt urringad klänning hade hon tagit på sej för någon annans skull. Du ville veta vem det var, eller hur? Kunde du se dem framför dej när de skålade med varandra och skrattade och sedan älskade i hennes mjuka säng? Följde du med runt huset? Drog de för gardinerna ..."

Han vände sig häftigt om. "Jag hatar dej, Viktoria, vet du det? Jag äcklas av att se dej. Och om du så mycket som andas till polisen kommer jag att döda dej, fattar du det? Jag har skaffat alibi, de kommer inte att kunna sätta dit mej, och du kommer att försvinna lika plötsligt som Tobias Westberg."

KAPITEL 39

"S andra, mitt hjärta, jag är tillbaka och vid midnatt kan jag vara hos dig. Du har alltid varit min bästa vän. Det har betytt mer för mig än jag vågat säga. Det har inte alltid varit enkelt, det vet du. Lennie har då och då önskat livet ur mig och min fru har inte heller varit så glad över att vi stått varandra så nära. Ibland har vi smugit oss till hemliga möten för att få tala ostört, som om det gällt en kärleksaffär. Du sa en gång att du kände dig skyldig för att du tagit till en nödlögn när vi skulle ses. Det har varit vår vänskaps pris. Jag redovisade inte heller alltid våra möten eftersom de inföll oftare än vad som kan anses lämpligt. Hur ofta är det lämpligt att träffa sin bästa vän? Vänskap mellan man och kvinna ses inte alltid med milda ögon. Det finns stunder när jag önskat att du var en man. Missförstå mig inte. Men det skulle ha varit enklare. Livet är för kort för att man inte ska ta vara på vänskapen och kärleken där man finner den. Och vem vet, om vi hade träffats vid en annan tidpunkt i livet hade kanske vår historia sett annorlunda ut. Det får vi aldrig veta. Skriver det här till dig därför att jag antagligen inte skulle ha mod att säga det när vi ses öga mot öga.

Jag kom som planerat till staden Bjaroza sydväst om Minsk, där jag tidigare träffat Sergej Bukov. Den historia han under våren serverade mig efter att vi delat en flaska vodka föreföll mig högst osannolik, men när jag hörde om fågelinfluensan som kommit till ön via en duva och om hans död förstod jag att det var sant. Hans uppgift var att plantera en smittad duva i ett duvslag på Gotland. Läkemedelsföretaget gick med förlust och man låg på stora lager av Tamivir och vaccin till ingen nytta. Det behövdes en kraftfull pandemi för att få snurr på finanserna. Aktieägarna krävde vinst. Jag var inte ens säker på att jag

skulle återvända med livet i behåll och kunna redovisa mina siffror och
de bandade samtalen med Sergejs fru, men det gjorde jag och de mest
värdefulla dokumenten jag lyckades komma över finns översatta i den
bifogade filen. Jag vill att du kopierar texten och ser till att den når
samtliga adresser på listan. Papperskopiorna och kassettbanden har jag
gömt i brunnen ute på gården, under en sten i tredje raden uppifrån.
Den sitter ganska löst och går att ta loss.

Det var som du trodde, Sandra, min vän, och mycket värre än vi
först förstod. Förlåt mig för att jag inte kunde tro dig när du berättade
att ditt personnummer kom upp på displayen när du drog skannern över
din arm i shoppingcentret. Det lät så osannolikt. Helt sjukt. Jag förstår
sammanhangen bättre nu och berättar när jag kommer vid midnatt.
Har du lyckats skaffa det jag bad dig om? Det här blir mitt livs scoop
och vi delar så klart lika på vad det kan inbringa. Dags att korka upp
champagnen! Jag skriver mera strax. Det kommer någon ..."

"Vi har lyckats återställa informationen från Tobias Westbergs dator." Datateknikern försökte hålla igen på sitt leende men lyckades inte alls, och ansiktet blev till en märklig grimas. "Eller vi och vi – grabbarna i Linköping. De hade en expert från Norge som lyckades fixa det." Maria kunde inte låta bli att småle åt honom.

"Var hittade ni den?"

"I samma tipp för osläckt kalk. De hade aldrig återställt information från en så förstörd hårddisk, men inget var överskrivet eller omformaterat så mirakulöst nog gick det att få fram den här texten från den bärbara datorn. Det låg rester av ytterligare en dator i dumpen men den var alltför förstörd, den föll sönder helt. Det fanns också en sönderfrätt fotoutrustning."

Maria läste igenom utskriften en gång till.

"Om det här är sant är det den största skandal världsmarknaden har sett. Han menar alltså att man med flit planterade in sjukdomen på Gotland för att få sälja läkemedel? Jag tänkte den tanken förut men slog bort den för att det verkade så orimligt och vanvettigt och djävulskt girigt. Men jag förstår inte det där med läsaren och Sandras personnummer."

"Vi har gjort en analys av innehållet i den spruta du hittade i Sandra Häggs lägenhet. Den innehöll vaccin, men inte bara det.

Lyssna noga nu. Man fattar inte att det är sant. Vi har flugit hit en expert från Göteborg och han är säker på sin sak. I själva kanylen fanns ett chip på 0,4 mm. Innerdiametern på själva kanylen är 0,6 mm. När du blir vaccinerad ..." teknikern tog tag i Marias arm och siktade med en osynlig spruta och tryckte in kolven,"... följer chipet med vätskan in under huden och ligger kvar där."

Maria kände på sin arm och spärrade upp ögonen.

"Jag tänker på en sak – en detalj bara. När vi fick det preliminära obduktionsprotokollet på Sandra Hägg hade obducenten noterat ett litet sår på vänster arm, samma sak när det gällde Sergej. En liten reva på någon centimeter på vänster överarm. Kan de ha haft chip som plockats bort? En tanke bara."

Hartman kom in i rummet där alla hade samlats för en gemensam genomgång innan förhören med ledningen för Vigoris Health Center skulle börja. Redan nu fanns polis på plats för att spärra av och säkra bevis.

Experten från Göteborg slog sig ned på podiet. De som väntat sig en power point-föreläsning tog miste. Han var av den gamla stammen som använde sig av block och penna.

"Det här är ingen ny teknik, egentligen, den har funnits i ett halvt sekel i liftkort och personkort för passage till lokaler, stöldskyddsmärkning eller för att identifiera gods i samband med transport och lagring. Chipet har en kod och i en annan databas lagras information, exempelvis personnummer eller andra personuppgifter. Det exceptionella ligger i att man nu kan tillverka komponenterna så mycket mindre än tidigare, särskilt om det vi kallar taggen inte har en egen strömförsörjning utan aktiveras och ger ifrån sej information när energi tillförs från en läsare. Läsavståndet på det chip vi funnit är upp till tre meter och det har ett tunt glashölje över sina järntrådar för att man inte ska få en biologisk påverkan på enheten. Det är alltså fullt möjligt att sätta in läsbågar i till exempel dörröppningar och se vem som har passerat rum för rum."

"På Vigoris Health Center hade de nyligen bytt ut varenda dörrkarm i ek mot körsbärsträ, fast det var nybyggt", erinrade sig Hartman. "Kan det ha varit sådana läsbågar man satte in då?"

"Möjligt. Ett inplanterat chip har fördelar mot vanliga passerkort, där man ju kan låna varandras kort och identiteten inte är lika säker. Med tiden kommer man säkert att kunna framställa lika små chip som det här men med GPS-funktion, och därigenom kunna spåra en person via satellit."

"Men varför? Vad är syftet och varför har man inte informerat sin personal om att man önskade ha det på det här sättet?" frågade Hartman.

"Det skulle bli ett enormt pådrag från media och beslutsprocessen skulle vara lång och oviss. Man kanske ville provtrycka systemet innan man satsade för mycket pengar i det. Demeterkoncernen som äger Vigoris Health Center äger också företag som tillverkar dataelektronik. Genom korsbefruktning vill man öka möjligheterna att konkurrera på världsmarknaden. I det här fallet får läkemedelsproducenten tillverka sprutor som kan plantera in chip under huden. Om det här skulle visa sej fungera som system kan man ju sälja det till länder där lagstiftningen tillåter märkning av människor. Man kanske skulle vilja förse alla invandrare med chip där man kan avläsa identitet, eller till och med ha en GPS-funktion på dem för att veta var de befinner sej i väntan på asyl eller medlemskap. Tänk dej att alla måste "vaccineras" för att få kommer in i landet. Jag kan föreställa mej att det vore en attraktiv lösning i länder som har stora problem med bankomatstölder eller terrorism. Inträffar ytterligare en attack som den vi såg den 11 september kanske man är beredd att ta till ett sådant grepp, och då finns redan produkten testad och klar för användning. Det är en konkurrensfördel om andra företag skulle tillverka något liknande."

"Det är klart att det inte fick komma ut och fullt möjligt att ordern kom uppifrån, eller åtminstone att ett tyst godkännande gjorde det. Men vem mördade dem? Det måste ha varit någon med fysisk styrka. Någon som var starkare än offren eller i alla fall starkare än Sandra, som ändå var vältränad." Maria Wern såg på Ek, som åter var i tjänst efter sin vistelse på sanatoriet. Han hade under förmiddagen suttit i förhör med de båda barnen som sålt polkagrisar på Signalgatan och tillsammans med en tecknare hade de försökt återskapa bilder av de personer som passerat i trapphuset.

"Från ett foto kunde de lätt känna igen Hans Moberg. Men vi har också ett annat intressant ansikte som tecknaren har fått fram. Någon halvtimme innan Hans Moberg kom såg barnen en annan man komma upp för trappan." Det var inte svårt att se vem det föreställde. Innan de gjorde tillslaget mot Vigoris Health Center kontaktade Hartman åklagaren.

Viktoria Hammar hade gråtit. De stora gråblå ögonen var rödkantade och läppstiftet hade flutit ut till en clownmun. När hon talade var hennes röst inte sig lik. Maria fann något försonande i att hon äntligen visade en blotta.

"Jag säger inget förrän min advokat kommer. Det är meningslöst att ni försöker ställa några frågor. Jag tänker inte svara."

"Då vill vi att du lämnar rummet och följer med Ek till stationen så att vi kan prata ostört med din make. Var så god." Hartman höll upp dörren.

Reine stirrade på Viktoria och hans blick var full av hat. Det gick inte att ta miste på.

"Jag fattar det inte. Varför, Viktoria? Varför ljög du för mej om vaccinationen och om Sandras missbruk? Jag ville inte tro det först …"

Viktoria stannade mitt i dörröppningen. "Du gör väldigt klokt i att vänta med att uttala dej till advokaten kommer, Reine."

"Så i helvete heller. Jag är oskyldig. Fattar du inte att det är kört, Viktoria? Jag vill inte bli inblandad. Se noga på nu." Reine passerade Maria Wern och gick fram till skrivbordet. Där loggade han in på datorn. "Lösenord Pandemi. Man vet fan inte om man ska skratta eller gråta. Okej, kolla på skärmen nu. Vad ser du?" Reine drog med läsaren över vänster överarm.

"Reine, låt bli. Jag förbjuder dej. Du kommer aldrig mer att kunna räkna med stöd från koncernen om du gör det. Sluta, Reine." Viktoria rusade över golvet men blev stoppad av Hartman.

"Jag följer dej ut, vi tar förhöret på stationen."

"Jag ser ett personnummer. Är det ditt, Reine?" frågade Maria.

"Ja, och nu provar vi på dej", sa han. Maria ryggade tillbaka. Hon hade lekt med tanken men funnit den alltför långsökt. När hon såg sitt personnummer på skärmen började hon förstå vidden av det experiment som utförts. "Viktoria står just nu under en läsbåge. Dörröppningen till varje enhet i huset läser av vem som går igenom, det var därför Sandra valde att krossa en ruta för att ta sig in och ut." Reine tog golvet i ett par raska kliv. "Kolla nu när jag drar med läsaren över Viktorias arm och inget händer. Varför? Därför att hon inte själv ville få sina tider registrerade, och likadant är det med Finn. Jag är oskyldig, tror ni mej nu? Jag visste ingenting om det här förrän i går kväll."

"Det är inte sant. Han ljuger", skrek Viktoria från korridoren när en uniformerad man slöt upp vid hennes sida.

Maria kallade in Finn Olsson i rummet medan två polismän följde Reine till en av de väntande bilarna, som skulle föra honom till polishuset för nya förhör. När Finn gick in genom dörren blev det inget utslag på datorn, inte heller när skannern riktades mot hans arm. Han stirrade fientligt på dem men sa ingenting.

"Du sålde din lägenhet på Signalgatan till Sandra Hägg och Lennie Hellström, är det korrekt?" Hartmans påstående kom antagligen så oväntat att Finn inte hann tänka efter innan han svarade. Han nickade bara kort medan han koncentrerat följde Marias arbete vid datorn. "Och du behöll en nyckel?" Han nickade igen.

"Var finns den nu?"

"Jag har antagligen slängt den, vet inte."

"Registret täcker upp hela regeringen och alla med nyckelpositioner i samhället som fanns med på prioriteringslistan över dem som skulle få vaccin först. Och de som har råd att själva betala, de är alltså märkta med chip?" Vad är din roll i det här, Finn Olsson? Vem har lagt upp registret?"

"Jag svarar på det när min advokat kommer."

"Okej. I din privata bil finns det spår av blod. Kan du förklara det?"

"Jag svarar inte på några frågor förrän min advokat kommit."

Hartmans frågor duggade tätt. "Tills helt nyligen hade du nyckel till Sandra Häggs lägenhet och du visste att din syster hade mejlkontakt med Hans Moberg, ett lämpligt offer som kunde få skulden för mordet. Vi tror att du mejlade och fick honom att komma till lägenheten efter att du dödat Sandra."

"Bevisa det."

"Jag tror inte att det blir svårt. Ta med honom ut till bilen", sa Hartman till de poliser som kommit in i rummet. Maria stod fortfarande som förhäxad vid datorn och såg hur kollegornas personnummer kom upp på skärmen när de passerade genom dörren.

Bilder på smittade fåglar som groteska stridsplan redo till attack på Gotlands civilbefolkning hade på löpsedlarna bytts ut mot närbilder av Finn Olsson och Viktoria Hammar. Anklagade för mord respektive anstiftan till mord på Sergej Bykov, Sandra Hägg och Tobias Westberg. Nyheten väckte bestörtning och polisens talesman lämnade rapport till media varje hel timme.

Senare på kvällen, när Maria hade kommit för att äntligen få hämta hem sin son från sanatoriet i Follingbo, såg hon att Jonatan Eriksson satt vid sitt skrivbord. Hon såg bara hans nacke och kände en ilning genom kroppen. Först tänkte hon smyga fram och ge honom en kram, men han talade i telefon. Hon ville inte störa utan stod alldeles stilla vid dörren och väntade på att han skulle bli ledig så att hon fick prata med honom. Säga tack och bestämma när de kunde ses igen om han ville …

"Jag kommer hem snart, Nina. Har du lagat middag åt oss? Vad gott … Malte har längtat efter dej … Nej, jag tänker inte lämna dej, Nina. Jag har lovat dej att stanna om du accepterar behandling … jag lovar. Ja, jag lovar. Malte behöver oss båda två." Maria väntade inte på att han skulle vända sig om. Tyst smög hon iväg. Om han ville börja om med Nina fanns det inte mycket mer att säga just nu. Han fick inte se henne så här, inte när det kändes som om hon skulle börja gråta. Hon fick skylla sig själv förresten som gick och kärade ned sig i en gift karl. Det var bara att samla ihop kjolarna igen och gå vidare.

Han måste ha sett en skymt av henne, för han ropade hennes namn. Men Maria skyndade på stegen och försvann upp för trappan.

"Maria!" Inte nu Jonatan, en annan gång kanske. "Maria!" Hon väntade inte och hans röst dog bort.

När hon tryckte Emil hårt i sin famn gick det inte att hålla tårarna tillbaka. Han var frisk och det var huvudsaken.

"Varför gråter du, mamma?"

"För att jag är så glad."

"Jag ska också få komma hem i dag", sa syster Agneta. "Jag ska få komma hem och krama om mina barn."

KAPITEL 40

S om en kokande trollbrygd rullade dimman in över de hala
klipporna och fastlandet förlorade sin kontur och försvann
ur sikte. Det mörkgrå vattnet, som blivit till ett fräsande vitt
skum när det slog mot bryggan och stenarna, lugnade sig och kom
till ro under molntäcket. Jämställdhetsminister Mikaela Nilsson
satt insvept i en filt på altanen till sitt torp på ön i skärgården,
där hon bett att bli hämtad först om en vecka. Hon hade sökt sig
ut i ensamheten för att få sörja ifred, utan att hamna med bild på
löpsedlarna. Sorg är en form av stress och stress kan yttra sig på
många sätt i kroppen. Det var hon väl medveten om. Även som
feber, hade hon läst i en populärvetenskaplig tidskrift. Hon kände
sig faktiskt ganska matt och febrig. Med flit hade hon valt att inte
ta med sig mobilen den här veckan. Ingen teve heller, inga tid-
ningar, bara radio för att få lyssna på musik på P2. Hon ville vara
ostörd. Kanske var det lite dumdristigt att inte ta med mobilen,
men så hade det blivit.

De sista tre dagarna på Gotland hade hon vakat vid sin mors
dödsbädd, och bara någon timme innan planet till fastlandet lyfte
hade Angela stilla somnat in efter en lång tid av sjukdom. Blod-
cancer. Det hade tillstött en infektion. I samråd med läkaren hade
Mikaela bestämt att modern inte skulle behandlas och lidandet
förlängas. När Mikaela reste till Gotland den här sommaren med
sin mor var det för att Angela ville få en sista önskan uppfylld.
Hon ville återse en gammal kärlek. Mikaela hade skjutsat henne
till Ruben Nilsson i Klintehamn, och väntat i bilen sedan hon lett
sin mor till ytterdörren. Nu vill jag klara mej själv, hade Angela
sagt så bestämt att Mikaela bara måste lyda. Det här var en helig

stund och någonting i Angelas blick och hållning visade att allt som skulle komma att hända efter detta möte var av ringa eller ingen betydelse, bara hon fick uppleva den försoning hon behövde för att kunna gå över gränsen. Jag gjorde honom så illa, sa hon när hon vände sig om en sista gång och vinden från havet tog tag i hennes vita vågiga hår och höll upp det som en slöja. Vem var Ruben för dej? hade hon frågat Angela när de var på väg från Klintehamn. Enligt ryktet en excentrisk farbror hon aldrig hade fått träffa, för att hennes far och farbror i alla tider haft en konflikt. Hon hade gärna velat följa med in och göra sig en egen bild av honom, men Angela hade vägrat. Han var det liv jag aldrig levde, sa hon, och sedan hade hon somnat och sovit resten av resan av pur utmattning, med huvudet hängande slappt i bilbältet.

Mikaela gick in i köket för att sätta på lite kaffe. Hon kände sig verkligen svag och konstig, och frös gjorde hon så det var rent förskräckligt, men det tog emot att gå och lägga sig mitt på ljusa dagen. För att hålla sig vaken satte hon på radion för första gången sedan hon kommit till ön. Hon hade egentligen lovat sig själv att låta bli att ta in impulser utifrån och att istället försöka hitta sig själv och försöka förstå hur livet blev som det blev. Just nu kände hon sig övergiven och radions pigga röster gav en illusion av att det inte alls var så ensamt som det kändes. I mars nästa år skulle hon fylla femtio. Många av väninnorna hade både barn och barnbarn, men för Mikaela hade livet inte haft något sådant i beredskap. Några kortare förhållanden och ett längre, en bruten förlovning och många brustna förhoppningar senare insåg hon att kärleken till en annan människa var så svår att leva i att hon aldrig skulle klara av det. Kanske berodde det på föräldrarnas förhållande, där hatkärlek och kontrollbehov bundit dem samman på livstid för att de verkligen skulle komma åt att plåga varandra. Eller så kanske det var som terapeuten påstod, att Mikaela under hela uppväxten blivit övergiven av sin mor när Angela åkte in och ut på mentalsjukhus och lämnade flickan på spädbarnshem eller hos vänner och grannar från dag till annan. På den tiden stannade inte pappor hemma hos sina barn och i dag vet man att det är viktigt med anknytning. Kanske var det sant eller också var det bara efterhandskonstruktioner. Någon förklaring kan man behöva ha att komma med när livet präglas av att man överger för att inte bli övergiven. Som liten flicka hade Mikaela haft Angelas fotografi gömt under kudden. Min vackra, vackra mammaängel. När du kommer hem blir allting bra igen. Då finns skrattet och kramarna och värmen igen. Men så blev det ju inte. Vem var Ruben för dej, mamma? Han var det liv jag inte levde, men jag fick ju dej istället, min ängel.

Mikaela slog upp en kopp kaffe. Hon lindade in fötterna i filten och drog på sig den tjocka stickade ylletröjan hon ärvt av Angela, medan hon förstrött lyssnade på radion. Det handlade om fågelinfluensan, ett monotont idisslande som stod henne upp i halsen. Hon var precis på väg att byta kanal när en ny röst bröt in och talade om regeringen. Den kvinnliga rösten sa att merparten av regeringen insjuknat i fågelinfluensa och att det sannolikt berodde på att någon på flygplanet från Gotland varit smittad, trots att man varit noga med kontrollen av de kontakter regeringsmedlemmarna haft. Mikaela rannsakade sig själv. Besöket hos Ruben Nilsson i Klintehamn hade hon inte redovisat för dem. Det hade liksom varit en hederssak att hålla det hemligt … för Angelas skull.

"Med tanke på alla de kontakter regeringsledamöterna haft de senaste dagarna måste vi se utomordentligt allvarligt på situationen. Smittan är alltså inte längre begränsad till Gotland och vi befarar att vi kommer att få in åtskilliga fall under de närmaste dagarna. Vi ber därför alla med influensasymptom att inte uppsöka sjukhus eller vårdcentraler. Istället kommer hembesök att ske av läkare, efter kontakt via de telefonlinjer varje landsting upprättar. Det finns dock ingen anledning till oro. Vi tar hand om era samtal i tur och ordning." Mikaela stängde av radion. Hon gick in i sängkammaren och kröp ned bland filtarna. Fotografiet av Angela som mycket ung stod på nattygsbordet i en billig träram klädd med svart tyg. Mikaela strök med fingret över den sorgklädda ramen och föll i djup sömn.